第1章　私の詩的履歴断章

第2章　萩原朔太郎、その他何人かの詩人たちについて

私の詩歌逍遙

中村稔
Nakamura Minoru

私の詩歌逍遙

青土社

第3章　二人の歌人、啄木、茂吉について

第4章　三人の俳人、楸邨、澄雄、蛇笏について

第5章　死者たちをめぐって

第1章　私の詩的履歴断章

わが処女詩集『無言歌』

私の処女詩集『無言歌』はその奥付によると一九五〇年九月三十日新宿区上落合二—五四〇書肆ユリイカ伊達得夫の刊行とされている。これは私が大学を卒業した年だから、まだ私は二十三歳であった。伊達もまだ神保町のいわゆる昭森社ビルに移る前で、これ以前には福田正二郎詩集、すなわち今日の那珂太郎の処女詩集と、中村真一郎詩集の二冊の詩集しか出版していなかった。

正確にいえば、これ以前にも私には詩集らしいものがなかったわけではない。その前年一九四九年、八木柊一郎が作ってくれた詩集があった。その当時八木はある通信社に勤めていて、その勤め先の女性タイピストをくどいて、時間外にタイプしてもらってくれたのである。だから、多くても七部かそこらしかできなかったはずで、八木の周辺にいた何人かが彼からわけてもらったのだろうと思うが、私じしんは勿論心当りに尋ねてみても、八木も、その他も、誰も今ではもっていない。八木は雑誌「世代」の仲間だったから、「世代」に発表したものを中心にまとめてくれたのだろう。しかし、どんな作品をどのようにまとめてくれたのか、記憶が定かではない。ただ、『無言歌』がその後一年足らずで刊行されているので、このタイプ印刷の詩集に収められたものはたぶん全部『無言歌』に収めているにちがいない。

それより以前、私が旧制一高に在学中、同級で、それに加えて、寄宿舎で同室でもあった詩人網代毅が、ただ一部だけ作ってくれた『流沙の書』という詩集が、正確な意味では私の処女詩集であった。ただ一部だけ、というのは、網代がすべて手書きして装幀までしてくれたからである。これはごくごく綺麗にできあがっていた。これには二十篇ほどが収められていたはずであり、後に『無言歌』の冒頭に収めた「海女」を除いては、これらの作品はまったく残っていない。『流沙の書』は、その当時の気まぐれと思い上りから、焼却してしまったのである。「世代」の創刊号に詩を発表したのち完全に筆を折ってしまったこの旧友網代毅の才能を惜しむ気持とともに、これらの失われてしまった作品を今となっては懐しく思う気持が私には切だが、もし本当にこれらの私の十七歳か十八才歳の旧作に接することがありうるとすれば、たぶん、昼の幽霊にでも出会うような気がすることだろう。

八木がタイプ印刷の詩集をつくってくれたのも、それが発展して『無言歌』になったのも、主として一九四九年頃『無言歌』の第二部に収めた「海」の一連のソネットをほぼ書き終えていたからであろう。読みかえしてみると、これらがやはり「世代」の仲間であるいいだもものソネット「海」の影響がつよく、どこに私の独創があるのか疑わしいが、それでも当時は私としては長い模索からぬけだしてある詩境をひらいたつもりであった。那珂氏や中村真一郎氏の詩集を伊達が出版したことを聞きつけて、伊達にたのみこんだわけだが、自費出版でもなく、さりとて伊達の出版でもなかった。三百部作ったが、そのうち百部か百五十部かを私の責任で売るというような約束であった。自費出版でないというのは、私が何部かを買いあげるという約束ではなかったからである。私は私じしんが売りにまわるというよりは、友人たちの厚意にすがって売ってもらったのである。これもやはり「世代」の仲間であった都留晃や橋本一明や、女友達もふくめた多数の友人がその知人たちに売りまわってくれた。都留の中学時代の友人で、いまは葛飾区金町の開業医である的場清さんのご姉妹をはじめとする多くの人々にご迷惑をおかけした。『無言歌』の出版が伊達の勘定にあうものとなったのか、どうか、彼が死ぬまでついに確かめたことがなかった。勘定はあったが銭足らず、といった結果であろうと私は考えていたから、ついに言いだささずじまいに終ったのである。

そういう出版であったから、友人たちにはすべて買ってもらったわけだし、面識をえていたごく少数の先輩に贈呈した以外は、世に知られた詩人たちに贈って評を乞うということもしなかった。だから当然のことながら、この詩集は何の評判もとらなかった、という趣旨のことを以前記したことがあるが、じつはそれは不正確で、出版後間もなく吉田健一氏が「展望」に、また加藤周一氏が「人間」に、きわめて好意的な感想を発表して下さった。詩壇というものが実在するかどうか知らないが、いわば詩壇的な反響がなかったのである。知られた詩人たちに贈っていないのだから、読んでくれていないのも当り前で、その種の反響としては村野四郎氏が読書新聞の詩壇時評のような欄で、数行ふれて下さっただけであった。これはおそらく伊達が読書新聞に送りつけたことの結果であった。

だから今日になって『無言歌』をもっているという人に出会うと身がすくむ思いがする。そういう人々は都留晃等から無理やり買わされた犠牲者にちがいないのである。大岡信さんも、飯島耕一さんも、そういう意味での犠牲者であった。だが、そうした犠牲者にめぐまれたということは、この詩集が私にとって望外の読者をえた、ということであった。そういえば過日の大岡信著作集完結のお祝いの席でやはり「世代」の仲間であった朝日新聞外報部の佐久間穆に出会ったところ、『無言歌』を二冊もっているると聞かされた。佐久間本人と、佐久間夫人とが別々に売りつけられていたのであった。若気の至りにはちがいないが、二十歳を過ぎたかどうかという年令の貧乏暮しのおたがいの間で、ずいぶんと向う見ずな恥知らずのことをしたわけである。

それもこれも、網代、八木、都留、橋本、伊達、といった多くの友人たちの厚意から私の処女詩集ができあがったことは確実であり、かれらの友情にこたえる間もなしに、伊達も死に、橋本も死に、八木にも、都留にも、その他当時の友人たちの多くにも、私は久しく会っていない。

（『現代詩手帖』一九七八・八）

私が詩を書きはじめた頃

いろいろの機会にめぐまれて、二十歳前後の時期を回想する文章を、この数年、いくつか発表した。そうした文章を執筆してみるとかえって書き足りないと感じる事柄も多く、一度は書きとめておきたいと思うことのいくつかが心のこだわりになっている。

現代詩文庫版の私の詩集の解説で、入沢康夫氏が私の初期詩篇にふれて、「三好達治、中原中也、立原道造といった詩人たちの業績が、直接間接に作用していることは、それらの詩人たちの詩形や語法が、往々かなりなまなましくとりいれられていることからも察しがつく」、と書いておられる。客観的にみるとそういうことなのだろうとは思うが、私じしんとしてはそのまま肯くことにはいささかの躊躇を覚える。というのは、たとえば私の初期作品における中原中也の影響についてである。私が二十歳前、『山羊の歌』などを筆写したほどに中原を愛読したことは間違いないのだが、私としては、詩を書きはじめた時期に中原の影響をふかくうけたとは考えていない。私が影響をふかくうけるに至ったのは、創元社版の第一次全集の編集に関与した昭和二十六年頃以降、つまり、私の処女詩集『無言歌』の刊行より後であり、もっといえば、最近の作品、たとえば詩集『羽虫の飛ぶ風景』に収めた「日没、岩礁のほとりで」などが、中原中也の影響の下に書かれたものであろう、と思っている。十四行詩という詩形について、中原や立原の影響があったか、といえば、『無言歌』の第二部をなす十四行詩の連作は、直接的にはいいだももの一連の「海」に影響されて書いたものであり、そのことはいいだの詩集の解説中ですでに記したことがある。間接的には中村真一郎氏や福永武彦氏などマチネ・ポエチックの詩人たちの定型押韻詩の影響もあったはずである。ただ、いいだは勿論、中村、福永その他マチネ・ポエチックの詩人たちも中原や立原の詩作に親しんでいたはずであり、私じしんも当時から彼らの詩作に親しんでいたには違いないので、私が意識しなかったとしてもやはり、中原や立原の詩形や語法をなまなましくとりいれているといわれても、決してふしぎではない。まことに入沢氏のいうように「影響関係の真実は、当人にとってさえ満足にはあとづけ得ないものである」。

りんりんと銭投ぐを止めよ

とはじまる『無言歌』巻頭の「海女」は、以前記したこともあるが、私の十七歳の夏の作品で、多少の羞恥心をおしてあえていえば、当時、私の周囲での評価をえた、はじめての作品であった。その頃は文学にいかなる関心ももっているようにはみえなかった級友が、今日高級官僚といわれる層に属していて、そうした旧友から「海女」を憶えている、といわれることがある。そのたびに三十余年を経た現在、顔のあからむ思いをするのは、ひとつは旧制高校の寮生活の所為でもあるだろう。そういえば、同じ部屋で当時生活していた簗島裕は一年上級であったが、現在は東大の国語学の教授である。その簗島が、その頃、つまり昭和十九年頃、「銭投ぐるを止めよ」でなければ、文法的に誤りだ、といっていたことがあり、その誤りはこの作品を書いたときから、私にも分っていたのだが、文法的にただすこともしないで今日に至っている。つまりは表現が稚いということなのだが、当時は、文法よりは語調の方が大事に思われたのであった。

同じ作品の第二連の末行に

沈みゆく　肩　あかきくちびる

という一行があり、この「あかきくちびる」は、会津八一の歌集『鹿鳴集』中の

ふじはらのおほききさきをうつしみにあひみるごときあかきくちびる

に由来する。そう思いだして読みかえしてみると、「沈みゆく　肩　あかきくちびる」の「あかきくちびる」はとってつけたようで、不自然である。会津の一首の感銘から、この句を「海女」におしこんだ感がふかい。

燐々《りんりん》と私の乳母車を押せ

とは三好達治詩集『測量船』中の「乳母車」の一行であることは知られるとおりである。自覚的には「海女」の第一行が三好のこの一行をうつしたとは考えていない。しかし、この「海女」に全体として、三好達治の文語詩の影響の濃いことは否定しようがないだろう。総じて、『無言歌』の第一部「初期詩篇」が強く三好達治に影響されていることは間違いない。初期詩篇中の「四行詩Ⅰ」が同じ三好の『閒花集』中の「頬白」を模倣していることについては、「現代詩手帖」昭和五十三年一月号に発表した「私が詩に近づいた頃」で記したとおりである。

同じ初期詩篇中の「壱年」も、やはり三好達治の影響下に書かれた文語詩のようにみえるが

いはけなき盛夏の一日
プラタンの葉末にとほく
奏楽の音ひづみつつ
隠ろひにつつ　しづごころなし

という冒頭の四行は、斎藤茂吉『赤光』中名高い「死にたまふ母」其の一の

ひろき葉は樹にひるがへり光りつつかくろひにつつしづ心なけれ

に負うている。この第五句は今日「しづ心なけれ」というかたちで収められているが、「しづ心なし」という異稿があった。私が当時読んでいたのは改造文庫版の自選歌集『朝の螢』であったが、これには異稿のかたちで収録されていたはずである。

「四季」派の詩人については、立原道造にも随分と親しんだことにも間違いはないが、それ以上に津村信夫に影響されたように思われる。津村の詩集『ある遍歴から』が上梓されたのは、私が旧制一高に入学した昭和十九年であった。この詩集中に収められている「詩人の出発」は津村の代表作の一であろうと思われるが、その冒頭は次のとおりである。

牛馬は懶惰に久しく疲れ眠り　果実は甘くうれてゐる　娘の子ら　しげく歩を外に移して　まさしく　空に桜はひらいた

『無言歌』第二部の「海1」を書いたときに、この津村の作品をはっきり私が記憶していたとは思われない。それにしても

うれていた果実よ　堕ちていった顆《つぶ》たちよ

と書いたとき、すくなくとも記憶の底に津村の「詩人の出発」がまったく存在しなかったとは信じがたい。それにこの作品をめぐる忘れがたい思い出のひとつなのだが、やはり昭和十九年頃、昨年（一九七八年）急逝した遠藤麟一朗とこの作品について話したことがあった。中村真一郎氏の初期作品に「船出」という定型押韻詩がある。

やがて我が生命《いのち》の船の、
入日浴び帆旗戦き、
燃え熾る林の夢の
此の岸を離れ行く時。

とはじまる十四行詩だが、その初出は昭和十七、八年頃の「向陵時報」か、さもなければ、「護国会雑誌」という旧制一高交友会誌のはずである。これも津村の作品と同じ詩人の出発を主題とするものなので、何となしふたつの作品を比較することとなったのであろうと思う。要するに、遠藤は津村の作品に比べ、いかに「船出」がすぐれているか、を私に説いたのであった。遠藤は私より三年上級で、すでに一高を卒業しており、マチネ・ポエチックの人々と親しい往来をもっていた。遠藤が「船出」を称揚した理由のひとつは、これが押韻詩であったことにあることは確かだが、その他の理由は憶えていない。ただ憶えていることは、当時の私には遠藤に異論をとなえうるような見識も鑑賞力もなかったものの、内心、かなりに納得しがたいものを感じていた、ということである。また、その程度に、私は当時「詩人の出発」を愛誦していたのである。今日読みかえすと、中村真一郎氏の「船出」も、中村氏の資質のよくあらわれた初期の代表作であろう、と思うのだが、当時は私は、二、三の用語や表現の観念性に抵抗を感じていたようである。

こうした詩人たちと同様に、あるいはそれ以上に私が親しんでいたのは、旧制一高の詩人たちであった。同じ部屋で生活した上級生いいだもも、太田一郎らからどれほど強い影響をうけたか、は折にふれて記してきたので、この文章でくりかえそうとは思わない。ただ太田に関連してひとつだけ書きとめておきたいと思うのは、昨年刊行された飯島耕一の評論集『島の幻をめぐって』に「太田一郎の二歌集」という文章が収められていて、ここに飯島が次のように書いているからである。

「たとえば「けもの」とか「けものら」ということばを戦後数年目、ようやく詩を書きはじめた何人かがつかった。そのなかにはぼく自身もいたわけだが、今思ってみるところ、みな中村稔の『無言歌』を読み、そのなかの「獣ら」ということばに魅かれてのことだったようだ。そして中村氏らは戦争末期の太田一郎の歌、「咬みあへるけものならずもさだやかに別れむときはつつしむもなし」を高くかっていた。あるいはこの「けもの」が、中村氏の「獣ら」を経由してわれわれに伝わった、という想像も成立つ。」

飯島がこう書いてくれたことは、いま私が書いているこの文章の趣旨からも、私にとって望外の光栄なのだが、そして、飯島の指摘はそれとして正しいのだろうとも思うのだが、つけ加えておきたいことは、太田も私も当時から斎藤茂吉に親しんでいたということであり、『赤光』には、飯島がよく知るとおり、

秋づけばはらみてあゆむけだものも酸のみづなれば舌触りかねつ
いのち死にてかくろひ果つるけだものを悲しみにつつ峡に入りつも

等がある。私が太田一郎から影響されていることにはちがいないとして、同時に茂吉からの直接の影響もないとはいえないわけで、じっさいこのあたりの事情は、当人としてもあとづけにくいのである。

いいだや太田を別にすれば、当時の私にとって最も親しく、最もかがやかしくみえていた詩人は清岡卓行であった。私が清岡に面識をえたのは戦後しばらくして彼が中国大陸から引揚げてきてから後である。だから、親しかったというのも私の側から一方的に清岡の作品に親しんでいた、というだけのことである。戦争下の旧制一高において、清岡はいわば桂冠詩人であった。私たちは彼を遠くから仰ぎ見、「向陵時報」に毎号必ず発表されるその作品をむさぼり読んだのであった。「音楽への祈祷」、「海嘯の彼方」など私が愛誦し、暗誦した彼の当時の作品は少くない。ことに「海嘯の彼方」は死んだ原口統三から、ある夕暮、寄宿舎の一室で二人で話しこんでいたとき、やはり全文暗誦していた原口の朗読を聞い

たことがあり、彼の咽ぶような声音が三十余年をへたいまでも耳底に残っているだけに愛着が尽きない。これらを今日私たちは清岡の詩集の初期作品中に見出すことができるが、その後推敲が加えられているために、私としてはかえって当時の感銘がいささかうすらぐ思いをもっている。そのことは、「音楽への祈祷」に関して以前に若干記したことがある。清岡の作品が当時私の心を揺すったのは、「清岡さんこそ男の中の男ですよ」という原口の当時の言葉のとおり、男性的な格調であり、また清岡が追憶しているとおり、それらの作品に一貫する死への親近感であった。これらの作品にかぎらず、今日になっても私がそらんじている清岡の作品は二、三にとどまらない。

私の罪は青　その翼天にかなしむ

という「護国会雑誌」に発表された一行詩、原口が、清岡さんは最初の一行が完璧にできてしまったので、そのあとを書き続けられなかったのですよ、と私に教えてくれた、その一行詩もそのひとつである。ただ、中村真一郎、福永武彦、清岡卓行などの諸氏の如く今日詩人として声価をえている詩人たちの作品だけが、私に影響を与えたわけではない。その後は詩作を止めてしまったようにみえる詩人たちも、当時の旧制一高では活潑にその作品を発表していたのであった。そのひとりに、たとえば、柴崎敏郎という詩人がいた。柴崎氏は現在会計検査院の要職にあるという消息を、ごく最近私は知ったのだが、それというのも、遠藤麟一朗の遺稿追悼文集『墓一つづつたまはれと言へ』の出版を機に、片瀬山上のいいだもも邸に、去る四月末、中村真一郎、太田一郎、日高普、矢牧一宏、粕谷一希らの各夫妻や、遠藤の無二の親友中村祐三氏、出版に骨を折ってくれた青土社の高橋順子さんらと共に招かれて、野点の馳走にあずかったさい、やはり会計検査院に勤務していた中村祐三氏からお聞きしたのであった。そのさい、柴崎氏の「秩父抄」という作品に話が及んで、私がそらんじているその作品の冒頭の数行

栗もいりませぬ熟柿もいらぬ
覗《のぞき》からくり万華《まんげ》の鏡
そなたお十五はや飽いた

と口ずさむと、驚いたことに、いいだも、太田も、日高も、全篇一行も洩らさずにいまだにはっきり憶えていたのであった。こういう詩のあり方というものは、いわゆる戦後詩を考えるとき、詩というもののあり方がまるで変ってしまったことを思い知らされることであり、ある種の感慨を覚えずにはいられなかったのである。

ここまで書いたところで、やはりその頃古賀照一という本名で「向陵時報」などに作品を発表していた現在の宗左近氏や、「悲しいときには海へ行かう」という詩により旧制一高の生徒たちの間で知られていた白井健三郎氏らも私の文学の形成期における大きな存在であったことを思い出したが、すこしはしょって話を進めると、やはり、今日では詩作を止めてしまっているように思われるもうひとりの詩人

山下浩氏について書きとめておきたい。前に記した野点の日、中村真一郎氏からお聞きしたところによると、山下氏は現在は関西地方の大学の教職についておられるとのことだが、その当時、山下氏は田中隆尚氏とならぶ、歌人として知られていたようである。太田が山下浩の短歌について畏敬をこめて何回か語っていたことも、私の記憶に鮮かである。しかし、ここで記したいのは山下氏の短歌についてではなく、詩作についてである。なかでも、「あかねに喚《よ》ばふ」という作品は、昭和十九年五月三十一日号の「向陵時報」に掲載されて、私にふかい感銘を残したものであった。この「向陵時報」は、原口統三の「海に眠る日」や、中村真一郎氏の「西王母に捧げるオード」、加藤周一氏の「トリスタンとイズーとマルク王との一幕」、古賀照一氏の文語詩「夕映」、定型押韻詩「極みの海」、清岡卓行の「病臥する禁欲者のほぐれてゆく熟睡」などが掲載された十二頁の終刊特輯号で、旧制一高の戦争下の精神的雰囲気をよく伝えている。それはつまり、苛烈な様相をすでに示していた戦争に背を向けた、知的、教養主義的な雰囲気が濃厚にあらわれているということであり、そして、そのことが中学を卒業して旧制一高に入学してわずか二ヶ月の私に、ふかい衝撃を与えたわけだが、それはこの文章の趣旨からはずれることになるので、ここではさしひかえることとすれば、山下氏の作品の冒頭の一聯五行は次のとおりであった。

あの日　お前がとほく茜の彼方に逝つて了つて
舞ひくるふ羽虫の群の薄光のなかを

華やかな衣裳を曳きずり　逝つて了つて
さうして　おれのまづしい袖には
漸くめぐつてきたこれら懶惰の日々を

私が先年「羽虫の飛ぶ風景」という作品を書いたとき、この山下氏の作品を意識していたとは考えていない。それでも、「羽虫の群の薄光のなかを」のような詩句が、三十余年を経てなお私の記憶の奥ふかくしまいこまれていたことをもまた否定しようがない。それ以上に、この作品にみられる言葉の呼吸の如きものが、私の多くの作品と共通することも間違いないところであり、私はじつに多くを先人に負うていることをここでも考えざるをえない。

私はこの文章で、私が二十歳になるかならずの時期に接した詩人たちとその作品をできるだけ思いおこし、私が先輩たちから蒙ってきた影響やこれらの先輩たちの仕事と私の作品との関連をさぐってみようとしてきたのだが、逆の意味ではっきりさせておきたいことがひとつのこっている。それは、私の詩集『無言歌』中の「ある潟の日没」と堀田善衛氏の詩「潟の風景」との関係である。叙述の都合上、まず「潟の風景」の全文を掲げると、三一書房版『戦後詩大系』の四巻によれば、次のとおりである。

潟の風景

冷い潟に傾いた
足跡一つない濡れた砂浜
その後景に
焼きはらはれた手も足もない木々
ほろほろくづれる土塊《つちくれ》
そして広々と黝んで光る潟を吹く風

そこに
ごろりと転つてゐた
お前　屍
僕はお前を小屋にかついで帰り
土間にねかした――
ずしりと重いお前は
黙つてねたまま
僕を見てゐる

低い空にキイヴイひびく釣瓶をあやつり
水を汲み上げ
砂浜に死魚をあさり
土を掘りかへし
喰ひ物をあつめては
薄い落日をとばロで眺める　一日
……屍よ
夜　僕は以前のやうに星々を仰ぐ
しかし星は以前のやうにその意味を語りはしない

　昼　夜　土　水
　これらも僕には死んでゐる

それにしても屍よ
この静けさは何だらう
僕は小屋裡に火を燃やし

時々以前を思ひ出すのだ
少年——たしかに僕は故郷を出る道筋にゐた
そこで記憶が中断する
火田民が襲つて来て
そのどさくさに
機を見て僕はお前を扼殺したらしい
非道い人々が　一物も残さず奪ひ合ひかつぎ去つたそのあとに
ごろりと
お前がころがつてゐたのだ
裸で　血も流さずに

……夜　真夜中に
暗いしじまに
音　音を聞きとらうと
眼をひらき耳をそばたて
無　無に疲れ安らつて小屋の椅子に帰つてくると
毎夜　真夜中に啜り泣くのだ

お前　恐らくは僕の青春の屍よ――

物静かな小屋の火の傍で
屍と夜を送り僕は無言だ
屍は僕に何かを期待してゐる……
《僕は　斯く在る……》

しかしこの荒地に誰が訪れよう
屍よ　お前は
恐らくは僕を惜しんで泣く――
そしてそれが憎しみにかはらぬうちに
ああおさらばの夢
弾力のある土地の夢！
空は白む
死魚をあさるべき朝がまた来るのだ！
いつお前は僕を殺すだらうか

『現代日本文学大系』八十七巻の堀田氏の年譜には昭和二十二年五月、詩「潟の風景」を「個性」に発表した、と記されている。私はこの雑誌を水戸市の書店で発行時に立ち読みした記憶がある。そのとき私はこれは私の作品「ある潟の日没」と似すぎているのではないか、という苛立たしさ、腹立たしさを感じたのであった。この私の感情の反撥が正当であったかどうかについては、後で記すけれども、ともかく、『無言歌』中のこの作品も全文引用すると次のとおりである。

ある潟の日没

この衰残をきはめた地方を何としよう
火田民の嵐が立ち去つたあとのやうに
赤茶けた土塊《つちくれ》はぼろぼろとくづれるばかり
喬木には鳥さへもなかず
疎らなる枝々はひたすらに大地をねがふ
ああこの病みほけた岸辺に立つて潟をのぞめば
日没はあたかも天地の終焉のごとく
あるひは創世の混沌のごとく
あの木小屋の畔りで人間のむれは

愛のささやきも忘れてしまつた……
とほく不毛の森林のかげに
村落の集団のいくつかがかくされてゐるのであらうか
わたくしは知らない　昔ペテロが
何故に滂沱なる涙をながしたか
木橋のかげに捨てられた舟のやうに
あかあかともえる爐ばたをのがれて
こんなにもさびしい地方をわたくしはさまよふ
ああ雪解の水を潟にはこんで
枯葦のはざまをながれる河べりをひくくさまよふ

こうしてひきうつしながらも気恥しさが先に立つが、「天地の終焉のごとく」、「創世の混沌のごとく」もひどいものだし、「火田民」はともかく、「火田民の嵐」もひどい表現である。ペテロ云々も思わせぶりでいやみである。ただ弁解すれば、これは昭和二十年冬、私の十八歳の作で、修辞の拙さ、いやみな思わせぶりは、若気のあやまちとでもいうよりほかはない。これは昭年二十五年九月書肆ユリイカから刊行された『無言歌』に収められているので、それより三年以上前に堀田氏の作品は「個性」に発表されたわけである。それ故、私が堀田氏の作品と私のものが似ていると思った以上、事情を知らない人々もまた、ひょっとすると同様に感じ、私の作品をいかがわしいもののように思うかも知れない。私が昭和二十二年頃何故そう感じたかといえば、「ある潟の日没」が、堀田氏も同人であった雑誌「批評」の六十号に掲載されているからである。ところが、この「批評」は「個性」よりもずっと早く発行されたように覚えていたのだが、比較的最近になって同誌の奥付を調べてみると、昭和二十二年四月三十日発行とある。それ故、この「批評」も前記の「個性」もほぼ同時期の発行ということになり、堀田氏の作品に私の作品が何らかのかたちで影響したかもしれないということも、私の思いすごしにすぎないこととなる。逆に私の作品が堀田氏のものに影響されたのではないということについても、もっと説明を要するようである。いったい、堀田氏の作品が私のものに似ていると私が感じたのは、詩の背景をなす情景が似ていることにあり、ぼろぼろとくづれる土塊とか、火田民とかいう二、三の表現が共通していることにあった。昭和二十年冬、その頃弘前に住んでいた家族と旧制一高の寄宿舎との間を私は頻繁に往復していたし、能代に若い愛人と暮していた遠縁の会社員を訪ねたこともあり、そんなことから八郎潟の風景に触発されて、私はこの詩を書いた。これを昭和二十一年六月復刊した「向陵時報」に寄せ、これが中村光夫氏の眼にとまって「批評」に転載されたのである。だから、私の作品は堀田氏のものが「個性」に発表されるよりも一年近く前に発表されていたわけである。ただ、この作品の風景は、いまになってみると、現実の八郎潟よりは、萩原朔太郎の「沼沢地方」や「猫の死骸」により多く負うているようである。

ああ　浦！
もうぼくたちの別れをつげよう
あひびきの日の木小屋のほとりで
おまへは恐れにちぢまり　猫の子のやうにふるゐてゐた。

が「あの木小屋の畔りで……」という私の作品中の句の原典をなしているわけである。だが、「個性」を読んだときに、堀田氏の作品が「ある潟の日没」と似ていると思い、これがいかがわしいことのように私が感じ、赦しがたいことのように私が考えたことはあくまでも事実である。そして、私は昭和二十二年に「潟の風景」を読んで以来、長いことこうした感情を「潟の風景」に対しても、堀田氏に対しても抱き続けていたのである。ところが、昭和四十六年、前記の三一書房版『戦後詩大系』において私は久しぶりに「潟の風景」に接した。そして、このときにはじめて、何だ、これはまるで違う詩ではないか、と驚きもし、じぶんが抱き続けてきた感情が嗤うべきものであることを自覚したのであった。つまり、客観的には見易いところであろうと思うのだが、詩としての主題も、その展開も、この二つはまるで別のものであって、どちらがどちらの真似ということは成り立たない、と思い至ったわけである。そういう眼で読みかえすと、両者の背景となっている情景が似ているのは、すくなくとも私の作品については萩原朔太郎の設置したところによっているわけであり、一、二の語句もあらためて独創を云々できるほどのものではない。ただ、わずかこれだけのことに納得するのに、私がこの詩を書いてからほぼ四半世紀を要したのである。つまり、じぶんが他人に負うていることについては赦しやすく、見過しやすく、逆に他人がじぶんに負うているかもしれないことについては、赦しがたく感じ、思いすごしがちである。これは私に限ったことかもしれないし、とりたてていうべきほどのことではないかもしれない。

（『ユリイカ』一九七九・八）

創元社版全集編集の頃

半年ほど前、大岡春枝夫人からお電話を頂戴した。大岡昇平さんの遺稿類を近く神奈川近代文学館に寄贈することになったので整理していたところ、中原中也関係の資料の中に中村稔に返却のことと記されている包みが一つ出てきたのでどうしたらよいか、というお問い合せであった。角川書店版の六巻本全集の編集の当時、私は弁護士としての仕事が多忙をきわめていたので、何回か会合に顔出しした以外は、何のお手伝いもできなかった。そのため、創元社版の全集を編集した当時の私のメモ類を大岡さんにお渡ししていた。私はそのメモ類が大岡さんから吉田凞生さんの手に渡り、吉田さんが保存していたのだが、数年前吉田さんが引越して後、荷物の底に入ったまま当分とりだすことはできないと吉田さんから聞いていた。だから、吉田さんの手に渡ったのとは別に大岡さんの手許にもう一包み残っている、とは思いがけないことであった。私には不要のものですし、大岡さんの遺稿類と一緒に神奈川近代文学館で収蔵して下さるなら、私としては有難いことですから、そのままにしておいて頂けませんか、とお答えしたのだが、この文章を書くのについて、当時を思いだすよすがになろうかと考え、最近また大岡夫人にご連絡して、結局、私の手許にお送り頂いた。調べてみると、これは意外に貴重なものであった。先走っていえば、神奈川近代文学館の事務局長倉和男さんに、用談のついでに、この包みのことをお話ししたところ、是非やはり神奈川近代文学館に寄贈してほしい、ということであった。私自身は駒場の日本近代文学館に関係しているが、これは大岡昇平さんと中原中也とのかかわりに関する資料なので、神奈川近代文学館に収まるのが適当だろうと考えている。

この包みが貴重なのは、私のメモ類は別として、大岡さんの私宛の封書が三通、葉書が十三通、大岡夫人から私宛の封書一通、葉書二通が含まれているからである。その他にも、安原喜弘さんからの封書一通、中原福さんからの封書一通、草野心平さんからの封書と葉書各一通、中原思郎さんからの葉書二通、三好達治、河上徹太郎、杉森久英、中村研一の各氏からの葉書各一通、平井啓之からの葉書二通などがある。いずれも私宛だが、その中にまぎれて中原中也の夫人であった野村孝子さんから大岡さん宛の葉書もあった。すべて中原中也全集の編集に関係した書信だが、中村研一氏に何をお尋ねしたのかは私は記憶していないし、葉書の文面からもはっきりしない。平井啓之の葉書は、創元社版全集に洩れている評論「詩と伝統」の切抜きを井上究一郎さんがお持ちだとお聞きしたので、井上さんに直接ご連絡したらどうか、という連絡である。中原中也全集が編集し直されるたびに充実してきたのは、いわば井上究一郎さんのような方々のご教示、ご協力によるものなのだが、こういう事実も私はまったく忘れていた。

大岡春枝夫人の葉書は次のような文面である。

「お返事がおくれまして申訳ございません。

小林夫妻も御存じなく他に二、三の方に尋ねにまゐりましたがわかりません。郵便局にも届けてなかつたので、それも駄目でした。もう一つ探してみるところがありますので、それがわかりましたらお返事を又差上げます。

保土谷の家はお風呂ヤだつたものを買つて住居にしたそうで、だから保土谷にいつて風呂ヤにてきあわせてはどうかといつて教へて下さつた方がありますが、どうしてもお入用なれば私がいつて尋ねてまゐりますからその事もお返事下さい。鎌倉の元の家も住所を知つてる方がないのでどうして調べてよいかわかりませんからついお返事がおそくなりました。右取急ぎ　かしこ」

とあり、差出人は「大岡昇平内」とある。申訳ないことだが、私は大岡春枝夫人にこんなにご迷惑をおかけしていたこともまったく憶えていなかった。大岡夫人から頂戴した別の葉書にはこう記されている。

「お忙しいところいろ〱お手数をおかけしまして申訳もございません。

お返事を戴きまして早速小林先生にお電話にてお尋ね致しましたらやはり大正十五年十一月十一日だとの事でございます故何卒よろしくお願ひ申し上げます

右取急ぎお返事まで

四月十七日　かしこ」

前者に保土谷とあることからみて、長谷川泰子さんの住居を私が問い合わせ、大岡夫人がいろいろ手を尽くしてお調べ下さった結果をお知らせ下さったものにちがいない。というのは、私はこの当時長谷川泰子さんを保土谷にお訪ねした記憶があるからである。どうして彼女の住所を探しあてたのかも記憶が鮮明でないが、たしか私の仕事上つきあいのあった探偵社に調べてもらったはずである。後者は中原の小林さん宛の手紙の年度を、小林さんに直接お問い合わせせずに、大岡さんにお願いしたか、大岡夫人にお願いしたのであろう。全集にみられるとおり、中原のこの小林さん宛書簡には十一月十一日という月日は記されているが、年が記されていないものが一通ある。大岡夫人の葉書に「やはり」とあることからみて、私は一九二六年（大正十五年）と推定していたものの、確認したいと考えたのだろう。思えば、ずいぶん厚かましく無遠慮にいろいろお手数をおかけしていたものである。

私が大岡さんにはじめてお目にかかったのが一九五〇年（昭和二十五年）であったことは確かだが、その何月かは定かでない。秋ころと書いたことがあるが、間違っているかもしれない。いずれにせよ、その年の三月に私は大学を卒業し、司法修習生という身分であった。ある日、中村光夫さんから会いたいというご連絡を頂き、明治大学に中村さんをお訪ねしたところ、大岡が中原中也全集の編集の助手を探しているのだが、やってみる気はないか、というお話であった。私はそれより数年前、戦争中から中村さんの稲村ヶ崎のお宅に何遍かお邪魔していたし、ことに私の親しい先輩であるいいだももは中村家に始終出入りし、中村光夫さんになかば師事していた。余談だが、一九四七年（昭和二十二年）四月、中村さんの編集で「批評」六十号（第九巻第一号）が刊行され、これに私の詩「ある潟の日没」、「オモヒデ」の二篇が中原の「いちぢくの葉」（「いちぢくの、葉が夕空にくろぐろと」とはじまる作品）が掲載されている。私の作品はいずれも旧制高校の校内紙に発表したものであり、中村さんが目をとめて下さって、「批評」

に転載されたのである。私の作品がいわば世に出た最初であり、原稿料を頂戴したはじめての機会であった。中原中也という名前と私の名前が並んで目次に載っているのを見たときは、私はほとんど夢心地であった。そんな因縁から中村さんはいいだや私たちが中原中也の作品を愛読していることをご存知だったので、大岡さんにご推薦下さったのである。それに、私が司法修習生という、裁判官、検察官、弁護士の卵であることから、多少几帳面な仕事をするだろう、と誤解して下さったようである。私はその折、中村さんから、大岡は『武蔵野夫人』がベストセラーになって忙しくなったので、一人では編集できなくなった、とお聞きしたと多年信じてきたのだが、『武蔵野夫人』が出版されたのはその年の十一月だから、創元社版全集第一巻が翌年四月に刊行されていることからみて、そんなことはありえない。記憶とはまことにあてにならないのである。

是非お手伝いさせて頂きます、と中村さんにご返事し、その後間もなく鎌倉の極楽寺の大岡さんのお住居をお訪ねした。最初は中村さんが同行して下さり、用談をすませてから、大岡さんとご一緒に稲村ヶ崎の中村家にお邪魔し、奥様からカレーライスをご馳走になった、というのが私の記憶なのだが、これも確かなことではない。ただ、何時の機会か、大岡さんが食がほそいことを中村夫人に自慢しておられたことは間違いない。

そんな経過で私は創元社版の中原中也全集の編集に携わることになり、やがて、中原中也の遺稿がそっくり私の手許に届けられた。現在、中原思郎さんの夫人中原美枝子さんが、福さん宛書簡などを除く書簡は別として、中原中也遺稿を所蔵し、じつに気配りこまやかに保管しておられるが、昭和二十五年ころ中原家にあったのはそのごく一部であり、大部分は大岡さんが収集なさったものであり、前回の角川書店版六巻本全集の刊行が終ったさい、大岡さんのお指図で、遺稿類は中原思郎さんにお送りし、書簡はそれぞれ名宛人にお返しすることとしたのである。だから、中原全集の基礎資料である遺稿類の収集は、すべて大岡さんの努力によるものである。かなりの量の遺稿はこの当時小林秀雄さんが収集し保管しておられたものだが、戦争中、いいだももがそれらの遺稿詩を拝借し、筆写したことを私がじっさい見聞していた。その他、阿部六郎、青山二郎その他の方々がお持ちであった遺稿を、大岡さんがまきあげるように、ひっさらってお集めになったのである。

私はそうした遺稿を座右において編集をはじめたのだが、何分それまでそうした経験があったわけでもなく、全集の編集とは何をすることか教えて下さる方もいなかった。手本となるようなものもなかった。しいていえば、十字屋版『宮澤賢治全集』くらいのものであった。岩波書店から漱石全集等は戦前から刊行されていたが、参考にはならなかった。私がまず手をつけなければならないと思ったのは年譜の作成であり、遺稿の執筆年時の確定あるいは推定であった。

大岡春枝夫人からお送り頂いた包みの中に私が作成した年譜の原稿がある。年譜の原稿は何度か書き直したので、これが何度目のものかは不明である。それまで中原中也の年譜としては創元選書版『中原中也詩集』（一九四七年刊）に付された大岡さん作成のものがあるだけであった。これは中原年譜として最初のものであり、その後の年譜の基礎となった画期的な仕事だが、僅か五頁に足りない簡略なものであり、「詩的履歴書」からの引用がほぼその半分を占めている。私は年譜に生活上の事項に加え、制作発表された作品を書きこんでいくこととした。この年譜の原稿は可笑しいことだが裁判所の起案用紙というものに書かれている。司法修習生は裁判記録を渡されて判決、起訴状、弁論要旨などの案を起草することなどが問題あるいは宿題として課されるので、こうした用紙が自由に入手できたものであろう。一方、原稿用紙、ノート類もまだあまり市販されていなかったのである。ちなみに一九五二年（昭和二十七年）四月、司法修習生を終えて弁護士になった当時は外食券というものがなければ、外で食事できなかった。麺類が自由にたべられるようになったのは一九五二年の秋以降である。

安原喜弘さんの『中原中也の手紙』が書肆ユリイカから刊行されていたから、これに記されている時期は比較的くわしく分るし、鎌倉時代の日記も残っていた。しかし、上京以後、中原中也は転々と住居を変えているので、何時どこに住んでいたかを年譜の案に書きこむことにしたのだが、その手がかりは書簡に記されている住所であった。だが、書簡には通常、月日は記されているが年は記されていない。小林さん宛の書簡の書かれた年を確かめようとしたのもそういう趣旨であった。中原福さんから頂いた手紙は次のようなものである。

「未だ御尊顔を拝し上ました事は御座いませんけれ共つたなき筆にて御挨拶を申上げます。

さて亡中原の事につきましては一方ならぬ御尽力下さいます御由厚く〳〵御礼申上ます。此間思郎に御尋ねになりました中原の手紙にまりゑの事の御座いますのは昭和五年頃かと存じます。此間大岡様に御送り申上ました手紙はたしかに鎌倉から呉れました手紙と存じます。それには小林様とボートにのりました事がかいて御座います。まりゑの事の手紙最近御送り致しました事は御座いませんが如何で御座

いませうか。御多忙中恐れ入りますが大岡様に御尋ね下さいませんでせうか。御願ひ申上ます
先づは御礼かたぐ〳〵御返事申上ます」

これは角川版六巻本全集にも創元社全集にも一九二七年八月二十二日付として掲載されている中原から福さん宛書簡の年をお問い合せしたのに対するご返事である。この手紙には「まりゑさんは西川さんが急に漢口に帰ることになりましたので八月十日東京を発たれました」とあり、「先達は小林とボートを漕ぎました。僕は漕げません」とあることから、思郎さんにお尋ねし、福さんがお答え下さったのだが、創元社版全集でも、その後も、昭和五年（一九三〇年）という福さんの推測は採用していない。たぶん小林さんとの関係で昭和五年では平仄が合わないのではないかと想像するが、一九二七年ときめた経緯は、いまでは憶えていない。

この手紙を福さんから頂戴したのは一九五一年（昭和二十六年）だから、中原が死んでからまだ十四年しか経っていない。中原家の親戚にあたる西川まりゑさんの夫君が急に漢口（現在の武漢）に帰ることになったというような手がかりがあっても、なお、福さんといえどもその記憶はたよりにならないのであった。記憶が客観的に手紙などで確認できる事実と合致しない例はそれこそ無数にあった。しかも、一度印刷物になっていると何かしら信用性が高いような先入観をもちがちだが、活字になっているからといって必ずしも信頼できない。そうした矛盾する証言の間で私は右往左往したのであった。

それにしても、この福さんの手紙を読みかえして、いくつか感じることがある。ひとつはこの全集の編集にさいし、私がついに一度も福さんにも思郎さんにもお目にかからなかったということである。私

は司法修習生という仕事を怠けられるだけ怠けていたのだが、それでも山口まで旅行する暇がなかったし、旅費もなかった。しかし、現代の全集の編集の責任者の眼からみて、信じられないほどの怠慢と非難されてもいたし方あるまい。もうひとつには、福さんの文面が丁重をきわめていることである。私は当時まだ二十三、四歳にすぎなかった。福さんにはその後一度だけお目にかかったことがあるが、この文面から窺われるようなお人柄であった。

だから書簡の執筆年月日を確定することは書簡に記されている住所が当時の中原の住居であったことを確定することでもあり、この年月日が確定できなければ配列もできない。同様にして詩等の創作年月日も推定したのだが、後年吉田凞生さんがしたような綿密な作業はしていない。その多くは安原喜弘さんの『中原中也の手紙』所収の作品などを除けば、多くは大岡さんの推測によったのだが、原稿用紙の分類などは思いもよらなかった。私が気づいたことは、京都時代までは変体仮名を使っていたこと、上京してからはまったく変体仮名を使わなくなったこと程度のことであった。

私がむしろ努力したのは、中原が関係していると思われる雑誌にあたって、それらに掲載されている詩を見つけだすことであった。草野心平さんから頂戴した封書で、草野さんは「歴程」が七号まで発行されたこと、創刊は昭和十年五月で、中原は創刊当時から同人であり、その前年に草野さんは中原と知り合ったことなどが書かれている。「九年の秋頃、麻布龍土軒で自作詩発表の朗読会をやつた。小生の出席勧誘のハガキで中原出席、その晩銀座㊉で泡盛をのみ、それから交際がはじまり、歴程同人になることになる」、とある。また、「『山羊の歌』のソウテイは、青山二郎がするはずだつたらしいが、新潟かどつかへ行つてて、却々帰つて来ないからといふことで、高村さんにたのみたいといふことで、一緒に高村さんをたづねる。それが彼と高村さんの交渉のはじまり」、とも記されている。別の葉書からみると、私は草野さんから歴程創刊号から五号までに発表された詩九篇を写させて頂いたようである。安原喜弘さんのお手紙は『中原中也の手紙』の伏字をおこしたいという私の問い合せに対し、そのまましておきたいが、周囲の人々の要望であればそれもやむを得ない、但し佐規子さんの同意を得られることを望みます、とある。佐規子さんが長谷川泰子さんであることはいうまでもない。

こうして書いてみると私はもっぱら手紙でじつにいろいろな方にお問い合せし、ご返事を頂いて編集の作業をすすめていたようだし、それも事実なのだが、それでもかなりの数の方々にはお目にかかっている。長谷川泰子さんを保土谷にお訪ねしたことは前述したとおりだし、当時下石神井にお住居だった草野さんもお訪ねしているし、阿部六郎、青山二郎、野村孝子その他の方々ともお会いしている。ただ当時の私には中原の伝記を書くつもりもなかったし、それらの方々の聞き書を残しておくつもりもなかった。年譜に記載すべき事項、作品や書簡等の発表や制作の年時、未発表の遺稿の有無等をお訊ねして、お答えが得られれば、それで足りるとしていたのであった。いまになってみれば、心残りなことだが、当時はそう考えてはいなかった。私には他人の眼をとおしてみた中原の回想よりも、中原自身の作品だけが大事であった。これは私の気質によることでもあり、そういう意味では大岡昇平さん、中村光夫さんは編集助手の人選を誤ったといってよい。弁解すれば、創元社版全集の第一巻は一九五一年（昭和二十六年）四月に、第二巻は五月に、第三巻は六月にそれぞれ刊行されて完結している。印刷、製本等を考えれば編集の期間はほぼ半年にすぎない。この程度の期間でまともに校訂した全集ができるはずがないし、誤植も多い。そのわりには、全集の体をなしているではないか、という思いがないわけではない。全集である以上、上記したこと以外にもいろいろの作業があったが、大岡夫人から届いた大岡さんの私宛の葉書にこんなものがある。

「拝復「ふくらむだ」は解説のやうに、中原が一種の感じを持って書き流したものと思はれますが、「記臆」は明白な間違ひではないかと思はれます。しかしその判定を下してゐては大変だから、全部を「マヽ」として処理すること賛成であります。精密にお調べ下さって感謝に堪えません。よろしくお願いします。」

遺稿詩の中に「夏の記臆」という作品があるが、生涯をつうじて記憶を記臆と書くのが中原の用例であった。吉田凞生が編集した講談社文芸文庫版『中原中也全詩歌集』では「記臆」は慣用表記としているが、角川版全集ではまた「記憶」とあらため、別巻の「異文」で注している。こうした表記をどう処理するかは決してたやすくはないが、それにしても、この程度のことに大岡さんが、「精密にお調べ下さって感謝に堪えません」といって下さったことからみても、大岡さんとしても当時は校訂にあまり気を使っておられなかったことが知られるだろう。

つまりは、創元社版全集はその程度の意識で編集されたのであった。

（『中原中也研究』一号、一九九六・三）

私と「現代」詩

「近代詩と現代詩をつなぐ視点」をテーマに感想を述べよ、ということである。私は詩史に暗いので近代詩と現代詩をどう区別するのか定かでない。試みに最近送られた集英社文庫『ことばよ花咲け』をみると、これには森鷗外から平出隆に至る百十一名の詩人の作品が収められているが、編者大岡信は「解説」に「できるだけ親しみやすい現代詩の選集を編むことを心がけ」たと記している。そうしてみれば、森鷗外にはじまる明治大正期の詩人たちや中原中也ら昭和初期の詩人たちの作品も現代詩の一部をなすらしい。そういう視点に立てば近代詩という範疇は不要であろう。逆に近代詩と現代詩とは同義とみることもできる。それでは与えられたテーマが意味をなさないとすれば、現代詩とは一九八〇年代の現在書かれている詩というほどの意味に理解すべきであろうか。

それでも与えられたテーマの趣旨が想像できないわけではない。たとえば高村光太郎の作品を読んでいると、この『ことばよ花咲け』に収められている「郊外の人々」、「愛の嘆美」の二篇にしても、たしかに智恵子という女性のために書かれたことは疑いようがない事実でありながら、智恵子と光太郎という個人を超えた、新しい時代の恋愛の普遍性をもった感情を造型している。時代を先取りしているか、時代に対応しているか、を別にして、この選集に収められた作品のうち、私より前世代の詩人たちの作品の多く、私と同世代の詩人たちの作品のいくつかは、同じように時代、書かれた時期の状況の普遍的な感情、情緒を表現している。別の例をあげれば、石垣りんの「シジミ」も鮎川信夫の「繫船ホテルの朝の歌」も、長谷川龍生の「理髪店にて」も、そうである。こういう選集の中で通読すると、石垣らは一様に苛立ってみえる。一様に失われた過去と不確かな未来のなかで彼らの個性が苦しみ悶えているようにみえる。その苛立ち、苦しみ、悶えのかたちはそれぞれに個性的であるが、個性的であることによってかえって普遍的であり、そのためにある時代の感覚や思念をえぐりとって示したこととなったように思われる。彼らが幸福な時代をもったということであるのか。

いわゆる高度成長期以降、コミュニケーション・メディアの発展、価値観の多様化、自足した生活様式、比較的な意味で安定した未来への展望、といったものが私たちをとりまき、詩人たちの私的、個人的な事件や体験が普遍性をもちにくくなっている。もし今日私たちが書いている詩が衰退しているとすれば、たとえば戦後の一時期に存在していたような、詩人の生活と時代の状況との幸福な対応といったものが失われたためであるかもしれない。私じしんを考えてみても、詩を書きはじめた時期に比し、著しく時代的関心を失っている。それが私たちの現在の不幸であるのか、どうか。

おそらくそうではない。言ってしまえば身も蓋もないけれども、いわば私たちに欠けているのは一人の天才であろう。私たちの時代は、高村光太郎、萩原朔太郎、斎藤茂吉、といったたぐいの巨人をもっていない。彼らの時代といえども、私たちの時代と比べてどれだけ時代の状況が単純であったか。すこしも単純であったわけではない。状況の渦中にあって、個人的な感情、情緒、体験がどれだけの普遍性を保証されたわけでもあるまい。

いったい詩という文学の表現形式が真に何人の読者をもちうるのか。詩は小説などとちがって、結局においてまことに私的な営為にすぎない。もし、百人かそこらの読者の共感を得ることができるなら、幸せとすべきではないか。今日、夥しい詩集が刊行され、ある一部の詩人のばあい、商業的な出版が成り立っていることは、それ自体私には奇蹟のようにみえる。今日ほど詩が隆盛である時代はなかった、と私には思われるし、同時にその内実においてかなりに貧困であると思われる。ごく少数を除いてすべてが忘れ去られ、捨て去られるであろう。忘れ去られ、捨て去られるべき作品として詩を書き続けて私もほぼ四十年に近い。私にとって詩作がまことに私的な営為にすぎない以上、忘れ去られ捨て去られることは恥でもないし、嘆くべきことでもない。たぶん私たちの時代は天才を欠いている。だからといって私は現代を洞察しようとも思わないし、状況を総体的に把握しようとも思わない。まことに個人的な瑣末にこだわることをつうじてしか、私は現代とつながることはできない。私が書いている作品が「現代」詩であるか、どうかは私にはどうでもよい。

(『現代詩手帖』一九八四・六)

第2章　萩原朔太郎、その他何人かの詩人たちについて

子規の新体詩

正岡子規の新体詩をいとぐちに、わが国の近代詩、現代詩の成立に関連するいくつかの疑問と感想を記してみたい。

子規の新体詩については、みるべき作品がないということに批評家の意見は一致しているようである。粟津則雄は、子規の新体詩には「残念ながらほとんど見るに足るものはない」といい（『正岡子規』朝日評伝選）、岡井隆は、「たしかに子規の新体詩は面白くない」と記している（『正岡子規』筑摩書房・近代日本詩人選）。粟津は続けて、「このように彼が、新体詩革新の仕事を果しえなかったのは、おそらく、彼の資質が、新体詩にそぐわなかったためと考えていい。彼を新体詩に押しやった力は、やがて短歌において実り多い対象を見出すのである」、と書き、岡井は、子規が「新体詩をほとんど廃するにいたる動機としては、当然、明治三十年に出版されて新体詩の完成者となった島崎藤村の『若菜集』の出現をあげるべきであろう」、と述べている。

子規に「古城の月」と題する新体詩がある。

矢叫びの音　鬨の声
敵も味方も　屍なり
十里の山河　血に染みて
彼も一時となりにけり

ふりにし跡を来て見れば
石垣ばかり　残りにき
三百年の　夢覚めて
昔を照す　秋の月

講談社版子規全集八巻の解説と月報によれば、明治三十二年『中学唱歌』のために「富士山」、「太平洋」の作詞の依頼をうけた子規が、割当て表の「古城の月」（土井晩翠分担）という題に心ひかれて試みた可能性も考えられないではない、ということである。措辞の稚さ、想像力の貧しさが目立ち、晩翠作の「荒城の月」と比すべくもない。子規の資質にとって新体詩という形式がいかにもそぐわぬものであったことは、粟津のいうとおりである。ただ、その資質とは何か、ということに私はこだわっている。なお、後にふれるつもりだが、この「古城の月」には脚韻の試みがふくまれている。

私が子規の資質とのみいってすますことができないように感じているのは、子規に限らず、子規の系譜につらなる人々の新体詩の試作にも、同様みるべき作品がないからである。伊藤左千夫、長塚節、島木赤彦らにも新体詩、長歌と分類される作品があるが、これらも子規の新体詩とほぼ同水準にあると考えてよい。ところが、与謝野鉄幹のばあいはどうか、といえば、歴史的意義はともかく、鉄幹の短歌作品にみるべきものがないのに反し、彼の詩作品の若干は、わが国近代詩の貴重な成果に数えてよい、というのが私の考えである。

われ男の子意気の子名の子つるぎの子詩の子恋の子あゝもだえの子
をのこわれ百世《ももよ》の後に消えば消えむ罵る子らよこころみじかき

明治三十四年刊の鉄幹の詩歌集『紫』冒頭の知られた作品だが、子規には明治三十一年の「われは」十首中次の作品がある。

吉原の太鼓聞えて更くる夜にひとり俳句を分類すわれは
人皆の箱根伊香保と遊ぶ日を庵にこもりて蝿殺すわれは

同じく黎明期の強烈な自己主張だが、鉄幹の作品は観念的な叫びにとどまり、印象明瞭な孤独の訴えにおいて子規の二首に到底及ばない。しかし、同じ『紫』巻末の「敗荷」はどうであろうか。

夕不忍《ゆふべしのばず》の池ゆく
涙おちざらむや
蓮折れて月うすき
長酡亭《ちやうだてい》酒寒し
似ず住の江のあづまや
夢とこしへに甘《あま》きに

とこしへと云ふか
わづかひと秋
花もろかりし
人もろかりし

おばしまに倚りて
君伏目《ふしめ》がちに

嗚呼何とか云ひし
蓮に書ける歌

ぽきぽきと断絶するような声調でうたわれた、この恋愛の悲傷は、わが国の近代詩が伝統と無関係に成立したわけではなく、蕪村の「春風馬堤曲」や「澱河歌」からの継受もあることを示しているだろう。
そしてまた、

大石誠之助は死にました、
いい気味な、
機械に挟まれて死にました。
人の名前に誠之助は沢山ある、
然し、然し、
わたしの友達の誠之助は唯一人。

の第一節にはじまり、

誠之助と誠之助の一味が死んだので、

忠良な日本人は之《これ》から気楽に寝られます。
おめでたう。

の第五節に終る「誠之助の死」は、大逆事件に対するわが国の文学者の反応の最高の結実であった。夭折した子規をこの時期の鉄幹と比較することはいささか不当だが、しかし私には、子規が大逆事件に遭遇したとしても、これほどにしたたかに自らの体験とし、文学的な表現を与えることができた、とは思われない。これは勿論彼らの資質の問題であり、それぞれの資質とふかくかかわる詩法の問題であろう。

新詩社及びその系譜につらなる人々が、わが国の近代詩の成立に重要な役割を果したことは疑問の余地がない。岡井隆は前掲書において、「鉄幹・晶子の新詩社からは、さまざまな近代文学が生れていったが、その顕著な一つに新体詩ならぬ現代詩をあげてもいいであろう。萩原朔太郎（新詩社同人として歌を作った）に好例をみるように、近代詩から現代詩にいたる自由詩の主流は、新詩社に源流を持っている。『文学界』の島崎藤村に源流を持っていないのだ。藤村は、いわば、新体詩の完成者として、文体的には、明治二十年代までの詩史をしめくくったと見られる。『若菜集』にみられるかぎり、あれは、新体詩の形を借りた短歌的抒情であった」、と書いている。私はこの岡井の所説に半ば共感しながら、いろいろと疑問を感じている。岡井に対する共感と疑問を記す前に、用語を一応定義しておくこととすれば、『若菜集』の藤村を新体詩の完成者とみ、『若菜集』を近代詩の出発点とすることとする。近代詩とは文語で、おおむね七五調、五七調等の音数律による詩をいうものとし、口語自由詩以降を現代詩ということとする。高村光太郎、萩原朔太郎以前にすでに口語自由詩が書かれていたが、『道程』（大正三年刊）と『月に吠える』（大正六年刊）に、現代詩の成立をみることとする。さらに大正期から昭和期への現代詩に最大の衝撃を与えた訳詩集として、堀口大學の『月下の一群』をあげることとする。近代詩から現代詩への転回期を代表する詩人として私は北原白秋を考えている。白秋に関しては新詩社の歌人として文学的な出発をしたとはいえないけれども、いうまでもなく新詩社の詩人である。光太郎（砕雨）、朔太郎、大學がいずれも「明星」への短歌の投稿者として彼らの文学的活動をはじめたことからみて、「近代詩から現代詩にいたる自由詩の主流は、新詩社に源流を持っている」、という岡井の考えに私が共感するのは、そういう理由からである。一方で、わが国の現代詩を遡れば萩原朔太郎から蒲原有明へ、この『草わかば』の詩人から島崎藤村へ、という系譜を辿りうること、文語詩から口語自由詩への展開の混乱と渾沌の中ではじめて『道程』や『月に吠える』の作品が書かれたこと、光太郎も朔太郎も（光太郎のばあい後年僅かな歌作があるとはいえ）、短歌の制作を止めた地点ではじめて彼らの詩作が成立したこと、などからみて、現代詩の源流が新詩社にあるといいきってしまうことには、私は多くの躊躇を感じざるをえない。

加えてわが国の近代詩から現代詩への展開と、それについての短歌とのかかわりを考えるばあい、島崎藤村はもとより、土井晩翠、薄田泣菫、蒲原有明のような詩人たちも、また、かれらの詩作と少くとも同程度の意義をもつ『海潮音』の訳者上田敏も、作歌体験のない人々であった。つまり、こうした作歌体験のない人々によってわが国の近代詩の主要な業績がなされた。鉄幹の前掲の若干の詩作も、晶子の「君死にたまふことなかれ」等も、あるいは石川啄木の詩作も佳作に乏しくはないけれども、わが国の近代詩史を展望するとすれば、彼らはついに脇役にすぎなかった、そう私には思われる。

ところが、口語自由詩の時代に至って、逆に、新詩社の系譜につらなる、歌作によって文学的出発をした詩人たちが主要な役割を演じることとなる。それが何故か、ということは暫く措き、そうした詩人たちとして、たとえば、石川啄木の短歌の影響の濃い歌作の習作をもつ、宮沢賢治や中原中也をあげてもよい。ただ彼らのばあいも、短歌と絶縁してはじめて彼らの詩作が成り立ったのであって、歌作の延長線上で詩が書かれたわけではない。北原白秋のばあいはどうかといえば、『邪宗門』、『思ひ出』で出発した、この稀有の詞藻にめぐまれた詩人は、口語自由詩の時代を迎えるに至って、『桐の花』にはじまる短歌への傾斜をふかめ、『白南風』、『黒檜』の歌人としてその生涯を閉じた、とみて差支えないだろう。つまり、白秋は近代詩の最終期に位置し、現代詩への転回期において詩人として活動を止めるに至った詩人であった。

右に概観したように、新詩社の歌人たち、たとえば鉄幹、晶子、啄木らは、近代詩の歴史においてついに脇役であったとはいえ、同時にすぐれた詩人でもあった。そして、新詩社の系譜につらなる光太郎、朔太郎、大學らによってわが国の現代詩の詩的秩序がみいだされた。こうした新詩社の果した役割に対比して考えてみると、子規とその系譜につらなる人々はわが国の近代詩、現代詩の成立にほとんど無縁であった。かえって、子規の系譜は多くのすぐれた散文作家を生んでいる。子規自身の「墨汁一滴」等の散文はいうまでもない。夏目漱石は別におくとしても、伊藤左千夫、長塚節、斎藤茂吉、高浜虚子らがその例である。彼らが何故新体詩ないし近代詩の作者たりえず、すぐれた散文作家たりえたのか。これは「写生」という手法、自然主義の抬頭という時代的環境、新詩社との対比でいえば、写実主義対浪漫主義といわれるものなどにその理由の多くは求められるであろうが、ただ、それだけであろうか。
子規に戻ると、明治二十九年作の「父の墓」の第三節は次のとおりである。

勉め励みて家を興し
亡き御名をもあらはさんと、
わが読む書のあけくれに
思ひしこともあだなりき。
出づるに車、食に魚、
残りたまひし母君を
せめて慰めまつらんと
思ひしそれさへあだなりき。
学問はまだ成らざるに
病魔はげしく我を攻む。
書を抛ち門を閉ぢ
一年半ばは褥に臥す。

何事も過去に成らざりき、
未来も成ることなかるべし。
やがて吾妻に上りなば
また得まみえたてまつらじ。

「父上許したまひてよ。われは不幸の子なりけり」、と第二節、第四節にくりかえすこの作品から、私が想起するのは、同じ明治二十九年作の鉄幹の「断腸録」の一節である。

名をあげ家を興せよの、
そのみをしへハ忘れねど、
狷狂人に容れられず
世わたる道のつたなくて
思ふところの一つだに
猶なし遂げぬくちをしさ。

「断腸録」は次の序詞を有する。「廿九年九月二日、母上の御病あつしとの電報いたり、倉皇として郷里西京に帰る。家に入れバ、はや絶え入り給ひて、一日を経たり。及ばざるを悔むも甲斐なく、あまりの悲しさに、暫しハ涙も出でず。あゝ児や、総角《あげまき》の年を以て、膝下を辞し、東西に流泊する、茲に十五年、たま〳〵郷を過ぎて慈顔を拝するも、近侍すること、二旬より多きハあらず。しかも書生の志すところ、世と乖離し、壮語益多くして、実行益難きを奈如せむ。嗟跌また嗟跌、屡々慈懐を悩して、未だ一日も愁眉を開かせまつらざるなど、児が罪ふかさ、測るべからずと謂ふべし。思ひつづくれバ、千恨万悔、九腸ために寸断せむとす。夜に入り、僧来りて、経を御枕辺に誦す。われも念珠つまぐりて、観無量寿経を誦し終り、さて偈に代へて一首を仏前に捧ぐ」。つまり、「父の墓」も「断腸録」も、立身出世を志しながら、「何事も過去に成らざりき、未来も成ることなかるべし」、「嗟跌また嗟跌」という絶望の淵から、親不孝を詫びる、という発想において共通している。しかし、子規のばあいは、その不幸はもっぱら「病魔」という外部からふってわいた災厄によるものであり、鉄幹のばあいは、彼自身の「狷狂世に容れられず」という存在の本質にかかわっていた。いいかえれば、鉄幹のばあい、詩人であるからこそ狷狂世に容れられず、社会と乖離するのであり、だから詩を書き、世に流泊することとなるのであり、すべての不幸、不孝は彼が詩人であるという存在に原因している。ところが子規についていえば、彼の俳句も、短歌も、漢詩も、新体詩も、日記も、そうした社会秩序との違和や乖離といった感情に発してはいなかった。「歌よみに与ふる書」をみても、反権威の烈々たる気魄にあふれているけれども、徹頭徹尾子規は短歌の美学を説いているのであって、それ以上のものではなかった。

　このことと子規の新体詩はふかいつながりがあるように思われる。はじめにふれたとおり、子規は押韻詩を試みたが、押韻に関し「新体詩押韻の事」という文章をのこしている。文中子規は、「押韻が文字を束縛し従つて思想を束縛するは作者に与ふる害なれども、作者に与ふる利も亦少からず。其利を挙ぐれば」、といって、次の三をあげている。

「第一、狭き範囲に在れば却つて自己の技倆を現すに適すること
第二、言語の範囲を限らるゝがために却つて思想の上に惑を生ぜず早く作り得ること
第三、限られたる韻語を探して韻語より思想を得るがために却つて奇想警句を得ること」

中村真一郎はマチネ・ポエチックの詩作を回顧した「押韻定型詩三十年後」という文章の中で、「途方もないイメージの結合の最大の導き手となるのが、定型、殊に脚韻である」、と記している。これは子規のあげた第三の効用とひとしいだろう。そういう意味で子規の押韻詩論は決して見当はずれのものではないし、また意外性をもつイメージの結合に俳句作者子規が関心を抱くことはむしろ当然である。ただ、この新体詩論も徹底的に審美的である。「自己の技倆」というばあい、その「自己」そのものの存在に対する不安や懐疑はない。子規において強烈な自己主張はあったが、その自己は決して狷狂にして世と乖離する、といった性質のものではなかった。そして、そういう自己のあり方は子規の系譜につらなる多くの歌人や俳人たちとひとしく、鉄幹に認められ、また多くの新詩社の系譜につらなる人々の自己のあり方と異っていた。たとえば、高村光太郎、萩原朔太郎、宮沢賢治、中原中也らの現代詩人たちは、極端にいえば、みな親の遺産の上に徒食した人々であったが、子規の系譜につらなる人々は、ほと

んどすべて、まことに健全な生活者であった。幸か不幸かは別として、わが国の現代詩は健全な生活者であることに背を向けることによって成立したといってもよい。

健全な生活者であった子規は『若菜集』に対しても不満をもっていた。「若菜集収むる所長短数十篇尽く悽楚哀婉紅涙迸り熱血湧く底の文字ならざるは無し。其句法曲折あり変化あり波瀾あり時に奇句警句を見る。吾望を藤村に属す」、と述べて子規が『若菜集』を評価したことは事実である（「若菜集の詩と画」）。ただ、だからといって岡井隆のいうように、『若菜集』が出現したために子規が詩作を廃した、と考えるのはどうであろうか。子規は『若菜集』中、「おきぬ」「おつた」「おきく」「四つの袖」「天馬」「流星」「狐のわざ」「雲のゆくへ」「鶏」をあげて、これらは「意匠の陳腐ならぬ結構の尋常ならぬ者なり」、と称揚している。私の眼には子規のあげた作品中『若菜集』中の佳作というべきものは「雲のゆくへ」一篇のみであると思われる。多くは物語的、「意匠」「結構」の興趣にみるべき力作であっても、わが国の抒情詩の扉をひらいた作品とはいいがたい。綿々と流浪の孤独をうたった「草枕」、あふれる青春の思いをうねりみちる春潮に寄せた「潮音」、あるいは寂寥のなかで秋風の行衛をのぞんだ「秋風の歌」など、真に『若菜集』を代表する作品に子規は心惹かれなかった。

庭にたちいでたゞひとり
秋海棠の花を分け
空ながむれば行く雲の

更に秘密を闢《ひら》くかな

四行詩「雲のゆくへ」を子規が評価したことは前に記したとおりだが、これも印象明瞭な事実の描写と「意匠」「結構」に工夫を認めたものにすぎないのではなかろうか。

わきてながるゝ
やほじほの
そこにいざよふ
うみの琴
しらべもふかし
もゝかはの
よろづのなみを
よびあつめ
ときみちくれば
うらゝかに
とほくきこゆる
はるのしほのね

この「潮音」について、岡井は前掲書中次のようなすぐれた鑑賞を行っている。「大したことを言っているわけではない。事柄を述べるという意味では、春の海の潮騒よ！　と言っているだけのことだ。藤村の場合、その単純な一つの目的のために、一行一行の詩行は、音韻ゆたかに、藤村の天性の語感によってえらばれて、うねるように運ばれていく。初四行、中四行、終四行の、意味の転回もあざやかであるが、なにより詩句のひびきがいい。脚韻のなんのと計算しなくても、おのずから、「ながるゝ」と「いざよふ」とは、韻が合っている。「やほじほの」と「うみの琴」もそうである」。まことにゆきとどいた鑑賞であり、つけ加えることはない。ただ子規はおそらく岡井のようには「潮音」を読まなかったろう。ここには「意匠」も「結構」も、じっさい「大したことを言っている」わけでもない。こうした「単純」な言葉のうねるようなながれによって奏でられた青春の思いといったものは、子規の関心事ではなかった。「新体詩の趣向の上には、種々あれど、現今発達せるものは、主観的即理想的の考を漠然述ぶるが如きものなり、例へば星の如き多く用ひらるもの是なり。之も可なり。されど一方には今少しく印象の明瞭なる事実的のものにあらざる可らず。今は甚だ乏し、少しくあれど漠然捕捉し難く、又詩趣なきもの丶みにして面白からず又些の発達あることなし」、とは子規が「「新体詩に就て」の談話」中で語った言葉である。子規のいう詩趣が、「意匠」、「結構」、「趣向」といったものを意味するとすれば、これはそのまま「潮音」に対する子規の批判、不満を述べたものとみてよいだろう。「藤村の悲哀は毎篇其趣を同じうす。是れ其触接する所の事物同じきが為ならん。叙情の外に叙景あり叙事あり。主観の外に客観あり。恋愛の外に忠孝友愛慈悲等あり」、とは子規が「若菜集の詩と画」に記したところである。まさに「父の墓」は子規のこうした新体詩観の実践の試みであった。子規には「潮音」における事実把握の印象の明瞭でないこと、空想的で無内容であることが耐えられなかったにちがいない。蒲池文雄は、「子規は、新体詩が手を切ろうとした俳句のメガネをかけて詩を作ろうとした」、といって子規の新体詩の挫折の原因を指摘しているということである（講談社版『子規全集』八巻解題）。「潮音」には調べがあり、気分があり、青春の情感がある。一方で事実の確実的確な把握や認識を欠いていた。イメージの意外な結びつきや飛躍によって私たちの精神に衝撃を与えるといった要素をもっていなかった。子規の挫折は、子規が俳句、短歌のような伝統詩の枠組の中でしか新体詩をみられなかったことによるだろうし、子規がいつも健全な生活者の眼をもっていたことにもよるだろう。子規が意図した方向に、俳句、短歌の革新がみちびかれたが、新体詩から近代詩への展開はそうした方向に向かわなかった。それはある意味で致し方のないことであったが、そういうふうにわが国の詩が展開したことが、はたしてどういう意味をもったのか。

飛躍すれば、戦前の現代詩人たちのかなり多くがその文学的出発において作歌体験をもったことは既述のとおりだが、戦後詩の作者たちにはほとんどそうした体験の持主はいない。おそらく大岡信の如きが例外的な存在であろう。逆に、安東次男、吉岡実らのように、句作によって文学的な出発をした詩人たちが戦後詩の潮流の形成に大きな役割を果してきた。安東についていえば、楸邨、秋桜子、虚子をへて子規の系譜につながるといってよい。何故、そのように戦後詩が展開したのか、についても考えるべきことは多い。
そうしたわが国の詩、短歌、俳句をふくめた巨視的な視野に立った広義の詩の歴史の中で、正岡子規をさらに考えてみたい、と私は感じている。

（『文学』一九八四・九）

「一つのメルヘン」と「蛙声」——中原中也

いま鎌倉文学館で、晩年の鎌倉を中心にした中原中也展が開催中ですから、晩年の中原の詩作について、どういうことを私が考えているかを申し上げようと思います。

その晩年の代表作として「一つのメルヘン」と「蛙声」という二つの作品をとりあげることにいたしますが、「一つのメルヘン」については、ご覧になっておいでかどうかわかりませんけれども、鎌倉文学館の図録に、短い文章を寄稿しており、それに「一つのメルヘン」を私がどう読んでいるかということを書いているので、「一つのメルヘン」について詳しく申し上げるのは気が進みません。そこで、「一つのメルヘン」については簡単に、「蛙声」についてすこし詳しく申し上げるということにいたします。

私は三十年ぐらい前に、それ以前から短い文章を書いておりましたけれども、初めて中原中也についてまとまった評論を書きました。そこで私が言いたかったことは、述志、志を述べる、如何に生きるかという志を述べるということが、中原中也の全作品をつらぬく中心的なモチーフだということでした。

そういう系列の作品は、若い時期の「寒い夜の自我像」から始まって、最晩年の「春日狂想」に至る。

たとえば「寒い夜の自我像」では、〈陽気で、坦々として、而も己を売らないことをと、／わが魂の願ふことであつた！〉というように、如何に生きるかという志を述べていますし、「春日狂想」では〈愛するものが死んだ時には、／自殺しなけあなりません。〉と始まっていますが、〈ハイ、ではみなさん、ハイ、御一緒に――／テムポ正しく、握手をしませう。〉という、やはり如何に生きるかという覚悟を述べています。こういう一連の系列の詩が、中原中也の詩の核心をなすものであるという風に考え、それを私なりにまとめてみたものです。それは私が「寒い夜の自我像」とか「春日狂想」とかいう作品を、若い時から愛読したので、何故私はこういう詩が好きなんだろうかと考えるにつれて、戦中、戦後の私の生き方と重ね合わせて、こういう詩に惹かれていたと考えていただいてもいい。その後、私の考えにも若干の変化があります。もちろん私は「寒い夜の自我像」から「春日狂想」へという核心をなす一連の作品を重要視していることには変わりはないのですが、同時に中原中也という詩人は、もちろん単一の路線を走ったわけではなくて、彼の詩には複数の系列がある。その中の一つの系列は、中原中也の自信作であり詩生活への出発の作品であると中也が思っていた「朝の歌」から「一つのメルヘン」へという系列であろうと考えます。「朝の歌」は、倦怠感、喪失感、挫折感というような心情を歌った作品であり、生涯にわたってそういう系列の作品がずっと続いている。社会からの疎外感とか、少年時に、かつて自分の黄金時代があったのに、それが失われたとか、それでも自分は絶望しながらも生きていくのだとか、そういうような心情が、「朝の歌」の時代には、かなり抒情的に優しく歌われていたわけです。こうした心情は年を経るにしたがい、しだいに深刻になっていった。文也の死もありますし、文也が死ぬ前から、ご承知のとおり『在りし日の歌』の「在りし日の歌」という章の冒頭にある「含羞」という詩には、〈死児等の亡霊〉というような言葉がみられる作品があります。文也の死より前の詩で有名な「骨」には、〈ホラホラ、これが僕の骨だ、〉というような、死と生との境を、幽明境を異にするという言葉がございますけれども、幽明の境を行ったり来たりしているような心情が中原の晩年には非常に強かったと考えております。そういう見方で「一つのメルヘン」という作品を読むとどうなるかということが問題なのです。まず「一つのメルヘン」という作品を読んでみましょう。

秋の夜は、はるかの彼方に、
小石ばかりの、河原があつて、
それに陽は、さらさらと
さらさらと射してゐるのでありました。

陽といつても、まるで珪石か何かのやうで、
非常な個体の粉末のやうで、
さればこそ、さらさらと
かすかな音を立ててもゐるのでした。

さて小石の上に、今しも一つの蝶がとまり、
淡い、それでゐてくつきりとした
影を落としてゐるのでした。

やがてその蝶がみえなくなると、いつのまにか、
今迄流れてもゐなかつた川床に、水は
さらさらと、さらさらと流れてゐるのでありました……

これはじつにいい詩ですね。こういう詩において、たとえば蝶が何であるか、川が何であるか、そういう謎解きにあまり意味があるとは思わないのですが、私なりの謎解きをしてみることにします。たとえば文也が死んだ時には、賽の河原の文也をうたった詩があります。「一つのメルヘン」の言葉やイメージは美しいのですけれども、第一連、第二連では、小石ばかりの河原があって、水が流れている、陽が射しているのだけれども陽は、珪石かなにかのようです。〈非常な個体〉というのは、誤植なのか中原自身の誤字なのかわかりません、原稿が残ってませんから。普通に理解すれば〈非常〉の〈常〉は、情けがないという非情だと思いますし、〈個体〉の〈個〉は、液体に対する固体という言葉に、表記すべきだろうと思います。いずれにしても、この第一連、第二連は、死の風景、賽の河原の風景に非常に近い。

この風景は、中原のいくつかの詩に出てきますので、山口の方は皆さんご存じのはずですが、中原家の墓地が、湯田の郊外にあって、その墓碑に小学校時代の中原中也が、中原家の墓碑の字を書いている。中原中也は非常に書が上手で、小学校の時から上手だったので、中原家の墓碑の字を書いた。その墓地の裏手に吉敷川という川があります。吉敷川はまもなく椹野川に合流するわけですけれども、この吉敷川が中原中也の水無河原と言った川であり、この最初の二連の原イメージになっているのではないかと思われるのです。

じつは、そんなことはどうでもいいんです。その川を知っていたら、我々にも「一つのメルヘン」が書けたかっていうと、誰も書けやしないですよ。その川を知っていたから、この詩がよく理解できるかっていうと、そんなことも全然ないわけです。だから、原イメージとしてそういうものがあったろうということを過大に重視してはいけない。これは「蛙声」についてもいえることです。「蛙声」について、鎌倉で彼が住んでいた寿福寺の境内に池があった、その池で蛙が鳴いていた、それが中原の「蛙声」の詩を書くモチーフになったのだろう、普通そう言われていると思います。ただ、それを知らなくっても、詩というのはいっこうに差し支えない。読んでみて、いいですね、と言えばそれでいい。

そこで、これから先が私なりの謎解きになるわけですが、この詩の美しさは、河原に一羽の蝶がとまって、淡い、それでいてくっきりした影を落としている、そうすると水が流れ出す、という第三連、第四連に、詩の風景が転換していくというところに、この詩の魅力がある。この詩は口語調で、しかも、きちんとした、五音七音の音数律に拠っているわけではありませんが、〈秋の夜は、はるかの彼方に、／小石ばかりの、河原があつて、〉にみられるとおり、五音と七音を基調にした、ゆるやかなメロディの音楽性がある。そういう点も魅力の一部に違いないと思うのですが、それだけではすまないところがあります。

この蝶が何を意味するかについては、多くの人がいろいろなことを言っていますが、私が思い出すのは、『山羊の歌』に収められている「秋」という詩の第三章です。

草がちつともゆれなかつたのよ、
その上を蝶々がとんでゐたのよ。
浴衣《ゆかた》を着て、あの人縁側に立つてそれを見てるのよ。
あたしこつちからあの人の様子　見てたわよ。
あの人ジッと見てるのよ、黄色い蝶々を。
お豆腐屋の笛が方々で聞えてゐたわ、
あの電信柱が、夕空にクッキリしてて、
――僕、つてあの人あたしの方を振向くのよ、
昨日三十貫くらゐある石をコジ起しちやつた、つてのよ。
――まあどうして、どこで？つてあたし訊いたのよ。
するとね、あの人あたしの目をジッとみるのよ、

怒つてるやうなのよ、まあ……あたし怖かつたわ。

死ぬまへつてへんなものねえ……

蝶が出てくる詩は、あと一、二篇ありますけれども、この詩では、蝶が、死と生との媒介者、仲介者、そういう存在として出てくるということがわかります。この「秋」の蝶を記憶にとどめて、「一つのメルヘン」を読み直すと、この「一つのメルヘン」というのは、蝶を媒介とした、死の世界から生の世界への再生、あるいは復活の祈り、と言いますか、願いと言いますか、祈りと言いますか、そういう願いをうたったのではないか、と思われます。その願いの哀しさ、美しさが、自ずから我々の心に沁み入って、中原中也の代表作と言われるにふさわしい名作になっているのではないかと考えているのです。

「蛙声」は、さっきも申し上げたように、亡くなった年の五月に、寿福寺で書いたと考えられている作品です。寿福寺にはたまたま池があって、たぶんここで聞いた蛙というのは、寿福寺の池で鳴いていた蛙であろうと、いう風に考えられております。

天は地を蓋ひ、
そして、地には偶々池がある。
その池で今夜一と夜さ蛙は鳴く……

――あれは、何を鳴いてるのであらう?

その声は、空より来り、
空へと去るのであらう?
天は地を蓋ひ、
そして蛙声は水面に走る。

よし此の地方《くに》が湿潤に過ぎるとしても、
疲れたる我等が心のためには、
柱は猶《なほ》、余りに乾いたものと感《おも》はれ、

頭は重く、肩は凝るのだ。
さて、それなのに夜が来れば蛙は鳴き、
その声は水面に走つて暗雲に迫る。

ご承知のようにこれは、中原の遺稿詩集であり、第二詩集である『在りし日の歌』の巻末の作品です。『在りし日の歌』は、詩の原稿を、中原が鎌倉を引き上げるにあたって、小林秀雄さんに預けて、小林さんの手で創元社から出版されたものです。

これはとってもいい詩だと思います。中原中也の詩の中でも、最も沈痛な調べを持った作品です。心情が沈痛であると同時に、それにふさわしい非常に緊迫した格調を持った詩だと思うのです。こういう詩は中原は他にはほとんど書いてないという気がいたします。

ところが、この詩は一体何を言っているのか、何故、この詩がおもしろいのかということになると、なかなか難しい。中原中也に、「Qu'est-ce que c'est?」という詩がございます。

蛙が鳴くことも、
月が空を泳ぐことも、
僕がかうして何時まで立つてゐることも、
黒々と森が彼方にあることも、
これはみんな暗がりでとある時出つくはす、
見知越しであるやうな初見であるやうな、
あの歯の抜けた妖婆のやうに、
それはのつぴきならぬことでまた
逃れようと思へば何時でも逃れてゐられる
さういふふうなことなんだ、あゝさうだと思つて、

坐臥常住の常識観に、
僕はすばらしい籐椅子にでも倚つかゝるやうに倚つかゝり、
とにかくまづ羞恥の感を押鎮づめ、
ともかくも和やかに誰彼のへだてなくお辞儀を致すことを覚え、
なに、平和にはやつてゐるが、
蛙の声を聞く時は、
何かを僕はおもひ出す。何か、何かを、
おもひだす。

Qu'est-ce que c'est?

こういう詩なんです。この作品は「蛙声」よりも四年ほど前の一九三三年に書いた作品で、この時に蛙を題材にとった作品を四篇かそこら書いてます。その中の一篇だけをご紹介したのですが、この時の、一九三三年の一月の「蛙」の詩では、通説では、〈蛙〉は俗人であり、〈僕〉が詩人で、〈僕〉が月を見上げている。しょうがない〈蛙〉たちと付き合って生きているんだというような、そういう一連の詩なのです。もう少しそれはご説明しないといけないかもしれません。たとえば、

蛙等が、どんなに鳴かうと
月が、どんなに空の游泳術に秀でてゐようと、
僕はそれらを忘れたいものと思つてゐる
もつと営々と、営々といいとなみたいいとなみが、
もつとどこかにあるといふやうな気がしてゐる。

というようなのとか、

蛙等は月を見ない
恐らく月の存在を知らない
彼等は彼等同志暗い沼の上で
蛙同志いつせいに鳴いてゐる。

月は彼等を知らない
恐らく彼等の存在を想つてみたこともない
月は緞子の着物を着て
姿勢を正し、月は長嘯に忙がしい。

中原中也にとっては、自分以外はみんな、あるいはごく少数の友人を除けば、みんな俗人であり、しょうがない人なんです。そういう人たちを〈蛙〉は象徴している。そういうやかましい声として、蛙の声というのをとらえているのが、前の詩で、そういうのも〈見知越しであるやうな初見であるやうな〉と、〈のつぴきならぬことでまた／逃れようと思へば何時でも逃れてゐられる／さういふふうなことなんだ、あゝさうだと思つて、／坐臥常住の常識観に、〉云々と展開しているのです。

一つには、ここでは、自分と一体化していない、自分と違った俗人を、俗社会に生きている人たちの雑音みたいなものとして、蛙の声をとらえている。にもかかわらず、〈僕はすばらしい籐椅子にでも倚つかゝるやうに倚つかゝり、／とにかくまづ羞恥の感を押鎮づめ／ともかくも和やかに誰彼のへだてなくお辞儀を致すことを覚え、〉というところで、「春日狂想」を思い出すということは、わりと自然なのではないでしょうか。

昨日たまたま届いた、司馬遼太郎全集の月報に、私は正岡忠三郎さんのことを書いたのですが、正岡さんという人は、中原と仲の良かった人であり、司馬遼太郎さんの『ひとびとの跫音』という小説の主人公になった人なんです。この文章で私は、中原中也の詩を尊敬し、愛することには人後に落ちないつもりだけれども、中原中也を友達に持つのはごめん被りたいと……(笑)、いうことを書いたのです。

中原中也という人は、対人関係において、おそろしく個性が強く、自分の意見と相容れない人を、非常に厳しく咎めるというようなタイプの人で、まあ、稀に見る天才のひとりに違いありませんから許されるのですが、非常に勝手なこともしたし、まわりはずいぶん迷惑したろうと思います。ただ、中原中也の人生の晩年において「春日狂想」という作品があって、

愛するものが死んだ時には、
自殺しなけあなりません。

愛するものが死んだ時には、
それより他に、方法がない。

けれどもそれでも、業（?）が深くて、
なほもながらふことともなつたら、

奉仕の気持に、なることなんです。
奉仕の気持に、なることなんです。

で、

ではみなさん、
喜び過ぎず悲しみ過ぎず、
テムポ正しく、握手をしませう。

つまり、我等に欠けてるものは、
実直なんぞと、心得まして。

ってい う。まあ、こういう作品が、私、十七、八の時にいいだももに教えてもらって愛唱してやまなかった詩です。(笑)

それは、我々はその当時、間もなく戦争に行く。戦争で召集されて、戦場に連れていかれることになっていた、我々は非常に賢かったものですから、十七、八でも(笑)、私が賢かったのでなくて、私に中原中也を教えてくれた、私の文学の師匠であるいいだももがこの席にきてくれていますが、そのいいだが賢かったので、戦争は負ける、必ず負けて、我々は必ず死ぬんだと、そういう覚悟で、一九四四年、四五年ごろ生きておりましたから。

そういう状況で、〈自殺しなけあなりません〉と言われるのと、死ななきゃなりませんと読むのと、我々にとっては同じことだったのです。では、何ができるかと。〈ハイ、ではみなさん、ハイ、ご一緒に――/テムポ正しく、握手をしませう。〉〈喜び過ぎず悲しみ過ぎず、〉というような生き方、いわば処世術というものを、自ずから私はその当時、いいだから学んだわけです。

中原の最晩年における挫折感は非常に強かった。そういうもののはての、中原の人生との和解の詩が「春日狂想」であり、人生との和解がこの詩のモチーフだと思うのです。

ですから、これもさっき申し上げたように、人生如何に生きるかという覚悟、志を述べたということに、中原中也の生涯の作品の核心があり、そういう志の行き着いた到着点が、人生との和解であり、そういう地点で、「春日狂想」という作品が書かれている。それがまた戦争下の我々の若い心を揺すぶったのであろうと思うのです。

「春日狂想」は、一九三七年か、その前後の作品だろうと思いますが、文也の死の前後から、突然そういうものが始まったわけではなくて、この「Qu'est-ce que c'est?」という詩の中に、

さういふふうなことなんだ、あゝさうだと思つて、
坐臥常住の常識観に、
僕はすばらしい籐椅子にでも倚つかゝるやうに倚つかゝり、
とにかくまづ羞恥の感を押鎮づめ、
ともかくも和やかに誰彼のへだてなくお辞儀を致すことを覚え、
なに、平和にはやつてゐるが、

と書いている。「春日狂想」につながる、人生との和解の方向が、すでに現れてきているのではなかろうかと思うのです。

私は、「蛙声」について今度、お話ししようということを、先だって、山口で、中原豊さんとお話ししました。中原さんがお書きくださった論文があるということでしたので、中原さんから他の資料も添えて頂戴し、拝見しました。多くを教えられましたが、ことに感心したのは、中原の〈私〉とか〈僕〉とかが詩の中にたくさん出てくる、まあ、もちろん誰でも同じですけれども。ところが、中原豊さんが指摘して下さって感心したことは、〈我等〉っていう言葉が出てくる詩というのは、この「春日狂想」と「蛙声」の二つしかない、ということだったのです。

「春日狂想」の時期において、蛙等と詩人である私との連帯感と申しますか、連帯感の回復というようなものが、初めて中原の心の中に生じて、それも、先程申し上げた人生との和解の志と申しますか、信条と申しますか、そういうものが「春日狂想」になった。それが〈我等〉という言葉に現れている。そう読んでいくと、「蛙声」における〈蛙〉と、その前にご紹介した「Qu'est-ce que c'est?」あるいは、その時期の一連の蛙の詩の、蛙と中原との関係は、非常に違ったものであることが分かってくる。「蛙声」の時期になると、俗世界との和解の上で、〈我等〉と、〈蛙〉と一体化した、或いは連帯化した、心情が「蛙声」というものにはあると見ていいのではなかろうかと、いうことがひとつ考えられるわけです。

そのことと、もう一つ別の問題として、「春日狂想」という作品は、そういう意味で、私は若い時から非常に好きな詩なのですが、先だって加藤周一さんが『近代の詩人』という叢書の中で、中原中也の注釈をお書きになっているのを拝見しておりましたら、「春日狂想」について、かなり丁寧に鑑賞しておられる。どういうことかと申しますと、〈奉仕の気持になりはなつたが、／さて格別の、ことも出来ない。〉ということから、実は問題は始まった。〈自殺しなけあなりません。〉と言っても、自殺しないで業が深くて生きていくことになったら、奉仕の気持ちに……。奉仕の気持ちになったら何ができるか、というと〈そこで以前《せん》より、本なら熟読。／そこで以前《せん》より、人には丁寧。／／テムポ正しき散歩をなして／麦稈真田《ばくかんさなだ》を敬虔に編み――〉と、まあこういう風に延々と阿呆陀羅経のように続いていって、全く無意味なことしか出てこない。だから、人生と和解するっていうことが、実に無意味なことしかできない。

そこで、加藤さんが指摘していることですけれど、〈馬車も通れば、電車も通る。／まことに人生、花嫁御寮。／／まぶしく、美《は》しく、はた俯いて、／話をさせたら、でもうんざりか？〉。つまり、人生というのは、花嫁さんの行列を見てるみたいに、綺麗で、眩しくて、うっとりさせるような風に見えるけれども、それは俯いているからであって、話をしてみたら、うんざりするんだなというう。それでも、人生に和解すると言いながら、実は人生のうんざり加減のやり切れなさという様なものを、阿呆陀羅経のようにズルズルズルズル言った挙げ句に、〈ではみなさん、／喜び過ぎず悲しみ過ぎず、〉と言って、自らを自戒して、処世の銘にしたようなものが、この結びの〈ハイ、ではみなさん、ハイ、御一緒に――／テムポ正しく、握手をしませう。〉というのになるんだ、というのが加藤さんの読み方で、確かにそうだと思うんです。
もう一篇ご紹介いたしますと、「いのちの声」という作品があります。

僕はもうバッハにもモツアルトにも倦果てた。
あの幸福な、お調子者のヂャズにもすつかり倦果てた。
僕は雨上りの曇つた空の下の鉄橋のやうに生きてゐる。
僕に押寄せてゐるものは、何時でもそれは寂漠だ。

僕はその寂漠の中にすつかり沈静してゐるわけでもない。
僕は何かを求めてゐる、絶えず何かを求めてゐる。
恐ろしく不動の形の中にだが、また恐ろしく憔《じ》れてゐる。
そのためにははや、食慾も性慾もあつてなきが如くでさへある。

しかし、それが何かは分らない、つひぞ分つたためしはない。
それが二つあるとは思へない、ただ一つであるとは思ふ。
しかしそれが何かは分らない、つひぞ分つたためしはない。
それに行き著く一か八かの方途さへ、悉皆分つたためしはない。

時に自分を揶揄ふやうに、僕は自分に訊いてみるのだ。
それは女か？　甘《うま》いものか？　それは栄誉か？
すると心は叫ぶのだ、あれでもない、これでもない、あれでもないこれでもない！
それでは空の歌、朝、高空に、鳴響く空の歌とでもいふのであらうか？

というのが、第一章でございます。第四章が一番有名な表現で、

ゆふがた、空の下で、身一点に感じられれば、万事に於て文句はないのだ。

これは、第一詩集である『山羊の歌』の巻末の作品です。『山羊の歌』の一番最後に置いているのが、〈ゆふがた、空の下で、身一点に感じられれば、万事に於て文句はないのだ。〉というのが、第一詩集の巻末で中原中也が言いたかったことなんです。

そういう意味で中原中也が『在りし日の歌』を編集した時、巻末にどういう詩を置くかということについて、考えなかったはずはないんです。たまたま「蛙声」が最後にできたから「蛙声」を置いたというわけではないと私は思うのです。これは全く私の想像にすぎませんが。ついでですけど、詩の鑑賞は、自分がどう読むかということを、自分がどこに感動したかということを申し上げるのであって、私はこ

れが唯一の正しい解釈だなんていうことを全然申し上げるつもりはないです。私はこう読んでいますというだけなんです。そこで、私は、中原中也は『在りし日の歌』を編集するにあたって、巻末に「蛙声」を置くということは、中原中也にとって動かしがたい方針であったろうということを、第一の前提とします。第二の前提として、その巻末の詩というものは『山羊の歌』の巻末と対応するというか、コレスポンデンスを持った、そういう詩であるのではないかということ、これが私の第二の想定です。

第三の想像は、「春日狂想」というのは、非常に言葉が軽くて、調子良くて、阿呆陀羅経みたいで、楽しい、しかし深刻な詩なのですが、実は「春日狂想」と「蛙声」とは、同じことの、バリエーションなのではないか、そういうのが、私が今日申し上げようと思うことなのです。つまり、

天は地を蓋ひ、
そして、地には偶々池がある。
その池で今夜一と夜さ蛙は鳴く……
——あれは、何を鳴いてるのであらう?

その声は、空より来り、
空へと去るのであらう?

この『山羊の歌』で〈ゆふがた、空の下で、身一点に感じられれば、万事に於て文句はないのだ。〉、あるいはその前に出ておりますけれども、〈あれでもない、これでもない、〉自分は何が欲しいのか、〈それでは空の歌、朝、高空に、鳴響く空の歌とでもいふのであらうか?〉という〈空の歌〉と、〈その声は、空より来り、/空へと去るのであらう?〉という空の声っていうのは、響き合う部分があるんじゃないか。〈であらう〉という所の下に、疑問符がございまして、そうだときめつけてはいないわけです。むしろ〈空へと去るのであらう?〉と、詩人は期待するのだけれどもそうではないということを、続けて書いている。〈天は地を蓋ひ、/そして蛙声は水面に走る。〉。

蛙の声は水面にしか行かない、〈よし此の地方が湿潤に過ぎるとしても、/疲れたる我等が心のためには、/柱は猶、余りに乾いたものと感はれ、//頭は重く、肩は凝るのだ。/さて、それなのに夜が来れば蛙は鳴き、/その声は水面に走つて暗雲に迫る。〉。

中原豊さんから頂戴した資料で、ここに言う〈空〉と〈天〉というものをどう理解するかということについて、さまざまな解釈があるということを学んだのですが、私は非常に素朴に、〈天は地を蓋ひ、〉という事で、むしろ〈天〉と〈地〉が対立し、〈空〉というのは『山羊の歌』の「いのちの声」に見られるように、もっと形而上的な、それこそ恩寵とか天啓とか言われるようなものが降ってくるような高みが、空だという風に解します。つまり、我等ということで、俗世間の人達と妥協しながら、或いは和解しながら、そうしてみても人生〈まぶしく、美しく、はた俯いて、/話をさせたら、でもうんざりか?〉といい、〈それでも心をポーッとさせる、〉という、非常に揺れ動いている心の中で、自分の声は何処に届くのか、自分の声は空から来るわけはない、空に戻っていくわけでもない、たんに天を覆っている、黒い雲に、せいぜい迫って、そこで木霊して戻ってくるだけだという、詩だと考えるのです。どちらかと言えば「春日狂想」が調子良く、明るい調子で、人生との和解による、絶望とは言えないまでも、苦悩というか、そういうものを歌ったのに対して、「蛙声」はそれをもっと緊迫した、もっと自分の心の中で強く受けとめて、非常にはりつめた口調で歌い上げたものが「蛙声」という作品なのではなかろうかと考えるわけです。

そういうような心境で、中原中也は鎌倉で最晩年を過ごし、このまま故郷へ引っ込むかどうか迷っていたようです。ご承知のように『在りし日の歌』の後記には、

私は今、此の詩集の原稿を纏め、友人小林秀雄に托し、東京十三年間の生活に別れて、郷里に引籠るのである。別に新しい計画があるのでもないが、いよいよ詩生活に沈潜しようと思つてゐる。

扨、此の後どうなることか……それを思へば茫洋とする。

さらば東京！　おゝわが青春！

という有名な言葉があります。

ところが、この頃発見された資料によりますと、必ずしも郷里に引きこもりっぱなしになるつもりでもないような手紙もございます。この時点における中原中也は、ともかくこういう心境ですから、東京

に留まるよりは故郷に帰って、しばらく魂を休めたいという気持ちがあったには違いない。それは、いわば「春日狂想」からも出てくるし「蛙声」からも窺うことができる心情であると同時に、さて、今後どうなるかと思えば茫洋とするという気持ちも、きっとそうだったに違いないと思います。鎌倉八幡宮の茶店で、中原中也が、小林さんに、ボーヨー、ボーヨーとつぶやいたという（笑）、そういうところにもよくあらわれているわけです。人生これからどうなるのかという、行き場にさぐりあぐんだ、そういう、ある極北、ある最終到着点を、「春日狂想」と「蛙声」という二つの作品で、二つの違った歌い方で、我々に中原が聞かせてくれたのだと、そういう風に私は考えているのです。

（講演、一九九八年十一月三十日、於鎌倉市中央公民館。『中原中也研究』四号、一九九九・八）

二月の長門峡

二月初旬、小郡駅に降り立つと、コートが重く感じられるほど暖かかった。見上げると、白い雲が行き交っていたが、その間から覗く淡く青い空には早春の気配が感じられた。運転手は上着を脱いでシャツだけであった。瀬戸内の季節のめぐりは東京に比べ、だいぶ早いようであった。

長門峡の洗心館という料亭で中原中也記念館に関連した会議が開かれた。求められて出席した会議が終ったのは午后五時に近かった。会食が予定されていたが、その間、佐々木幹郎さんに案内して頂いて十五分ほど河岸を散歩した。この数年、私は中原中也の会、中原中也賞等の関係で、一年に三回ほど山口に旅行しているが、長門峡まで足をのばしたことはなかった。いつも私が日程に追われているからであり、また、私に観光趣味ないし好奇心が欠けているからであった。

料亭の前で川筋がT字状に合流していた。川の左岸をゆるやかに降っていく遊歩道が続いていた。岩畳みが眼下にひろがり、川は処々で淵をつくっていた。水はみどりと見まがうほどのふかい青に澄んでいた。岩を噛むように奔流となって白く波立っていた。川は左右に迫る低い山々の間を挟るように流れていた。左側の山の落葉樹は葉を落としていたが、その輪郭がぼんやりけぶっているのにも春が間近いように思われた。それでも山口と萩の境、いいかえれば、本州の西端、瀬戸内と日本海岸の背梁をなす、この山間では気温が急激に下っていた。コートの襟を立てても寒さに身体が凍りつくほどであった。「密柑《ママ》の如き夕陽はなかなか見えませんね」、と私は佐々木さんに話しかけながら、奔流を凝視めていた。逝くものはかくの如きか、昼夜を舍かず、といった感慨が私の心を掠め、私はいくらか自得するものを感じていた。長門峡を往復すれば二時間近くかかるとのことであった。もう引き返しましょう、と往々木さんをうながして、私は洗心館に戻った。長門峡を見物したとはいえない。その入口を二、三百メートルほど歩いたにすぎない。それでも、私は充分に満足していた。中原中也に「冬の長門峡」という作品がある。

長門峡に、水は流れてありにけり。
寒い寒い日なりき。

われは料亭にありぬ。
酒酌みてありぬ。

われのほか別に

客とてもなかりけり。

水は、恰も魂あるものの如く、
流れ流れてありにけり。

やがても密柑の如き夕陽、
欄干にこぼれたり。

あゝ！　――そのやうな時もありき、
寒い寒い　日なりき

一九三六年十二月二十四日という日付のある詩稿は毛筆、筆跡はかなりに乱れている。中也の遺稿はふつうペン書、筆跡は端正だから、この詩稿の乱れは例外的に異様である。推敲の跡も著しいことは、この詩稿の写真版がしばしば紹介されているから、知る人も多いだろう。刊行中の新編『中原中也全集』第一巻の解題篇に、「やがても密柑の如き夕陽、／欄干にこぼれたり」の初稿では、「欄干に射してそひぬ」、と記し、これを「こぼれてゐたり」、「こぼれてありぬ」等と推敲したことを読解している。また「夕陽」に当初「ひかり」とルビがふられ、抹消されたことも明らかにしている。迂闊なことだが、私は、中也が「密柑」と記した「密柑」は夕陽の形容だと信じきっていた。そして、何故、夕陽が欄干にこぼれるのか不審に思っていた。しかし、このルビからみれば、欄干にみかん色の日没時の光がこぼれるかのように注いでいる、という意にちがいなかった。

洗心館と道をはさんで山側に木造三階建の趣きの建物がある。いまは倉庫になっているというが、中也が酒を酌んだのはその建物であり、それには座敷から川に向かって手すりがあったそうである。その手すりを中也は欄干と呼んだのであろう。仲居さんに聞くと、西は、私たちが降っていった長門峡とは反対の方向だという。蜜柑の如き夕陽が見えないはずであった。

中也の長男文也が死んだのは一九三六年十一月十日であった。『在りし日の歌』所収の「また来ん春……」、生前未発表の「夏の夜の博覧会はかなしからずや」の二篇は在りし日の文也を回想した作品だが、後者と同日作の、この「冬の長門峡」も文也追悼の連作ではないか。逝くものはかくの如きか、という記憶、感慨が寒々とした詩人の心に甦ったとみるべきではないか。私が自得したと感じたのはほぼそんなことであった。

(『季刊文科』二〇〇一・春)

「北守将軍と三人兄弟の医者」――宮沢賢治

私は「北守将軍と三人兄弟の医者」を、私が二十歳にもならないころ宮沢賢治の作品にはじめて接した当時から現在に至るまで、終始愛読してきた。ことに

みそかの晩とついたちは
砂漠に黒い月が立つ。
西と南の風の夜は
月は冬でもまつ赤だよ。
雁《がん》が高みを飛ぶときは
敵が遠くへ遁げるのだ。
追はうと馬にまたがれば
にはかに雪がどしやぶりだ。

という作中の軍歌は若いころの私の愛誦してやまぬ詩のひとつであった。この軍歌が唐詩選巻七の盧綸の作

月黒雁飛高　　月黒くして雁の飛ぶこと高し
単于遠遁逃　　単于　遠く遁走す
欲将軽騎逐　　軽騎を将《い》て逐わんと欲すれば
大雪満弓刀　　大雪　弓刀に満つ

に依拠していることを「敗戦前すでに旧制一高生倉田卓次によって発見されて」いた旨を新選全集の解説で天沢退二郎さんが記しているが、私はこの倉田さんの発見を倉田さんの親友であった故遠藤麟一朗さんからすでに当時聞かされていた。校本全集によって初期稿が紹介され、あらためてこの軍歌の初期稿をみると、あらためて倉田さんの炯眼に感嘆の念を禁じられない。新選全集第六巻の初期稿「三人兄弟の医者と北守将軍」には、この軍歌は

月はまつくろだ、
雁は高く飛ぶ

やつらは遠く遁げる
追ひかけようとして
馬の首を叩けば
雪が一杯に降る。

とされており、同巻所収の異稿でも行替えに違いがみられるだけで、ほとんど盧綸の五言絶句の直訳といってよい。新選全集第八巻所収の「児童文学」発表形では、はるかにイメージもふくらみ、格調も高い。それだけ盧綸の作から離れている。もし初期形のような作であれば、この軍歌があれほどに当時の私の心をとらえることはなかったろう。

だからほぼ半世紀にわたって私は「北守将軍と三人兄弟の医者」を愛読してきたのだが、それでも、これまでこの作品について感想を記したことはなかった。この作品を宮沢賢治の全作品の中でどう位置づけるべきなのかが私には手に余ることであった。また、この作品の魅力がどこにあるのか、何故賢治がこの作品を書いたのか、その動機はどういうことなのか、私には手がかりが見出せなかったのである。いま校本全集以来あきらかにされた初期稿を手がかりとして、そうした私の多年の疑問に、私は一応の解釈を試みようと思う。ただ私は近年の賢治研究の成果を殆ど知らないので、私の試みも何ら目新しいものではないかもしれない。

すぐ目につくことだが、初期稿「三人兄弟の医者と北守将軍」においては、主人公は三人兄弟の医者であって、北守将軍はいわば狂言廻しにすぎない。これに反し、完成稿「北守将軍と三人兄弟の医者」では主人公はあきらかに北守将軍である。初期稿と完成稿（およびその異稿）との間にはほぼ十年の期間があった。その間にこの作品の骨組がまったく変ってしまったのである。初期稿の韻文形（新選全集第六巻の本文）では、

プランペラポラン将軍は
顔をしかめて先頭に立ち
ひとびとの万歳の中を
しづかに馬を泳がせた。

と終っている。つまり、三人兄弟の医者の治療をうけて完治した北守将軍がその軍隊を王宮に進める光景で、この作品は結ばれている。初期稿の散文形（新選全集第六巻の初期形）では「つぎの日、三人兄弟の医者、ホトランカン、サラバアユウ、それからペンクラアネイが、大学士になり、王様の病気のときは、どうか来て見て下さいと頼まれたのです」、と結ばれている。散文体の初期形は新選全集第六巻本文の韻文体の初期形の先駆形と考えられているようだから、そうしてみればより一そうはっきりするとおり、また、題名が示すとおり、この作品は三人兄弟の名医が世に見出されるに至る出世物語だったといってよい。韻文形に改稿された時点ですでに、

出世物語としてこれを完結させることを止めていることからみれば、すでに主人公の移動がはじまっていたとみることもできる。

最も早い草稿とみられる散文体初期稿から韻文体初期稿へ、さらに韻文体初期稿から「児童文学」に発表された完成稿とその草稿とみられる異稿への変化で目立つことは、初期稿において詳しく語られていた三人の医者の診察の模様が、完成稿ではごく簡略化されていることである。人間の医者についていえば最先駆形である散文体では、北守将軍を診察し治療するに先立って、「からだの中で、あんまり火が燃えすぎ」ている患者を「消防はじめっ」と叫んで水桶の中にほうりこみ、やがて水桶からひき上げる治療例が語られ、次いで、「風が頭の中の小さい小さいすき間を」翔けていくため頭の中がいつも「ごうごうと鳴る」患者に「軽石軟膏」を与え、「毎晩頭によく塗って」寝るように指示する治療例とさらにもう一例が語られる。韻文体では第一例だけが残り、最終稿では二つの治療例はいずれも削られている。

動物の医者の場合も、北守将軍を診察するに先立って「栄養不良と、過労に基因する肺癆」の馬を診察して、馬の主人に、「茲二・三ヶ月労役を免じ、荳類青草等を豊富に御給与相成度、然らざれば、却つて高堂の御損失に立ち至るやと存じ候」という手紙を書く挿話がまず語られ、韻文体初期稿でも同じ挿話が残っていたようであるが、これも最終稿では（その異稿でも）、削られている。

植物の医者の場合も、散文体、韻文体の初期稿では、「いぢけた桃の木」の挿話があったが完成稿では完全に削除され、医者はすぐに北守将軍を診察し、治療するのである。

完成稿で削除されたこれらの挿話は、それなりにユーモアに満ちており、興味ぶかいものだが、たぶんにまやかしじみている。初期稿における「三人兄弟の医者と北守将軍」はすでに記したとおり、名医の出世物語なのだが、ナンセンスに近いファースとみるべきなのではないか。これらの医者はたとえば戯曲「植物医師」を想起させる。「植物医師」については、新修全集第十四巻の解説に天沢退二郎さんが、「いかにもいい加減な、インチキに近い《植物医師》と、そのいい加減な処方に被害を受けた農民がいったん爾薩侍を批難しながら、その萎れた様子を気の毒がって遂に力づけて帰って行く寛大さとが、巧まずして苦笑とイロニーを導き出す。自ら肥料設計に携った作者の自虐――というとまるで賢治もいい加減な植物医師だったみたいだが、そういうことではあるまい。むしろ、自分の献身的行為をこのように戯画化して笑いとばす、諧謔精神と見ることができるかもしれない」、と記している。この天沢さんの考え方は私自身が多年抱いてきた考え方に近い。医学ないし自然科学には必然的に内在する限界の自覚から、自己と自己のしようとしている仕事にひそむ偽瞞性を抉りだし、笑いとばしたもの、と私自身考えてきた。しかし、こうした考えがはたして正しいか、私はいま疑っている。こうした考えは作者の生活と体験にひきつけた深読みなのではないか、と疑っている。「植物医師」が元来農学校生徒のための劇の上演台本として執筆されたことからみても、肥料設計という職業を題材にとった、たんなる笑劇を作者は書こうとしたのではないか。いうまでもなく、作者の心理の深層に、天沢さんがいい、私自身もそう思ってきた、事情が潜んでいたのかもしれない、ということは否定できないけれども、これは田谷力三の浅草オペレッタにみられたような、いわばハイカラなコメディで生徒たちに演劇の楽しさを教えることを意図したものなのではなかろうか。

同じことが「饑餓陣営」についてもいえるかもしれない。「極限状況の設定とユーモラスな展開とが巧妙にかみ合っていて、勲章という軍国主義的権威の象徴がコケにされているにも拘らず、反戦的主題にも露骨さがない」、とはやはり天沢さんの「饑餓陣営」についての解説だが、はたしてこの作品の主題は「反戦」なのだろうか、軍国主義的権威に対する反撥なのだろうか。もっと素直にナンセンスなファースとみるべきではないか、というのが私がいま考えていることである。

童話集『注文の多い料理店』の広告文中、「注文の多い料理店」について、「糧に乏しい村のこどもらが都会文明と放恣な階級とに対する止むに止まれない反感です」、と書いたことはひろく知られている。これも本当にそうだろうか。宮沢賢治自身の解説を疑うことは不遜かもしれないが、この「注文の多い料理店」が、もし真に村童たちの都会人に対する反感をモチーフとするのであれば、何故まるで村童たちが登場しないのだろうか、そうであれば別のストーリーがありえたのではなかろうか。これもむしろ、ナンセンスな、ブラック・ユーモア作品であって、賢治自身の解説も後からつけた理屈のように私には思われるのである。私のいま考えていることは、宮沢賢治の作品がもっている笑い、ユーモアというものは、反都会、反軍国主義、反権威、等々の思想や理念に由来するよりもむしろ、賢治その人の人格に由来するものであり、ナンセンスな笑いも充分享受できる、浅草オペレッタも受容し、たのしむことのできる、容量の大きな人格に由来するのではないか、ということなのである。「三人兄弟の医者と北守将軍」における三人兄弟の医者も、じつはそのいい加減さ、インチキめいた点では、「植物医師」と変りはない。この初期稿が「北守将軍と三人兄弟の医者」に変ったとき、三人兄弟の医者からいかがわしさはなくなり、かれらは神秘的な名医に変貌する。はじめにリンパー先生を訪れると、「先生の右手から、黄の綾を着た娘が立つて、花瓶にさした何かの花を、一枚とつて水につけ、やさしく馬につきつけた。馬はぱくつとそれを噛み、大きな息を一つして、ぺたんと四つ脚を折り、今度はごうごういびきをかいてねむつてしまふ」。北守将軍の治療にかかると、「パー先生は両手をふつて、弟子にしたくを云ひ付けた。弟子は大きな銅鉢に、何かの薬をいつぱい盛つて」きたとされている。韻文体初期稿では、「エーテル、それから噴霧器」とあった箇所である。

　馬医プー先生も弟子がもって来た小さな壺から、「何か茶いろな薬を出して、馬の眼に塗りつけ」る。韻文体初期稿では、ここでもエーテルをそそぎ、馬が「リウマチスなやうですから」といって、「電気」を馬に押しつける箇所である。植物医師のリンポー先生も、「黄いろな粉を、薬函から取り出して、ソン将軍の顔から肩へ、もういつぱいにふりかけて、それから例のうちはをもつて、ばたばたばたばた扇ぎ出す。するとたちまち、将軍の、顔ぢゆうの毛はまつ赤に変り、みんなふはふは飛び出して、見てゐるうちに将軍は、すつかり顔がつるつるになつた」のである。韻文体初期稿では「アルコホルを綿につけ／将軍の顔をしめしてから／すつすとさるをがせを剃つた」とある箇所である。

　つまり、発表形「北守将軍と三人兄弟の医者」では、医者たちが施す薬は「何か」正体の分らぬものであり、それだけにエーテル、アルコホル等々で容易に治療してしまういかがわしさが認められなくなっているわけである。こうした三人兄弟の医者たちの変貌に対応して、北守将軍もまた変貌する。はじ

めに北守将軍の凱旋についていえば、当初、韻文体初期稿では、

とても帰らないと思つてゐたが
ありがたや敵が残らず腐つて死んだ。
今年の夏はずゐぶん湿気が多かつたでな

おまけに腐る病気の種子は
こつちが持つて行つたのだ
さうして見ればどうだやつぱり凱旋だらう。

とあった。散文体初期稿では

どうせとても帰れないと思つてゐたが
ありがたや、敵がみんな赤痢で死んだ
して見ればとにかくやつぱり凱旋だよ。

とあった。発表形の異稿として収められている先駆形でも敵は腐って死んだのであり、その「腐る病気

の種子はこっちが持って行った」というのである。これらはいずれも敵が自滅したことによる凱旋であり、「腐る病気の種子」をこっちがもっていった、というのも三人兄弟の医者の初期稿にみられるのと同様のナンセンスな笑いである。これが、発表形では

とても帰れまいと思つてゐたが
ありがたや敵が残らず脚気で死んだ
今年の夏はへんに湿気が多かつたでな
それに脚気の原因が
あんまりこつちを追ひかけて
砂を走つたためなんだ
さうしてみればどうだやつぱり凱旋だらう。

となる。敵が自滅したにはちがいないが、それは敵を翻弄し、奪走させたために脚気を患わせたることとなり、それに今年の夏の湿気がかさなったためだという論理的な説明が与えられている。「さうしてみればどうだやつぱり凱旋だらう」という凱旋は、私たちの笑いを誘うけれども、決してナンセンスな笑いではない。戦争の勝利というものの本質は意外とそうしたことにあるのかもしれないと思わせるような、戦争の空しさ、苦々しさを内面に秘めた笑いに昇華しているといえば、言い過ぎであろうか。

「北守将軍と三人兄弟の医者」の魅力は、はじめに引用した軍歌にみられるような、格調の高さにあるのだが、全篇をつうじてみれば、北守将軍の人格の魅力にあるように思われる。三人兄弟の医者の治療をうけた後王宮に参上した将軍が王から、「じつに永らくご苦労だった。これからはもうこゝに居て、大将たちの大将として、なほ忠勤をはげんでくれ」という言葉を賜り、答えて言上する。

「おことばまことに畏くて、何とお答へしていゝか、とみに言葉も出でませぬ。とは云へいまや私は、生きた骨ともいふやうな、役に立たずでございます。砂漠の中に居ました間、どこから敵が見てゐるか、あなどられまいと考へて、いつでもりんと胸を張り、眼を見開いて居りましたのが、いま王様のお前に出て、おほめの詞《ことば》をいたゞきますと、俄かに眼さへ見えぬやう。背骨も曲つてしまひます。何卒これでお暇を願ひ、郷里に帰りたうございます」。

北守将軍は名利栄達を求めない、超俗の人格なのである。この人物の実直さは、韻文体の初期稿以来、つまり、何故、三人兄弟の医者の治療をうけることとなったか、の原因にその萌芽があった。将軍は王宮から使者を迎えるため馬から降りようとして、降りられない。韻文形初期稿では

もう将軍の両足は
堅く堅く馬の鞍につき
鞍は又堅く馬の背中の皮に
くつついてゐてはなれない。

（中略）

あゝ、こいつは実に将軍が
三十年も北の方の国境の
深い暗い谷の底で
重いつとめを肩に負ひ
一度も馬を下りないため
将軍の足やズボンが
すつかり鞍と結合し
鞍は又馬と結合し
全くひとつになつたのだ。

北守将軍はその最先の初期稿から、愚直ともいうべき誠実な人物として描かれていたのであった。発表形への推敲とは、一面では三人兄弟の医者たちのいかがわしさが消えていくことであり、反面、北守将軍の超俗的愚直さという人格を書きこんでいくことであった。王から辞職を許されて、「その場でバーユー将軍は、鎧もぬげば兜もぬいで、かさかさ薄い麻を着た。そしてじぶんの生れた村のス山の麓に帰つて行つて、粟をすこうし播いたりした。それから粟の間引きもやつた。けれどもそのうち将軍は、だんだんものを食はなくなつてせつかくじぶんで播いたりした、粟も一口たべるだけ、水をがぶがぶ呑んでゐた。ところが秋の終りになると、水もさつぱり呑まなくなつて、ときどき空を見上げては何かしやつくりするやうなきたいな形をたびたびした。

そのうちいつか将軍は、どこにも形が見えなくなつた。そこでみんなは将軍さまは、もう仙人になつたと云つて、ス山のいたゞきへ小さなお堂をこしらへて、あの白馬は神馬に祭り、あかしや粟をさゝげたり、麻ののぼりをたてたりした。

けれどもこのとき国手になった例のリンパー先生は、会ふ人ごとに斯ういつた。

「どうして、バーユー将軍が、雲だけ食つた筈はない。おれはバーユー将軍の、からだをよくみて知つてゐる。肺と胃の腑は同じでない。きつとどこかの林の中に、お骨があるにちがひない」。なるほどさうかもしれないと思つた人もたくさんあつた」。

北守将軍は仙人になったのか、どうか。余韻を残したこの結びも印象ぶかいが、「北守将軍と三人兄弟の医者」は末尾に近づくにしたがい、北守将軍の人格が重く大きく描かれ、その高潔な人格の魅力が私たち読者をとらえるのである。その人格とは、三十年、馬からおりることなしに、いつもりんと胸を張り、目を見開いていた、しかも名利栄達に恬淡な、超俗的な人格であり、ほとんど愚直といってよい人格なのである。はじめに引用した軍歌の魅力もまたこうした人格の高潔とかよいあうものといってよい。

デクノボーを体現している人物として「虔十公園林」の虔十、「祭の晩」の山男、「猫の事務所」のかま猫などが説かれることが多い。これはたとえば原子朗さんの労作『宮沢賢治語彙辞典』などにみられることだが、これらはいずれも疎外された、あるいはハンディキャップを負った人物、動物像である。それらとは別に、北守将軍の愚直なまでに誠実で超俗的な人間像もまた、宮沢賢治の夢みた理想的人間像のひとつであったろう、と私は考える。そうした人間像が賢治の心の中で初期稿から発表稿に至るほぼ十年の間に醱酵し、成熟したのではないか、といま私は考えている。

（『ユリイカ』一九九四・四）

二つの「銀河鉄道の夜」——ジョバンニとカムパネルラ

校本全集が刊行されて後、『銀河鉄道の夜』を読みかえしたことがなかった。詩と若干の短篇は読みかえしていたが、宮沢賢治の童話を考えてみようという機会にたまたまめぐまれなかったので、別の用事にかまけていたのであった。

校本全集は何としても取り扱いに不便なので新修全集によることとし、その第十二巻所収の『銀河鉄道の夜』を読んで、感銘が意外に淡いことに驚いた。ついで同巻に収められている『銀河鉄道の夜「初期形」』を読んで、最終形とずいぶん違っていることに気付き、作品としてはむしろ初期形のほうが最終形よりもすぐれているのではないか、と感じた。こういう考え方や評価には異論がありうるに違いないが、宮沢賢治の詩についていえば、手入れ稿よりも初期稿のほうがすぐれているものも少くないし、生涯をつうじて推敲し続けた、その原稿のすべてに賢治があり、初期形といい、最終形といっても、つまりは賢治の生涯のある時期の到達点を示しているにすぎない。だから、文学作品としてみれば、推敲された後のものが必ずしもすぐれている、ということはないわけであり、そもそも文学作品としてすぐれているか、どうかを論じることが賢治を考えるばあい、どれだけ意味があるか、という問題とも結びついている。それゆえ、私が『銀河鉄道の夜』は初期形のほうが最終形よりもすぐれていると評価するのも、結局は、賢治の一面に対する私の偏愛にすぎないかもしれない。そういう前提で、なぜ私がそう考えるかを、以下に記しておきたい。

初期形と最終形との間で目立った違いは、最終形で、「午后の授業」、「活版所」、「家」という導入部三章がつけ加えられたこと、および従来の錯簡があらためられて結末部が移しかえられたことにある。これにより、現実の導入部から夢の中の銀河系宇宙への旅、夢から覚めて後の現実、という物語の首尾がはじめてととのったことになり、校本全集第九巻になぜこの結末部を末尾におかなければならないか、その理由が詳しく説明されている。説明を聞いてみれば、いつも間違いが正されてから後に私たちが自覚することだが、なぜ錯簡が生じえたのか、訝しいほどである。

ただ、首尾がととのい、現実から夢に、夢から現実に、というように構成がととのえられたことは、銀河鉄道の旅が夢であることが鮮明になったということでもあって、初期形における夢幻的なあじわい、現実なのか夢なのか不分明な境界において読者が感じる情趣を失わせることでもある。たとえば現実の岩手県の出来事でなしに、イーハトーヴの物語として書かれているために、宮沢賢治の童話の多くは、風物も人間も現実の夾雑物が切り捨てられ、蒸留され、典型が造形されたのであって、同じことが『銀河鉄道の夜』の初期形と後期形の間にもあてはまるのである。さらにいいかえれば、イーハトーヴは賢治の心象の中に現実に存在した岩手の風土であり、夢こそが彼にとっては現実の実相であった。夢こそが現実という強靱な精神の所産が彼の童話作品であった。もし、夢は夢、現実は現実とわりきってしまうなら、これはあるいは作者の精神の衰弱とみるべきかもしれないのである。私が『銀河鉄道の夜』の後期形について感じる印象の淡さとは、いわばそうした性質のものであるといってよい。

かつて私が若いころ『銀河鉄道の夜』を読んで感じたことは、ジョバンニの孤独であり、なぜジョバンニはそうも孤独でなければならないのか、という疑問であった。初期形におけるジョバンニは孤独であり、その心は飢えている。心だけではない、その生活も貧しく、つらい。「ジョバンニ、お父さんから、らっこの上着が来るよ」とザネリが嘲けるのは、初期形でも最終形でも同じである。最終形では、ジョバンニは

「ザネリはどうしてぼくがなんにもしないのにあんなことを云ふのだろう。走るときはまるで鼠のようなくせに。ぼくがなんにもしないのにあんなことを云ふのはザネリがばかだからだ。」

と呟く。ところが、初期形では、ザネリの嘲りに続いて、次のような説明と独白がある。

ジョバンニは、ばっと胸がつめたくなり、そこら中きぃんと鳴るように思ひました。

なぜならジョバンニのお父さんは、そんならっこや海豹をとる、それも密猟船に乗ってゐて、それになにかひとを怪我させたために、遠くのさびしい海峡の町の監獄に入ってゐるといふのでした。ですから今夜だって、みんなが町の広場にあつまって、一緒に星めぐりの歌をうたったり、川へ青い鳥瓜のあかしを流したりする、たのしいケンタウル祭の晩なのに、ジョバンニはぼろぼろのふだ

ん着のままで、病気のおっかさんの牛乳の配られて来ないのをとりに、下の町まで行くのでした。(ザネリは、どうしてぼくがなんにもしないのに、あんなことを云ふのだらう。ぼくのお父さんは、わるくて監獄にはひってゐるのではない。わるいことなど、お父さんがする筈はないんだ。去年の夏、帰って来たときだって、ちょっと見たときはびっくりしたけれども、ほんたうはにこにこわらって、それにあの荷物を解いたときならどうだ、鮭の皮でこさえた大きな靴だの、となかいの角だの、どんなにぼくは、よろこんではねあがって叫んだかしれない。ぼくは学校へ持って行ってみんなに見せた。先生までめずらしいといって見たんだ。いまだってちゃんと標本室にある。それにザネリなんかあんまりだ。けれどもあんなことをいふのはばかだからだ。)

ジョバンニはかつては幸福な栄光の日々をもっていた。いまジョバンニからそうした日々が失われている。それは彼の父親が監獄に入っているからである。ジョバンニが自ら慰めることとは、「わるくて監獄にはひってゐるのではない」、というだけの、それも確たる根拠のない希望にすぎない。監獄に入っていることとそれ自体はまぎれもない事実なのである。

最終形では、この父親の身上は導入部の「三、家」の章で母子の会話の中で語られている。

「ねえお母さん。ぼくお父さんはきっと間もなく帰ってくると思ふよ。」
「あゝあたしもさう思ふ。けれどもおまへはどうしてさう思ふの。」

「だって今朝の新聞に今年は北の方の漁は大へんよかったと書いてあったよ。」

「あゝだけどねえ、お父さんは漁へ出てゐないかもしれない。」

「きっと出てゐるよ。お父さんが監獄に入るやうなそんな悪いことをした筈はないんだ。この前お父さんが持ってきて学校へ寄贈した巨きな蟹の甲らだのとなかいの角だの今だってみんな標本室にあるんだ。（下略）」


ここでは、ジョバンニの父親が監獄に入っているのではないかという疑念はもたれてはいるが、確実な事実ではない。そして、こうしたジョバンニの父親の身上についての疑惑は、最終形ではその結末で、完全にぬぐい去られる。カンパネルラの父親の博士がジョバンニにいう。


「あなたのお父さんはもう帰ってゐますか。」

「いゝえ。」ジョバンニはかすかに頭をふりました。

「どうしたのかなあ、ぼくには一昨日大へん元気な便りがあったんだが。今日あたりもう着くころなんだが。船が遅れたんだな。ジョバンニさん。あした放課後みなさんとうちへ遊びに来てくださいね。」

さう云ひながら博士はまた川下の銀河のいっぱいにうつった方へじっと眼を送りました。

ジョバンニはもういろいろなことで胸がいっぱいでなんにも云へずに博士の前をはなれて早くお

母さんに牛乳を持って行ってお父さんの帰ることを知らせようと思ふともう一目散に河原を街の方へ走りました。

ジョバンニの父親が監獄に入っているということは最終形ではたんなる風評にすぎなかったことが結末に至って明らかにされている。同じく最終形ではこの結末でジョバンニは母親に牛乳をもって帰るのだが、初期形ではそうではない。彼が配達されなかった牛乳をとりに家を出たのだった。

ジョバンニは、いつか町はづれのポプラの木が幾本も幾本も、高く星ぞらに浮んでゐるところに来てゐました。その牛乳屋の黒い門を入り、牛の匂のするうすくらい台所の前に立って、ジョバンニは帽子をぬいで「今晩は、」と云ひましたら、家の中はしぃんとして誰も居たやうではありませんでした。

「今晩は、ごめんなさい。」ジョバンニはまっすぐに立ってまた叫びました。するとしばらくたってから、年老った下女が、横の方からバケツをさげて出て来て云ひました。

「今晩だめですよ。誰も居ませんよ。」

「あの、今日、牛乳が僕んとこへ来なかったので、貰いにあがったんです。」ジョバンニが一生けん命勢よく云ひました。

「ちゝ、今日はもうありませんよ。あしたにして下さい。」

下女は着物のふちで赤い眼の下のとこを擦りながら、しげしげとジョバンニを見て云ひました。

「おっかさんが病気なんですがないんでせうか」

「ありませんよ。お気の毒ですけれど。」下女はもう行ってしまひそうでした。

「さうですか。ではありがたう。」ジョバンニは、お辞儀をして台所から出ましたけれども、なぜか泪がいっぱいに湧きました。


初期形における右の記述は、ほとんどそのまま最終形でものこっている。しかし同じではない。初期形における「下女」は、最終形では「年老った女の人が、どこか工合が悪いやうにそろそろ出て来て何か用かと口の中で云」う。牛乳を貰いに来た、とジョバンニが云うと、

「いま誰もゐないのでわかりません。あしたにして下さい。」と答え、かさねてジョバンニが、母親が病気なので今晩でないと困るとたのむと、

「ではもう少したってから来てください。」

という。最終形では、結末部で、銀河鉄道の夢から覚めたジョバンニは一さんに丘を走って下り、牛舎を訪れる。


「今晩は、」ジョバンニは叫びました。

「はい。」白い太いずぼんをはいた人がすぐ出て来て立ちました。

「何のご用ですか。」

「今日牛乳がぼくのところへ来なかったのですが」

「あ済みませんでした。」その人はすぐ奥へ行って一本の牛乳瓶をもって来てジョバンニに渡しながらまた云ひました。

「ほんたうに、済みませんでした。今日はひるすぎうっかりしてこうしの柵をあけて置いたもんですから大将親牛のところへ行って半分ばかり呑んでしまひましてね……」その人はわらひました。

「さうですか。ではいたゞいて行きます。」

「えゝ、どうも済みませんでした。」

「いいえ。」

ジョバンニはまだ熱い乳の瓶を両方のてのひらで包むやうにもって牧場の柵を出ました。

最終形のジョバンニは牛乳の件でも救われるのだが、初期形では救いはない。初期形では、泪をいっぱいにうかべて牛乳屋を出てきたジョバンニの独白が続く。


今日、銀貨が一枚さへあったら、どこからでもコンデンスミルクを買って帰るんだけれど。ああ、ぼくはどんなにお金がほしいだらう。青い苹果だってもうできてゐるんだ。カムパネルラなんか、ほんたうにいいなあ。今日だって、銀貨を二枚も、運動場で弾いたりしてゐた。

ぼくはどうして、カムパネルラのやうに生れなかったらう。カムパネルラなら、ステッドラーの色鉛筆でも何でも買へる。それにほんたうにカムパネルラはえらい。せいだって高いし、いつでもわらってゐる。一年生のころは、あんまりできなかったけれども、いまはもう一番で級長で、誰だって追ひ付きやしない。算術だって、むずかしい歩合算でも、ちょっと頭を曲げればすぐできる。絵なんかあんなにうまい。水車を写生したのなどは、おとなだってあれくらいにできやしない。ぼくがカムパネルラと友だちだったら、どんなにいゝだらう。カムパネルラは、決してひとの悪口などを云はない。そして誰だって、カムパネルラをわるくおもってゐない。けれども、あゝ、おっかさんは、いまうちでぼくを待ってゐる。ぼくは早く帰って、牛乳はないけれども、おっかさんの額にキスをして、あの時計屋のふくろふの飾りのことをお話しよう。

ジョバンニの悲しみはその貧しさに由来するのだが、ただ貧しさだけに由来するわけではない。引用の独白を削除した最終形でも、牛乳屋にことわられてひきかえしたジョバンニはまた級友たちと出会い、ザネリからふたたび、「ジョバンニ、らっこの上着が来るよ」と嘲笑われ、みんなも湧いて、「ジョバンニ、らっこの上着が来るよ」と叫ぶ。

ジョバンニはまっ赤になって、もう歩いてゐるかもわからず、急いで行きすぎようとしましたら、そのなかにカムパネルラが居たのです。カムパネルラは気の毒さうに、だまって少しわらって、怒らないだらうかといふやうにジョバンニの方を見てゐました。

とこの場面は続き、

ジョバンニは、遁げるようにその眼を避け、そしてカムパネルラのせいの高いかたちが過ぎて行って間もなく、みんなはてんでに口笛を吹きました。町かどを曲るとき、ふりかへって見ましたら、ザネリがやはりふりかへって見てゐました。

カムパネルラも口笛を吹きながら去っていく。「ジョバンニは、なんとも云へずさびしくなって、いきなり走り出」す。小さな子供たちがわあいとはやす。ここまでは最終形も初期形も変りはない。最終形で省かれたのは、初期形中の次の記述である。

けれどもジョバンニは、まっすぐ坂をのぼって、あの檜の中のおっかさんの家へは帰らないで、ちゃうどその北の方の、町はづれへ走って行ったのです。そこには、河原のぼうっと白く見える、小さな川があって、細い鉄の欄干のついた橋がかかってゐました。

(ぼくはどこへもあそびに行くとこがない。ぼくはみんなから、まるで狐のやうに見えるんだ。)

ジョバンニは橋の上でとまって、ちょっとの間、せはしい息できれぎれに口笛を吹きながら泣き出したいのをごまかして立ってゐましたが、俄かにまたちからいっぱいに走りだしました。

貧しく、健気で、礼儀正しい、少年はまことに孤独である。その孤独こそが彼を銀河鉄道の走る銀河系宇宙へひらく鍵なのである。この救いようのない孤独感は、最終形にもみられないわけではないが、初期形においてはるかに色濃いのである。

ジョバンニの孤独は校本全集の刊行以前から私が気付いていたことであり、なぜジョバンニはそうまで孤独でなければならないか、は私がいだき続けてきた問題意識であった。その当時私が見落していた、いま校本全集の初期形を目にしてジョバンニの孤独以上に、私の関心を惹くのは、彼とカムパネルラとの間の友情の質である。「天気輪の柱」の章は、まさに銀河鉄道が走りだす前の序章だが、初期形では、次のようなジョバンニの長い独語があり、最終形では、これがそっくり削られている。彼は天の川を見ながら、こう考える。

ぼくはもう、遠くへ行ってしまひたい。みんなからはなれて、どこまでもどこまでも行ってしまひたい。それでも、もしカムパネルラが、ぼくといっしょに来てくれたら、そして二人で、野原やさまざまの家をスケッチしながら、どこまでもどこまでも行くのなら、どんなにいいだらう。カムパネルラは決してぼくを怒ってゐないのだ。そしてぼくは、どんなに友だちがほしいだらう。ぼくはもう、カムパネルラが、ほんたうにぼくの友だちになって、決してうそをつかないなら、ぼくは命でもやってもいい。けれどもそう云はうと思っても、いまはぼくはそれを、カムパネルラに云へなくなってしまった。一緒に遊ぶひまだってないんだ。ぼくはもう、空の遠くの遠くの方へ、たった一人で飛んで行ってしまひたい。

難破した船で遭遇した少女とカムパネルラとの会話を聞きながら、ジョバンニのいだく

こんなしづかないゝとこで僕はどうしてもっと愉快になれないだろう。どうしてこんなにひとりさびしいのだろう。けれどもカムパネルラなんかあんまりひどい、僕といっしょに汽車に乗ってゐながらあんな女の子とばかり談《はな》してゐるんだもの。僕はほんたうにつらい。

という感想は、最終形にも初期形と同じくのこされているものだが、これは嫉妬にちかい。ジョバンニがカムパネルラを焦がれるような思いで求めているのに、カムパネルラの側ではジョバンニに決して同じような感情をいだいているわけではないのである。そして、『銀河鉄道の夜』の結末に近く、「天の川の一とこに大きなまっくらな孔がどほんとあいてゐる」「その底がどれほど深いかその奥に何があるかいくら眼をこすってのぞいてもなんにも見えずたゞ眼がしんしんと痛む」。

ジョバンニが言ひました。

「僕もうあんな大きな暗《やみ》の中だってこはくない。きっとみんなのほんたうのさいわひをさがしに行く。どこまでもどこまでも僕たち一緒に進んで行かう。」

「あゝきっと行くよ。あゝ、あすこの野原はなんてきれいだらう。みんな集ってるねえ。あすこがほんたうの天上なんだ。あっあすこにゐるのぼくのお母さんだよ」


これも初期形から最終形まで変らずにのこっている会話だが、カムパネルラの返事はいかにもおざなりという感がつよい。それもそのはずである。「カムパネルラ、僕たち一緒に行かうねえ」とジョバンニがふりかえって話しかけたときには、カムパネルラはもう消えているのである。ジョバンニは咽喉いっぱいに泣きだす。最終形はここで現実に戻されるのだが、初期形ではやさしいセロのような声がジョバンニのうしろから聞こえてくる。


「おまへのともだちがどこかへ行ったのだらう。あのひとはね、ほんたうはこんや遠くへ行ったのだ。おまへはもうカムパネルラをさがしてもむだだ。」

「ああ、どうしてなんですか。ぼくはカムパネルラといっしょにまっすぐに行かうと云ったんです。」

「あゝ、さうだ。みんながさう考える。けれどもいっしょに行けない。そしてみんながカムパネルラだ。おまへがあふどんなひとでもみんな何べんもおまへといっしょに苹果をたべたり汽車に乗ったりしたのだ。だからやっぱりおまへはさっき考へたやうにあらゆるひとのいちばんの幸福をさがしみんなと一しょに早くそこに行くがいゝ。そこでばかりおまへはほんたうにカムパネルラといつまでもいっしょに行けるのだ。」

おそらく初期形『銀河鉄道の夜』の重大な主題のひとつはこのブルカニロ博士の言葉の中にある。しかし、その主題について考える前に、最終形におけるジョバンニとカムパネルラの友情にふれておかなければならない。最終形で書き加えられた冒頭「午后の授業」の章で、川といわれ、乳の流れのあとだといわれるものは何か、と先生から質問されて、ジョバンニは立ちあがるが、答えられない。ザネリがジョバンニを見てくすっとわらう。先生がさらに、「大きな望遠鏡で銀河をよっく調べると銀河は大体何でせう。」と質問する。星だとジョバンニは思っているのにこんども答えられない。カムパネルラが指名される。「するとあんなに元気に手をあげたカムパネルラが、やはりもぢもぢ立ち上ったまゝやはり答へができませんでした。」先生が、「このぼんやりと白い銀河を大きないゝ望遠鏡で見ますと、もうたくさんの小さな星に見えるのです」という回答を与える。文章がこう続いている。

ジョバンニはまっ赤になってうなづきました。けれどもいつかジョバンニの眼のなかには涙がいっぱいになりました。さうだ僕は知ってゐたのだ。勿論カムパネルラも知ってゐる、それはいつかカムパネルラのお父さんの博士のうちでカムパネルラといっしょに読んだ雑誌のなかにあったのだ。

それどこでなくカムパネルラは、その雑誌を読むと、すぐお父さんの書斎から巨きな本をもってきて、ぎんがといふところをひろげ、まっ黒な頁いっぱいに白い点々のある美しい写真を二人でいつまでも見たのでした。それをカムパネルラが忘れる筈もなかったのに、すぐに返事をしなかったのは、このごろぼくが、朝にも午后にも仕事がつらく、学校に出てももうみんなともはきはき遊ばず、カムパネルラともあんまり物を云はないやうになったので、カムパネルラがそれを知って気の毒がってわざと返事をしなかったのだ、さう考へるとたまらないほど、じぶんもカムパネルラもあはれなやうな気がするのでした。

カムパネルラとジョバンニが最終形においては友情で結ばれているとまではいえないかもしれない。カムパネルラのジョバンニに対する感情は憐愍かもしれないし、同情の域を出ないかもしれない。それでも、確実にカムパネルラはジョバンニとその心をかよいあわせている。初期形では、ジョバンニは身もだえするかのごとくカムパネルラを一方的に求めていたのだが、最終形ではそうではない。初期形においてジョバンニの孤独が彼を銀河系宇宙へひらく鍵であったとすでに記したが、ジョバンニがカムパネルラと同行することになるのは、現実にはかなえられない、ジョバンニのカムパネルラへの憧憬に近い愛情が、夢想させたものなのであった。ジョバンニにとってカムパネルラは理想像である。級長で、勉強もでき、絵も上手で、しかも知識階級に属する富裕の家庭の育ちである。カムパネルラが川に溺れたザネリを助けて自らを犠牲にする、その死はそうした理想の完結したかたちである。ジョバンニの孤独とは、そういう理想的な人間像に訴えかけ、熱い友情をそそぐことによって、身をすりよせることに他ならなかった。そしてその夢想は、銀河鉄道の車内でしか、実現できないものであった。

たぶんジョバンニもカムパネルラも、いずれも宮沢賢治の分身である。ジョバンニが『銀河鉄道の夜』に描かれたように貧しいのは、おそらく現実の花巻における最も富裕な一族の一人としての出自に由来する、ある種の劣等感が生んだ、ありうべかりし境遇であったろうし、カムパネルラの自己犠牲にまで至る高貴な精神は賢治の本質的な心の在り方の反映であると同時に、彼の父親を学者と設定しているのも、商家の生れであることの卑下の裏返しとみてよいだろう。同じ分身であるとしても、カムパネルラはジョバンニの手の届かない存在として、初期形では描かれていた。それだけにジョバンニは切なく、つらく、哀しい。最終形は、すくなくともカムパネルラの同情ないし隣愍によって、二人の心がつながれているだけ、銀河鉄道の二人旅は通俗的な感をつよくしているのである。友情とは、あるいは愛とは、つねに本質的に一方交通的であり、一方交通的であるほどにその純度は高く、物語として痛切なのである。

だから、『銀河鉄道の夜』初期形は、ひとつには一方的な友情の説話なのであり、最終形において改稿され、失われたものは、そうした説話の骨格なのであった。同時に、初期形における主題のもうひとつは、死者と生者とのかかわりであった。ここでもう一度、初期形にだけあり、最終形で削られた、セロのような声でジョバンニに語りかける教えを思いだすべきだろう。

「ああ、どうしてなんですか。ぼくはカムパネルラといっしょにまっすぐに行かうと云ったんです。」
「あゝ、さうだ。みんながさう考へる。けれどもいっしょに行けない。そしてみんながカムパネルラだ。おまへがあふどんなひとでもみんな何べんもおまへといっしょに苹果をたべたり汽車に乗ったりしたのだ。だからやっぱりおまへはさっき考へたやうにあらゆるひとのいちばんの幸福をさがしみんなと一しょに早くそこに行くがいゝ。そこでばかりおまへはほんたうにカムパネルラといっしょに行けるのだ。」

おそらくここには妹トシの死を悼んだ「永訣の朝」「無声慟哭」から「青森挽歌」をへて「オホーツク挽歌」に至る、死者への思念の到達点がある。トシは死に、トシと同行することはかなえられない。しかもトシはどこにもいる。いっしょにリンゴをたべ、汽車に乗り合わせる、誰もがトシであり、カムパネルラである。トシの死を超え、カムパネルラの死を超えるのは、トシへの愛といたみを、万人への愛といたみに転化していくことでなければならない。初期形における宮沢賢治の思想とはほぼそういうものであったと思われる。

最終形において失われたのは、友情ないし愛というものの本質的な哀しさであり、また、愛する者に死に別れたとき生きのこった者は何をなすべきか、という崇高な精神であった。こうしてみると、『銀河鉄道の夜』最終形は初期形に認められた宮沢賢治の切実な思想を後年に抹殺し、物語としての結構をとのえたにすぎない。そのためにかえって通俗的な読み物に近づいたのではないか。私にはそう思われるのである。

（『季刊アートエクスプレス』一九九四・八）

「浦」について——萩原朔太郎論のための試み

朔太郎のわかりにくさ

私が萩原朔太郎を愛読するようになってからほぼ半世紀になります。私は、萩原朔太郎と高村光太郎の二人がわが国近代詩の地平をひらいた巨人であると考えています。ところが、萩原朔太郎の本質、あるいはその作品の魅力の本質がどういうものかはいまだに私には理解することができないのです。ほぼ三十年ほど前、朔太郎の評伝を書くように依頼をうけ、お引き受けしたものの、三、四年かかって一行も書けず、とうとうお断りしてご迷惑をおかけしたことがありました。その後もしばしば朔太郎の作品を読みかえしてきたのですが、考えれば考えるほど、萩原朔太郎という詩人は語りにくい、理解しにくいという感をふかくしています。昨年の十一月ころだったと思いますが、那珂太郎さんから、この会合で朔太郎についてお話するようにいわれ、尊敬する那珂さんの仰せであり、また一度は萩原朔太郎について考えをまとめてみなければなるまいと思っておりましたので、今日、こうして参上したわけです。

その間、ほぼ半年、朔太郎の詩や散文を読み続けてきたのですが、いまだに考えがまとまったわけではありません。むしろ何が私にとって分かりにくいかを申し上げようと思っています。

はじめに申しましたとおり、ほぼ半世紀にわたって朔太郎の作品を愛読してきましたが、これはもちろん彼の詩が好きだからなので、それも『月に吠える』、『青猫』から『氷島』にいたるまで、また『猫町』や『郷愁の詩人与謝蕪村』などの評論も含めて、私は高く評価していますし、私自身の詩作についてもつよい影響を受けてきたと考えています。しかし、私には萩原朔太郎という詩人の作品の魅力が彼の思想、性格にどのように由来するのかが理解できない、彼の思想も分かりにくいし、その思想にも共感できないところが多い。しかも、それも彼の詩の魅力の源泉の一部をなしているのではないか、という思いもあるのですが、彼の詩と思想と人間というものが私の内部で有機的な総合体として見えてこない、という焦燥感に捉えられているのです。

たとえば『純情小曲集』の「出版に際して」の中に次のとおりの文章があります。

「郷土！　いま遠く郷土を望景すれば、万感胸に迫つてくる。かなしき郷土よ。人々は私に情《つれ》なくして、いつも白い眼でにらんでゐた。単に私が無職であり、もしくは変人であるといふ理由をもつて、あはれな詩人を嘲辱し、私の背後《うしろ》から唾《つばき》をかけた。「あすこに白痴《ばか》が歩いて行く。」さう言つて人々が舌を出した。

少年の時から、この長い時日の間、私は環境の中に忍んでゐた。さうして世と人と自然を憎み、いつさいに叛いて行かうとする、卓抜なる超俗思想と、叛逆を好む烈しい思惟とが、いつしか私の心の隅に、鼠のやうに巣を食つていつた。

いかんぞ　いかんぞ思惟をかへさん

人の怒のさびしさを、今こそ私は知るのである。さうして故郷の家をのがれ、ひとり都会の陸橋を渡つて行くとき、涙がゆゑ知らず流れてきた。えんえんたる鉄路の涯へ、汽車が走つて行くのである。

郷土！　私のなつかしい山河へ、この貧しい望景詩集を贈りたい。」

こういう文章に接すると、私は萩原朔太郎がまったく私の理解をこえた人物であることを痛感いたします。「人々は私に情なくして、いつも白い眼でにらんでゐた。単に私が無職であり、もしくは変人であるといふ理由をもつて、あはれな詩人を嘲辱し、私の背後から唾をかけた。「あすこに白痴が歩いて行く。」さう言つて人々が舌を出した」というところまでは、萩原朔太郎という詩人はこういう誇張癖があった、あるいは被害妄想的な感覚があった、と解すればよいのでしょう。しかし、「いつさいに叛いて行かうとする、卓抜なる超俗思想と、叛逆を好む烈しい思惟とが、いつしか私の心の隅に、鼠のやうに巣を食つていつた」といいますが、ことに自分を卓抜なる超俗思想と、叛逆を好む烈しい思惟の持主であると規定する精神構造がどうにも私の理解できないところなのです。自分が俗人とは違った思想の持主である、世俗の世界を越えた詩人であるといった、詩人の特権的意識は、戦前の詩人の多くが持っていましたが、「卓抜なる」という自信に満ちた宣言はまことに萩原朔太郎独自だろうと思いますし、幼稚さのぬけきらない大言壮語のように私は感じるのです。「叛逆を好む烈しい思惟」といいます。「叛逆」とはたぶん世俗的秩序への叛逆であろうとは想像できますが、作者は何に叛逆するかは語っていません。自分以外のすべてに対する叛逆といったほどの意味のようですが、それも確かではありません。それはそれとして、ここでも何故自分がそういう存在なのかを語っていません。「えんえんたる鉄路の涯へ、汽車が走つて行く」といっています。おそらく、この汽車は故郷前橋へ向かう汽車であり、そういう汽車を眺めながら、望郷の思いを強くするということなのでしょうが、何故、「あはれな詩人を嘲辱し、私の背後から唾をかけた」郷土に望郷の思いを抱くのでしょうか。「人の怒のさびしさ」といっていますから、郷土に対して怒りを覚えながらも、なお、怒ることの寂しさが、この詩集に収められた詩になった、というのかもしれませんが、「涙がゆゑ知らず流れてきた」といわれ、「私のなつかしい山河」といわれると、そういう故郷に何故懐かしさを感じ、涙するのかほとんど理解できません。萩原朔太郎という詩人はいつも「何故」を語るのを拒否しているように思われます。内心の秘密に私たちが近づくのを拒否しているようにみえるのです。

さらに表現の分かりにくさが、これに加わります。「いかんぞ　いかんぞ思惟をかへさん」というのがこの文章のキーワードのようにみえますが、私はこの語句の意味が理解できません。思惟はたんに思い、思想といったことかもしれません。それを「かへす」ということはどういうことなのか。くだいていえば、「どうして思い返すことができようか」といった意味かもしれませんし、もっとふかい意味かもしれません。私にはこの詩句は何をいおうとしているのか理解できないのですが、この烈しい語調で彼が表現しようとしたのは、どういう感情なのだろうか、疑問がつよいのです。
彼に「青猫スタイルの用意に就いて」という随筆がありますが、この中で「題のない歌」の冒頭の

南洋の日にやけた裸か女のやうに
夏草の茂つてゐる波止場の向うへ
ふしぎな赤錆びた汽船がはひつてきた。

という三行について、これは「文法上の解釈上からは、この「南洋の裸か女」といふ観念が、当然「赤錆びた汽船」の比喩となつてゐるので、それが「やうに」の形容語で説明されてゐるわけである。しかしさう文法的に解釈しては、此等の詩に価値がなくなつてくる」といい、「この詩は、次のやうに言ひ換へたのと同じである」といいます。

南洋の島に日にやけた裸か女が居る。
そして夏草の茂つてゐる波止場の向うへ
ふしぎな赤錆びた汽船がはひつてきた。

この詩の「やうに」はこの場合「そして」と同じほどの意味だというのです。これは日本語としてまこ

とに破格としかいいようがありません。作者の意図したように、これらの三行をイメージせよというのはいかにも無理だとしか思えません。
また、「郷土望景詩の後に」という自解の文章の中で「小出新道」の末尾の

暗鬱なる日かな
天日家並の軒に低くして
林の雑木まばらに伐られたり。
いかんぞ　いかんぞ思惟をかへさん
われの叛きて行かざる道に
新しき樹木みな伐られたり。

について、「我れ少年の時より、学校を厭ひて林を好み、常に一人行きて瞑想に耽りたる所なりしが、今その林皆伐られ、楢、樫、橅の類、むざんに白日の下に倒されたり。新しき道路ここに敷かれ、直として利根川の岸に通ずる如きも、我れその遠き行方を知らず」と書いています。つまり「新しき樹木みな伐られたり」というのは樹木が伐採されて、新しい切り株が白日の下にさらされているという意味であって、これも日本語の語法として破格だと思いますし、これは自解を読まなければ理解できないでしょう。ただ、こういう詩句の語法の破格、無理にもかかわらず、この詩の烈しい調子に、私自身を含め

て、かなりの読者が朔太郎の詩の魅力を感じることも間違いありません。
この朔太郎の表現の分かりにくさは、散文にもありますし、いま見ましたとおり詩にも数多く見られるところです。たまたま『純情小曲集』をひもといているので、これから例をあげてみますと、この詩集には名高い「夜汽車」とか「旅上」とかいう詩が収められていますし、これらは少年のころから私が愛唱した作品ですが、「静物」という詩があります。

静物のこころは怒り
そのうはべは哀しむ
この器物《うつは》の白き瞳《め》にうつる
窓ぎはのみどりはつめたし。

静物はその内心において怒っているのだけれども、表面は悲しんでいるようにしかみえない、という冒頭の二行はまことにすぐれています。静物に詩人が彼自身を託しているとみてもいいのでしょうし、この二行を読む限り、必ずしも、そう理解しなくてもよい。私がどう解すべきか、考えなくてはならないと思うのは「この器物の白き瞳」という「瞳」なのです。「この白き器物にうつる／窓ぎはのみどりはつめたし」といっても差し支えないようですし、通常なら、そう表現すると思います。何故、器物に瞳があるのだろうか、たぶん静物が擬人化されていると同様に、器物も擬人化されている。「この白き器物にうつる／窓ぎはのみどりはつめたし」であれば、客観的な対象としての器物が存在しているだけなのですが、内心では怒っているが、表面では哀しみの表情しかうかべていない静物と同様、器物もある種の生物であって、器物が瞳をもち、その瞳が窓ぎわの緑を冷たく感じているのでしょう。「この白き器物にうつる／窓ぎはのみどりはつめたし」といえば、詩人は器物とその中の静物の外にいる観察者です。しかし、この四行を正確に読んでいくと、静物にしても、器物にしても、詩人は、その外にいるのではなくて、静物あるいは器物そのものと一体化しているのです。詩人は静物や器物に自らを託しているのではなく、一体化しているのです。こうして静物と器物の、ひいては人間の、哀しさ、怒り、悶《もだ》えといったものが、ゆるぎない四行に定着されている、そう私は解するのですが、間違っているかもしれません。

同じ『純情小曲集』に、これもかなり知られた「利根川のほとり」という作品があります。

きのふまた身を投げんと思ひて
利根川のほとりをさまよひしが
水の流れはやくして
わがなげきせきとむるすべもなければ
おめおめと生きながらへて
今日もまた河原に来り石投げてあそびくらしつ。

きのふけふ
ある甲斐もなきわが身をばかくばかりいとしと思ふうれしさ
たれかは殺すとするものぞ
抱きしめて抱きしめてこそ泣くべかりけれ。

これは私には「静物」よりもはるかに難解な詩です。たぶん失恋の憂いのような感情に襲われて利根川に投身自殺を図ったのだが、自殺もできず、おめおめと生きながらえて、河原で石を投げて遊ぶよりほかなかった、ここまではどうといったこともありません。次の「ある甲斐もなきわが身をばかくばかりいとしと思ふうれしさ」が私の理解を絶するのです。生きている甲斐もないわが身をいとしく思う、というのも理解できないわけではありません。これを「うれしさ」という感情が私にはわからないのです。最後の二行ですが、「殺す」のは誰か、「抱きしめる」のは誰か、がほとんど私には理解できないのです。これは、誰がこの自分を殺すことができようか、自分を抱きしめて泣くしかないのだ、といった意味としか思われません。私には、この詩は自己憐憫というかナルシズムというか、そうしたものとしか思われないのです。おそらく、この詩の背景には失恋というような事件があるのであろうと思いますが、結局、自己を憐れみ、自己愛に耽溺して、恋愛を、あるいは恋人を対象化しない、恋そのものを自己と一体化しているように思えるのです。

外部の対象との一体化

ここですこし話題を変えることにします。『氷島』に「動物園にて」という詩があります。

灼きつく如く寂しさ迫り
ひとり来りて園内の木立を行けば
枯葉みな地に落ち
猛獣は檻の中に憂ひ眠れり。
彼等みな忍従して
人の投げあたへる肉を食らひ
本能の蒼き瞳孔《ひとみ》に
鉄鎖のつながれたる悩みをたえたり。
暗鬱なる日かな!
わがこの園内に来れることは
彼等の動物を見るに非ず
われは心の檻に閉ぢられたる
飢餓の苦しみを忍び怒れり。

百たびも牙を鳴らして
われの欲情するものを噛みつきつつ
さびしき復讐を戦ひしかな！
いま秋の日は暮れ行かむとし
風は人気なき小径に散らばひ吹けど
ああ我れは尚鳥の如く
無限の寂蓼をも飛ばざるべし。

この詩については、「動物園」という解説を朔太郎自身が書いています。その第一章で彼は次のとおり書いています。

「動物園といふものほど、人生の卑屈や倦怠を感じさせる、無限に憂鬱の場所がどこにあらうか。そこの狭い檻の中には、虎や獅子やの動物等が、囚人の絶望した太々しさで、終日無関心に寝そべつて居る。或はのそのそと歩き廻り、百万遍も繰返して、意地悪く同じ動作を続けて居る。すべての動物の目の中には、不幸な運命にあきらめて居る、空虚などんよりした悲しみがあり、無智の本能によつて訴へられてる、何かの或る深酷な憤怒と憂鬱が漂つて居る。

動物園に来て感ずるものは、生存といふ事実に対する、本能の意地悪い否定である。虎や、獅子や、熊や、駱駝や、象や、その他の檻に閉ぢ込められた、すべての動物の目の中から、人はただ一つの事実、一つの暗い哲学——卑屈と、憂鬱と、倦怠と、怨恨とに充ちた生命が、現象として世界の中で、無限に尚意志して居るといふ悲しい事実——しか発見しない。」
ご承知と思いますが、高村光太郎に「ぼろぼろな駝鳥」という詩があります。

何が面白くて駝鳥《だちょう》を飼ふのだ。
動物園の四坪半のぬかるみの中では、
脚が大股過ぎるぢやないか。
頸があんまり長過ぎるぢやないか。
雪の降る国にこれでは羽がぼろぼろ過ぎるぢやないか。
腹がへるから堅パンも食ふだらうが、
駝鳥の眼は遠くばかり見てゐるぢやないか。
身も世もない様に燃えてゐるぢやないか。
瑠璃色の風が今にも吹いて来るのを待ちかまへてゐるぢやないか。
あの小さな素朴な頭が無辺大の夢まで逆まいてゐるぢやないか。
これはもう駝鳥ぢやないぢやないか。
人間よ、
もう止せ、こんな事は。

この「ぼろぼろな駝鳥」と朔太郎の「動物園にて」は明らかにモチーフを同じくするものです。いわば、動物園の檻に閉じ込められている動物たちがいかに虐げられ、不自然な状況におかれているか、が発想の原点です。いわば、このごろの言葉でいうナチュラリストの視点から詩を書いているわけです。ただ、同じモチーフから出発しながら、作品としては両者はずいぶん違います。「ぼろぼろな駝鳥」は高村光太郎の生涯の代表作の一つだろうと思いますが、「動物園にて」は決して朔太郎の『氷島』の中でも見るべき作品とはいえないでしょう。先に引用した「動物園」の第二章で彼はこう書いています。

「上野に近い田端に居た時、私はよく動物園へ出かけて行つた。動物を見る為の興味でなく、彼等の物悲しい本能に反映されてる、私自身の苦痛を噛みしめ、心を傷ましくして泣くためだつた」。

「ぼろぼろな駝鳥」は高村光太郎が尾崎喜八とともにたまたま通りかかって目にした風景に触発されて書いた詩だといわれています。ぼろぼろな駝鳥は高村光太郎の外部にある存在であり、この詩には「人間よ、／もう止せ、こんな事は。」というはっきりした社会告発のメッセージがあります。しかし、萩原朔太郎の場合は、檻の中の猛獣たちと自己を一体化した悲嘆に終始しているのです。一種の社会批評はありますが、社会告発はない。いいかえれば、彼自身の悲嘆がまずあった、その悲嘆の反映を動物園の猛獣たちに見ているわけです。外部の対象を対象化することなく一体化する、という姿勢がこの詩にも認められると私は思うのです。そういう意味で先に申しました「静物」と同じ精神構造の所産であろうと考えます。

考えてみると、「小出新道」の「新しき樹木みな伐られたり」という詩行も伐採された樹木に詩人が一体化している、その新しい切り株に彼自身の憤懣、不遇をかさねあわせているのだ、とみることができないでしょうか。彼の詩には日本語として破格な、無理な表現があり、詩人の詩想と表現との間に飛躍があります。その飛躍の興趣というものも彼の詩が私たちを魅了するのではないかという感じを私はもっています。

朔太郎の幼児性

その魅力の由来する資質として、私は、萩原朔太郎という詩人は、外部を、外部のものとして対象化することができなかったのではないか、外界を自己とは別のものとして対象化しないということは、社会と自己との関係を客観化できなかった、そういう資質をもっていたのではないか、と私は考えるのです。言葉が適切でないかもしれませんが、こういう資質は幼児的である、と考えます。もっといえば、「青猫を書いた頃」という文章の中で、彼はこう書いています。

「青猫を書いた頃は、私の生活のいちばん陰鬱な梅雨時だつた。その頃私は、全く「生きる」といふことの欲情を無くしてしまつた。と言つて自殺を決行するほどの、烈しい意志的なパッションもなかつた。つまり無為とアンニュイの生活であり、長椅子《ソファ》の上に身を投げ出して、梅雨の降り続く外の景色を、窓の硝子越しに眺めながら、どうにも仕方のない苦悩と倦怠とを、心にひとり忍び泣いているやうな状態だつた。」

また、「孤独者の独語」といふ文章ではこう書いています。

「孤独を愛する人々は、何より、先づ、その家族との同居を嫌ふ。なぜなら家族――妻や、子供や、兄弟や――は、自分と最も縁が近く、自分への交渉が深いからである」。

「私の不運な宿命は、私のすべての「自由」を殺し尽し、最も悪い星の下に決定されてる。生れてから今日まで、何一つとして、私は自分の欲望を満足させたこともなく、幸福の最も小さな片鱗すら、過去に見出した事が無かつた。反対に私は、自分の願はしくない、不吉な悪い方向にのみ、運命の星によつて導かれて行つた。私は少年の時も不幸であつたし、青年の時も不幸であつたし、そして中年の今日でも、同じやうにまた不幸である。私は鴉のやうに寂しく、永遠に悲しい顔をして徘徊して居る。私の人生は、秋の日の夕陽を浴びて、陸橋の下の暗い鋪道を、憂愁に沈みながら、孤独に徘徊することに終るのだらう。」

また、「永遠の退屈」という文章の中では、次のように回想しています。

「人は自発的に発奮するか、もしくは飢餓や窮乏などの事情によつて、他から追ひ立てられる鞭なしには、決して仕事をしないのである。ところが私の場合には、この両方の原因が無かつたのである。私がもし、自分のやうな子を持つた不幸な父親――それは確かに不幸である――としたら、取るべき手段は二つしかない。子供を親の手から早く離して、社会の環境の中に孤立させるか。もしくは生産的の仕事に対して、子供の興味を呼び起すやうに、いはゆる誘導教育をするかである。しかし私の場合は、おそらくそのどつちの手段も駄目だつたらう。特に就中、誘導教育は駄目だつたらう。なぜなら私は、人生の如何なる仕事や事業に対しても、気質的に興味と野心を持たなかつたから。」

「かうした私の宿命は、思ふにおそらく、すべての詩人たちに共通してゐる、詩人の普遍律的な宿命だらう。なぜならすべての詩人たちは、気質的に世俗の人と異なつてる別の範疇に属するのである。詩人は現実の世界に背中を向けて、常に夢の世界を見て居る。詩人が生活してゐるイデアの世界は、功利と仕事の世界でなくして、真善美の顕現してゐる至上善の世界である。詩人は常に絶対の自由を愛し、虚妄を憎んで真理を求める。然るに現実社会のことは、本質的にみな功利と方便とで組織されてる。人の「仕事」といふ言葉は、さうした社会組織の上に於ける、俗悪なビジネスを意味するのである。現実の人生は虚妄であり、自由は至る所に禁札されてる。詩人がもしその意志を行動すれば、自ら破滅する外にはないのである。」

萩原朔太郎のこうした回想にはずいぶんと誇張が多いので、こうした文章に書かれていることをそのまま受け取ることは危険であろうと思います。しかし、いくぶんかは彼は本心を語っていると思います。私の考えでは、真善美というようなものは世俗的生活の中にしかないもので、世俗に背を向けてイデアを追求するところから真善美というようなものが見出されるものではありえません。俗世界に自分が適合できない、だから自分は「常に絶対の自由を愛し、虚妄を憎んで真理を求める」詩人として宿命づけられているというのは論理的にも短絡しているようにみえます。飢餓も窮乏も知らず、親がかりで、こうした詩人の特権を夢みたのは彼の社会的に成熟しない幼児性のあらわれだとしか私には思われないのです。このことは彼自身も自覚していたようにみえます。たとえば彼は「芥川龍之介の死」という文章の中で「詩人は精神の永遠的な少年である」と書いています。いま引用いたしましたいくつかの文章にあらわれているような思い込みを彼がもっていたということは事実であり、彼には抜きがたい幼児性があり、それが外界といってもよいし、社会といってもよい、その社会が家族関係からはじまる、人間関係といってもよい、と思いますが、どうしてもそういう関係的な存在として社会的に成熟することができない、そういう資質をもって生まれた人格であったように思うのです。それが当然のことながら、社会的なあらゆる関係で摩擦を生じ、疎外感をもたらし、違和感を彼に与え、孤独感を感じさせ、それが彼の詩の源泉になったのだろうと私は考えています。いわば、汚れない幼児の眼が社会の荒廃に対して敏感に反応させ、『月に吠える』『青猫』の前古未曾有の世界を開いたのだといえるのではないでしょうか。

現代人の普遍的な感情に訴える詩

このことをもう少し考えてみたいと思います。『月に吠える』の巻頭に「地面の底の病気の顔」という作品があります。萩原朔太郎の初期の代表作ですから、誰もがご存知であろうと思いますが、一応、引用いたします。

地面の底に顔があらはれ、
さみしい病人の顔があらはれ。

地面の底のくらやみに、
うらうら草の茎が萌えそめ、
鼠の巣が萌えそめ、
巣にこんがらかつてゐる、
かずしれぬ髪の毛がふるえ出し、
冬至のころの、
さびしい病気の地面から、
ほそい青竹の根が生えそめ、
生えそめ、
それがじつにあはれふかくみえ、
けぶれるごとくに視え、
じつに、じつに、あはれふかげに視え。

地面の底のくらやみに、
さみしい病人の顔があらはれ。

この詩が「地上巡礼」大正四年三月号に掲載されたときは最後の二行は次のとおりの三行であったこともよく知られています。

地面の底のくらやみに、
白い朔太郎の顔があらはれ
さびしい病気の顔があらはれ。

つまり、この作品の「地面の底のくらやみ」の病人は作者自身なのです。朔太郎における天と地、天上と土地あるいは地下の対立は、「浄罪詩篇」の中の問題として考えなければならないことが多いように思いますが、この詩で萩原朔太郎が描いた情景とは、天上から追放されて地底にひそむ作者は病んでいる、その病んだ顔に鼠の巣のように草の葉が絡みつき、その周囲には竹が生えている、といった情景であろうと思います。たぶん、これは作者の神経症的な幻想にちがいありませんが、罪ふかい人間が病み、植物などの葉に絡みつかれて、身動きできない状況に追い込まれている、そういう感情は作者だけのものではなく、おそらく現代社会におけるある種の普遍的な感情であろうと思いますし、それがこの詩のすぐれた詩である所以であろうと考えます。ただ、この詩でも作者は対象を客観化していない、「じつに、じつに、あはれふかげに視え」といった表現に若いころの私はつよい感銘を受けたのですが、ここにも自己憐憫といった感情あるいは感傷が認められるように思うのです。対象を客観化しない、対象と一体化してしまう、そういう幼児的な感性が、彼の病的に鋭敏な感覚となり、社会から疎外され、疲労し、身動きできないような状況におかれている現代人の普遍的な感情に訴える詩として結晶したのではないか、と私は考えているのです。この詩は「さみしい病人の顔があらはれ。」という句で終わり、終止形がありません。こういう形式は彼の詩に多く見られるところですが、これはたんに形式の新しい試みではなく、こういう状況が果てしなく続くことを示唆しているのだと思います。つまり、こうした人間の状況が無限に続き、決して終わることがない、悲しさを表現するための必然的な形式であったのであろうと考えます。

「浦」という女性

じつはここまでは序論であって、これからが私の申し上げたいことの本論なのです。私は萩原朔太郎の作品の中でもことに「猫の死骸」「沼沢地方」という「浦」という女性の登場する二つの作品が好きなのですが、これらの詩のどこが私を魅了するのかが、いまだによくわかりません。これから申しますことは、その魅力の解説のための仮説のようなものとお考えいただきたいと思います。これらの作品はご承知と思いますが、一応、引用いたします。

猫の死骸

海綿のやうな景色のなかで
しつとりと水気にふくらんでゐる。
どこにも人畜のすがたは見えず
へんにかなしげなる水車が泣いてゐるやうす。
さうして朦朧とした柳のかげから
やさしい待びとのすがたが見えるよ。
うすい肩かけにからだをつつみ
びれいな瓦斯体の衣裳をひきずり
しづかに心霊のやうにさまよつてゐる。
ああ浦　さびしい女！
「あなた　いつも遅いのね」
ぼくらは過去もない未来もない
さうして現実のものから消えてしまつた。……
浦！
このへんてこに見える景色のなかへ
泥猫の死骸を埋めておやりよ。

沼沢地方

蛙どものむらがつてゐる
さびしい沼沢地方をめぐりあるいた。
日は空に寒く
どこでもぬかるみがじめじめした道につづいた。
わたしは獣《けだもの》のやうに靴をひきずり
あるひは悲しげなる部落をたづねて
だらしもなく　懶惰《らんだ》のおそろしい夢におぼれた。
ああ浦！
もうぼくたちの別れをつげよう
あひびきの日の木小屋のほとりで
おまへは恐れにちぢまり　猫の子のやうにふるゐてゐた。
あの灰色の空の下で
いつでも時計のやうに鳴つてゐる
浦！
ふしぎなさびしい心臓よ。

浦！　ふたたび去りてまた逢ふ時もないのに。

『廊下と室房』に収められている「青猫を書いた頃」は昭和十一年六月に発表した文章ですから、これらの作品を書いた時期からはだいぶ歳月が経っているのですが、ともかく、まず、萩原朔太郎は「野鼠」の一節を引用しています。

どこに私らの幸福があるのだらう
泥土《でいど》の砂を掘れば掘るほど
悲しみはいよいよふかく湧いてくるではないか。
……（中略）
ああもう希望もない　名誉もない　未来もない。
さうして取りかへしのつかない悔恨ばかりが
野鼠のやうに走つて行つた。

そして、こう続けます。
「それほど私の悔恨は痛ましかつた。そして一切の不幸は、誤つた結婚生活に原因して居た。理解もなく、愛もなく、感受性のデリカシイもなく、単に肉慾だけで結ばれてる男女が、古い家族制度の家の中で同棲して居た。そして尚、その上にも子供が生れた。私は長椅子《ソファ》の上に身を投げ出して、昔の恋人のことばかり夢に見て居た。その昔の死んだ女は、いつも紅色の衣裳をきて、春夜の墓場をなまぐさく歩いて居た。私の肉体が解体して無に帰する時、私の意志が彼女に逢つて、燐火の燃える墓場の陰で、悲しく泣きながら抱くのであつた。」

ここで「猫の死骸」を引用し、次のとおり、解説しています。

「浦は私のリジアであつた。そして私の家庭生活全体が、完全に「アッシャア家の没落」だつた。それは過去もなく、未来もなく、そして「現実のもの」から消えてしまつた所の、不吉な呪はれた虚無実在──アッシャア家的実在──だつた。その不吉な汚ないものは、泥猫の死骸によつて象徴されてた。浦！　お前の手でそれに触るのは止めてくれ。私はいつも本能的に恐ろしく、夢の中に泣きながら戦《をのの》いて居た。

それはたしかに、非倫理的な、不自然な、暗くアブノーマルな生活だつた。事実上に於て、私は死霊と一緒に生活して居たやうなものであつた。さうでもなければ、現実から逃避する道がなく、悔恨と悲しみとに耐へなかつたからである。私はアブノーマルの仕方で妻を愛した。恋人のことを考へながら、妻の生理的要求に応じたのである。妻は本能的にそれを気付いた。そして次第に私を離れ、他の若い男の方に近づいて行つた。」

私は「私はアブノーマルの仕方で妻を愛した。恋人のことを考へながら、妻の生理的要求に応じたのである。妻は本能的にそれを気付いた」という記述はずいぶん奇怪だと思いますが、同じことを離婚後の稲子夫人も「結婚敗残者の手記」という「婦人公論」昭和四年十一月号に発表した文章で「彼には今尚、思慕の情をそそいでゐる一人の初恋の女がある。私は大切に保存されたその女の恋文を発見した時、背すぢを冷いものが通るのを感じた。彼は全く、私を抱きながら、その女の幻想を心に描いてゐたのである」と書いていています。違いは朔太郎が「妻の生理的要求に応じた」といっているのに対して、稲子夫人は彼女が彼を求めたとはいっていないことですが、そのことについては後に考えることにいたします。

萩原朔太郎は「浦」についてはこれよりはるか以前の、昭和二年四月号の「令女界」に発表した「叙情詩物語」中の「広瀬川」という文章でも書いています。次のとおりです。

「広瀬川！　いくたび私はその川の岸辺を歩いたらう。少年の日の夢を追うて、何といふあてもない幸福の幻影にこがれてゐた。或は菫や蒲公英の咲く川辺に来て、終日《ひねもす》草の上に寝ころんでゐた。いつも私は、どこかで愛らしい娘たちが、自分を待つてゐるやうに思はれた。

「どこに私の恋人が居るのだらう！」私は未だ見ぬ恋人を探さうとして、野原や、木立や、川の岸辺に、永い春の一日を歩き暮らした。どこにも陽炎がちらちらと燃え、雲雀が空に舞ひあがつてゐた。

ふしぎな華やかな幸運が、いつも私の前途に感じられてゐた。私は夢に愛人にめぐり合つた。互に偶然に、そこで逢ふことが予想されてゐた。何よりも、我々は深く愛し合つてゐた。さうして或は、時に絶海の孤島の中で、ただ二人抱きあつて泣いてゐることもあつた。「浦！」

私は夢の中の恋人をさう呼んだ。私が彼女と逢ふ時には、いつも物侘びしい北極圏の太陽が、夢の空で輝やいてゐた。URA!　私はそのさびしい名を忘れない。」

この二つの文章の「浦」はまるで違います。「叙情詩物語」中の「広瀬川」の「浦」は夢の中の恋人ですし、「青猫を書いた頃」の「浦」はエレナと呼んだ彼の初恋の人でしょう。どちらが本当なのか。「猫の死骸」の初出は「女性改造」大正十三年八月号ですし、「沼沢地方」の初出は「改造」大正十四年二月号ですから、「叙情詩物語」中の「広瀬川」の文章の方が作品の制作時期に近いものです。「青猫を書いた頃」はこれらの二篇を書いてから十年以上も経っています。ふつうなら、後に書いたものの方が記憶が曖昧になっているでしょう。しかし、萩原朔太郎がその妻稲子と離婚したのは昭和四年ですし、大森馬込に転居したのは大正十五年十一月ですから、「猫の死骸」「沼沢地方」を書いた時期はまだ決定的に夫婦関係が破綻する前でした。稲子夫人が朔太郎に勧められてダンスなどに凝りだしたのは大森馬込転居の後ですから、昭和二年四月に発表された「叙情詩物語」が執筆されたのは馬込転居の前後でしょう。この時点でもまだ決定的に夫婦関係が破綻してはいなかったように思われます。そうすると、「叙情詩物語」では稲子夫人に対する配慮から真実を告白していなかった、とも考えられます。しかし、馬込以前から彼らの夫婦関係は事実上破綻していたともみられます。ちなみに「野鼠」は大正十二年五月刊行の「日本詩集」第五冊に発表されています。すでに「野鼠」を書いた時期に萩原朔太郎は

どこに私らの恋人があるのだらう
ばうばうとした野原に立つて口笛を吹いてみても
もう永遠に空想の娘らは来やしない。

……（中略）……
ああもう希望もない　名誉もない　未来もない。
さうしてとりかへしのつかない悔恨ばかりが
野鼠のやうに走つて行つた。

という絶望をふかくしていたわけです。こうした心情から「猫の死骸」「沼沢地方」が書かれたという彼の解説にはかなり納得できるものがあります。ただ、「野鼠」でも「空想の娘ら」と複数でいっているることが気になります。ここではやはりエレナという特定のかつての恋人を指しているとは思われないのです。

じつは萩原朔太郎は、この二つの文章の間、昭和六年十二月『明治大正文学全集』の「前書」中でも自作詩の註釈を発表していますが、ここにも「猫の死骸」「沼沢地方」についてその冒頭に触れています。これによれば、これら二篇は

「共に一種の象徴的恋愛詩である。二篇を通じて、同じ一人の女Ula（浦）が出てくる。このUla（浦）は現実の女性でなく、恋愛詩のイメージの中で呼吸をして居る、瓦斯体の衣裳をきた幽霊の女。鮮血の情緒に塗られた恋しく悩ましい女である。そのなつかしい女性は、いつも私にとつて音楽のやうに感じられる。さうして、悲しくやるせなく、過去と現実と未来につらなる、時間の永遠の暦の中で、悩ましく呼吸してゐる音楽である。

それ故に詩のモチーフは、主としてUlaといふ言葉の音韻にこめられてある。読者にして、もしUlaの音楽的情緒を、その発韻から感受することが出来るならば、詩の主想をはつきりと摑むことが出来るだらうし、もしもその感受が及ばなかつたら、私の詩の現はす意味が、全体として解らないことになるでせう」。

これら三篇の文章を比較してみて、私には最初の「叙情詩物語」の記述がもっとも真実に近く、「青猫を書いた頃」の記述は疑わしく、『明治大正文学全集』の「前書」の自註にも若干信用できないところがあるように思われるのです。つまり、「私は長椅子《ソファ》の上に身を投げ出して、昔の恋人のことばかり夢に見て居た。その昔の死んだ女は、いつも紅色の衣裳をきて、春夜の墓場をなまぐさく歩いて居た。私の肉体が解体して無に帰する時、私の意志が彼女に逢つて、燐火の燃える墓場の陰で、悲しく泣きながら抱くのであつた」といい、「猫の死骸」に関して「浦は私のリジアであつた。そして私の家庭生活全体が、完全に「アッシャア家の没落」だつた。それは過去もなく、未来もなく、そして「現実のもの」から消えてしまつた所の、不吉な呪はれた虚無の実在——アッシャア家的実在——だつた。その不吉な汚いものは、泥猫の死骸によつて象徴されてた。浦！　お前の手でそれに触るのは止めてくれ。私はいつも本能的に恐ろしく、夢の中に泣きながら戦《をのの》いて居た」と「青猫を書いた頃」で書いていますが、「猫の死骸」にも「沼沢地方」にも春夜の墓場をなまぐさく歩く女性、燐火《りんか》の燃える墓場の陰で、悲しく泣きながら抱くような女性は描かれていないのです。これは「アッシャア家の没落」「リジア」のイメージを強いて、この二篇に重ねあわせるための文飾としか思われないのです。別のことですが、萩原朔太郎の詩の中の表現に破綻があることはごく普通にみられることに違いないのですが、この「青猫を書いた頃」からみれば、不吉な呪われた汚ないものの象徴である泥猫の死骸に「浦！　お前の手でそれに触るのは止めてくれ」というのですが、「猫の死骸」では

浦！
このへんてこに見える景色のなかへ
泥猫の死骸を埋めておやりよ。

というのですから、泥猫に触らないで、どうして浦が埋めてやることができるのでしょうか。『明治大正文学全集』の「前書」の自註では「鮮血の情緒に塗られた恋しく悩ましい女である」といわれていますが、これも「猫の死骸」「沼沢地方」の「浦」はそういう女性として描かれているわけではありません。

朔太郎の女性観

そこでもう少し、彼の女性観をみてみたいと思います。彼は先に引用した「青猫を書いた頃」の中で、こうも書いています。彼の文章には誇張が多く、そのまま信用できないことは前に申したとおりですが、幾らかの真実は含まれている、という前提で読んでみたいと思います。

「すべての生活苦悩の中で、しかし就中、性欲がいちばん私を苦しめた。既に結婚年齢に達して居た私にとつて、それは避けがたい生理的の問題だつた。私は女が欲しかつた。私は羞恥心を忍びながら、時々その謎を母にかけた。しかし何の学歴もなく、何の職業さへもなく、父の家に無為徒食してゐるやうな半廃人の男の所へ、容易に妻に来るやうな女は無かつた。その上私自身がまた、女性に対して多くの夢とイリュージョンを持ちすぎて居た。結婚は容易に出来ない事情にあつた。私は東京へ行く毎に、町を行き交ふ美しい女たちを眺めながら、心の中で泌々と悲しみ嘆いた。世にはこれほど無数の美しい女が居るのに、その中の一人さへが、私の自由にならないとはどういふわけかと。

だがしかし、遂に結婚する時が来た。私の遠縁の伯父が、彼自身の全然知らない未知の女を、私の両親に説いてすすめた。半ば自暴自棄になつて居た私は、一切を運に任せて、選定を親たちの意志にまかせた。そしてスペードの9が骨牌に出た。私の結婚は失敗だつた。」

これがわが国近代詩を代表する詩人の結婚観であったかと思うと感慨なしとしません。自分の結婚を親任せ、運任せにする無責任さもさることながら、結婚とは女性を自分の「自由」にすることだと考えていたことに私は衝撃を覚えます。彼の結婚生活の失敗は当然の帰結であったと私は考えます。このあたりも彼の幼児性のあらわれのように思います。それでいて、彼はとりわけ性欲に悩んでいたのでした。私いわば、精神的には未熟で、肉体的には成熟して性欲をもてあましている、若い男性のエゴイズムを私は感じるのです。稲子夫人は「結婚敗残者の手記」の中で「彼は最初から結婚に対して深い考へもなく結婚したのであつた。驚いたことには結婚の意志さへなかつたと云ふことを知つた。たゞ親のうるさゝにまけて結婚したのだと云ふことであつた」と書いています。「青猫を書いた頃」からみて、萩原朔太郎が結婚の意志がなかったという稲子夫人の理解は間違っているようです。彼は性欲をもてあまし、生理的欲望から結婚を切望していたと理解すべきでしょう。

ただ、離婚のほぼ半年前の昭和四年一月に「時事新報」に発表した「或る孤独者の手記」では「僕は家庭を持つてるけれども、此の家庭生活からも、僕は依然として孤独である。「妻」とか「子供」とかいふ観念が、どうしても僕にははつきりしない。愛がないといふわけではないけれど、何だか家庭生活そのものが、僕には少しも意義がなく、単に荷やつかいの重荷として、不快な重圧を感ずるばかりだ。(もつとも僕のやうな人間は、始めから家庭を持つのが誤謬であつた。)僕は家庭の中に居ながら、いつも氷山に居ると同じく、永遠に凍りついてる孤独を持つてる。」と書いていますから、結婚生活の破綻以前に彼は家庭人として失格者であることを自覚していたという点では、稲子夫人の記述に誤りはないでしょう。

『新しき欲情』は大正十一年四月に刊行された彼の箴言《しんげん》集ですが、その「第五放射線」中、「だれが原告であり得るか」という文章があります。「良人は自分を精神的に愛して居ない。ただ肉欲的にばかり愛してゐる。——獣欲によつて自分を虐げる。——といふ離婚訴訟への口実は、ある極めて特別な場合を除くの外、全部悉く却下すべきである。なぜといつてこの訴訟を起し得る正当の権利は、いつも必ず被告の側にあるからだ」とあります。この文章は、その後十数年経ってから書いた「青猫を書いた頃」における「私はアブノーマルの仕方で妻を愛した。恋人のことを考へながら、妻の生理的要求に応じたのである。妻は本能的にそれを気付いた」を思いおこさせます。萩原朔太郎は十数年にわたって妻の生理的要求に応じて性的関係をもつことを強制されていたといった意識をもっていたようです。男性が妻の生理的要求に応じて性的な関係を持つことができるのか、私には信じがたいのですが、彼の若いころから性欲をもてあましていたというのが本当とすれば、彼のばあいはそういうこともありえたのかもしれません。それはともかくとして、彼のこうした表現は意識的な嘘でないまでも、いつでも彼自身を被害者の立場におきたいという感情に由来するのではないか、と私は考えています。

私は萩原朔太郎のアフォリズムを読んでいると、自分が生来フェミニストなのではないかと感じます。たとえば、『新しき欲情』の「第一放射線」の「求婚広告の秘訣」には「おお性欲以外の何が求婚の衝動となるか」とあり、「色情は芸術であり得るか」には「要するに我等の色情そのものは、厳重の観察に於て性欲それ自身の直接の感情である性的実感（性的快感）と、よつて以てその肉情を誘発するための、言はば性欲への催春剤としての目的における性的美感（美的快感）との二つの要素から組織された感情である。しかして後者は、それ自らの本質に於ては、他の純粋なる芸術美感と全く同一なる非肉情的快感であるに関はらず、常にそれが一方の実感と結合され、その肉欲的快感（色情の艶かしい幸福の気分と混同して、一種の「半肉感半美感の混合的気分」として感じられる故に、ここに我等の知る如き一般現実的の錯誤が生ずるのである」。『虚妄の正義』の「結婚と女性」の末尾に収められている「婦人を愛するには」には「かくの如く、我々はしなければいけない。即ち我々の頭の上に、遠く天上界にまで彼等を置くか。でなければ反対に、彼等を我々の寝台の下に、ずつと低い地位に見るかである。しかしながら我々は、両者の中間を避けねばならない。女神でもなく、家畜でもなく、我々の同じ種属として、人間として婦人を愛したり、取扱つたりするのは、決して絶対に避けねばならない。それは婦人に対する礼儀でなく、また親切の仕方でもない。なぜならば彼等は、それによつて耐へがたいものになつてくるから。あまつさへ我々は、愛によつて恵まれる筈の、特別の幸福を無くしてしまふ」とも書いています。

同じ『虚妄の正義』の中で「家庭の痛恨」という章では「一人の女について、矛盾した二つの情操（母性型と娼婦型と）を要求するのは、概ね多くの場合に於て、その両方を共に失ひ、家庭の母性としても完全でなく、コケットとしても不満足であるところの不幸な物足りない結果になる」ともいっています。

『港にて』の「異性は永遠に理解しない」という章では「男の愛の形式は、不離に女の肉体と結合してゐる。容貌や形態美への思慕《エロス》を離れて、男の愛は考へられない。ところでこの男の心理は、女にとつて永遠に不可解の謎である。多くの女は、化粧すること、形態美を飾ることとさへ、単なる風習上の務めであり、身だしなみであるとしか考へてない」とも書いています。

萩原朔太郎にとって、女性は性欲の対象以上のものではなく、結婚とはその女性に性欲の対象に加えて母性を求めることにすぎなかった、と思われます。彼は女性を対等の人格をもつ異性であるという認識を欠いていたと私には思われるのです。彼は女性の容貌や形態美への思慕《エロス》にだけ執着しました。ここにも彼の幼児性が認められるはずです。いわば、性的には成熟し、性欲をもてあましながら、社会的には不適合な未熟さを持ち続けていた、結婚とは何かを真剣に考えたこともないような、彼の自負によれば詩人であり、天才でした。そういう男性にとって稲子夫人との家庭生活が破綻したことはむしろ当然であったと私は考えます。

彼は『絶望の逃走』の中の「美」というアフォリズムにこう書いています。

「美はその肉体を所有しない。それ故にこそ、すべての美しいもの——音楽や、詩や、風景や——は、恋愛と同じやうに悲しいのである。美は、所有なき肉体への郷愁である。」

彼にとって彼が恋人といい、あるいは愛人という女性がエロス的な愛情の対象以上の人格であるとき、これは実在しえない存在であることを彼は自覚していました。それは稲子夫人との破綻した家庭生活の過程で彼が実感したことであろうと思います。だから、ひとたび出会うことがあっても、北極の極光の下であったり、沼沢地方であったり、せざるを得なかった。ひとたび出会ってもすぐに別れざるを得なかった。実生活の残渣《ざんさ》を猫の死骸のように捨て去らなければならなかった。そういう非実在への焦燥として、Uraが存在した、と私は考えます。「猫の死骸」「沼沢地方」の二篇はそういう彼の女性観から書かれたものと私は考えます。

萩原朔太郎の女性観は現代からみると女性に対する驚くべき偏見、侮蔑感に満ちたものです。だからといって、こうした偏見、侮蔑感にもとづいて書かれた、この二篇の詩がつまらない作品だということにはなりません。むしろ、これらの詩を私は愛読してきましたし、彼のあらゆる作品中でもとくに好きな作品なのです。私たちにとって理想の異性などというものは、男性にとっても、女性にとっても、現実にはありうるものではありません。理想の異性はつねに夢の中にしか存在しえません。かりに幸運にして出会うことがあっても、すぐに別れが待っているでしょう。私たちの現実の社会は萩原朔太郎がうたったような沼沢地方であり、荒蓼地方です。そういう私たちの愛の実態というものを、萩原朔太郎は彼の女性に対する偏見、侮蔑感を通じて直観したのだろうと考えます。それが、これらの作品が私たちの魂に訴える理由であろうと思うのです。

（第三一回朔太郎忌、講演、二〇〇三年五月十一日、於前橋文学館。『前橋文学館報』第二四号、二〇〇三・九）

『測量船』の世界——三好達治

『測量船』は三好達治の第一詩集で、昭和五年、三好が三十歳のときに出版され、これによって三好が昭和初期を代表する第一級の詩人としての地位を確立した詩集であり、昭和初期のもっともすぐれた詩集のひとつです。

三好達治はふつう、みがきぬかれた言葉で一点のゆるぎもない、いわば古典主義的な、純乎たる抒情詩を書いた、といわれています。はじめに一篇ご紹介しますと、よく知られた「雪」という作品は『測量船』の冒頭から四番目に収められた詩です。

雪

太郎を眠らせ、太郎の屋根に雪ふりつむ
次郎を眠らせ、次郎の屋根に雪ふりつむ

この作品は僅か二行の詩で、第二行は第一行の太郎を次郎と言いかえただけです。無駄な表現が全くない、極度に単純化された構成ですが、それでいて読者をなつかしい郷愁に誘うかのような、豊かなイメージの拡がりをもっています。中原中也は三好達治に燃えるような憎悪をいだいていたといわれますが、中原は、三好の作品に認められる、こうした古典主義的な完璧さに反撥したのだろう、と思います。

こうした詩風はいうまでもなく三好達治の資質や個性に由来するのですが、同時に昭和初年における時代的社会的環境の中から生まれたことも間違いありません。大正期には大正デモクラシーといわれる時代思潮に対応して、詩の分野では民衆詩派といわれる詩人たちが詩壇の中心を占めていました。彼らは平易な言葉で民衆の感情を表現することを提唱していました。ところが、第一次大戦後の世界的な経済恐慌、ロシアにおけるソビエト革命、といった既成秩序の崩壊過程で、わが国でも労働者階級の成長、農民の貧困化がすすみ、大正デモクラシーの時代は終り、民衆詩派もそのエネルギーを失っていました。一方でアナーキズムやマルキシズム等の社会変革的思想が紹介され、いわゆるプロレタリア文学がしだいに形をととのえはじめ、詩の世界でも「プロレタリア詩集」などが刊行されるようになっていました。

この当時、民衆詩派の作品は「ただごと詩」になってしまっていた、と三好達治は書いていますが、その結果として、次の世代の詩人に、というのは三好らの世代の詩人に、「辞句の洗練、詩想の内潜純化、形象把握の的確等々の新しい努力を促した」、と書いています。「ただごと詩」というのは、ただ行分けしただけで散文とかわりない、平凡な出来事をそのまま書いただけのもの、といったような意味です。洗練された言葉を用い、思いを心の底ふかく沈潜させて純粋な詩そのものをさぐり、これに明確なイメージを与える、ことが新しい世代の詩人の使命である、と三好は考えていたわけです。ですから、三好達治が意図していた新しい時代の詩とは、ひとつには大正期の民衆詩派のゆきづまりを批判し、同時に、抬頭しつつあったプロレタリア詩の、政治的な、さわがしく蕪雑な作品を批判する、いわば芸術派の詩であり、詩から、詩以外のすべての夾雑物を排除した、純粋に詩だけで成り立っているような、詩であったのです。

太郎を眠らせ、太郎の屋根に雪ふりつむ
次郎を眠らせ、次郎の屋根に雪ふりつむ

この二行には、確かに詩以外の何物でもない、純粋な詩だけがとりだされており、平易ではあるが洗練された言葉で書かれ、くっきりと的確なイメージが与えられています。そういう意味で、作者の意図があますところなく実現された作品であり、当時においても新鮮だったし、今日でもみずみずしい新鮮さをもち続けている、と思います。

そうはいっても、じつは、この詩の解釈にはいろいろな説があって、みかけほど分り易い詩ではありません。一説では、この詩の太郎と次郎とは兄弟だ、と考えますし、別の説では、この家の太郎も、あの家の次郎も、といった意味だから兄弟ではない、としています。この雪は農村にふっているのか、都会の雪なのか、といった点でも説が分れていますし、山本健吉さんはこの詩からは何となく母親の子守唄がきこえてくる、と鑑賞していますし、大岡信さんは、太郎や次郎を眠らせたのはお母さんやお姉さんであり、そうやって眠りに入った太郎や次郎の屋根の上に、いましんしんと降っている、といった解釈があるが、こういう解釈はこの詩とは関係ない、といっています。私はどちらかといえば、あの家の太郎もこの家の次郎も、という意味で、したがって太郎と次郎とは兄弟ではない、彼らを眠らせるのは雪が主語なのだから雪以外にはありえない、と考えてきたのですが、それでも山本健吉さんが、この詩から母親の子守唄が聞こえてくる、といっていることを興味ふかく感じています。

「雪」についてはしばらく措くこととして、次に同じ『測量船』の中の「郷愁」という作品をお聴き頂きます。

郷愁

蝶のやうな私の郷愁!……。蝶はいくつか籬《まがき》を越え、午後の街角《まちかど》に海を見る……。私は壁に海を聴く……。私は本を閉ぢる。私は壁に凭れる。隣りの部屋で二時が打つ。「海、遠い海よ！　と私は紙にしたためる。——海よ、僕らの使ふ文字では、お前の中に母がゐる。そして母よ、仏蘭西人の言葉では、あなたの中に海がある。」

漢字の海という字の中には母という字が含まれています。フランス語で母はmèreといいますが、フランス語の海はmerです。だから、フランス語では母の中に海がある、ということになります。この詩は、そういう言葉がもっている面白さの発見から成り立っている作品で、言葉遊びの詩だといってよいでしょう。ただ、この詩はたんなる言葉遊びに終ってはいません。それは海と母とのイメージの共通性が読者を魅惑するからであろうと思います。この海は嵐に荒れる海ではありません。蝶が戯れるような優しく穏やかな海、たぶん、瀬戸内のような海です。豊かで、包容力があって、しずかに人を眠りに誘うような、それでいて騒ぎやまぬ心をもった、海です。そういう海のイメージを母への慕情とこの詩では言葉の機智でかさねあわせているのです。この詩が「郷愁」と題されているのも、母への思慕の思い、幼なかった日々への懐しい回想、がこの詩の主題となっているからなのです。じつはこの詩も若干分りにくいところがあって、私は、作者は昼の二時に「海よ」とよびかけているのだと読んできたのですが、村上菊一郎さんがこの詩を鑑賞して、これは深夜の二時だとお書きになっているのを読んで驚いた憶えがあります。そういわれてみれば、そうも読めるので、昼の二時だと考えたのは、私が早寝で、夜更かしの習慣をもっていないからかもしれません。詩を読むということは、もっといえば、私たちの体験というものは、いつも私たち自身の身の程でしかできないことで、それはそれで致し方のないことなのです。

それはそれとして、『測量船』という詩集を通読して誰しも気付くことは、母親への思慕が一貫して流れているということです。この詩集の二番目に収められている「乳母車」という作品も、有名な作品ですが、「母よ——淡くかなしきもののふるなり」、とはじまっています。「谺」という作品では、「草の葉ばかりに風の吹いてゐる平野の中で、彼は高い声で母を呼んでゐた」、という一行があります。「落葉やんで」という詩には、「二三度母のお小言を聞いて、そして全く冬になつた」、とあります。「庭」という作品は、「母から手紙が来た。私はそれに返事を書いた」、という一行で結ばれています。

三好達治は明治三十三年、大阪市に生まれました。父親の政吉さんは印刷業を営んでいて、三好は十人兄弟の長男ですが、兄弟のうち五人までは夭折した、ということです。六歳の頃、舞鶴の父親の知人の許に一時養子にもらわれていったことがあります。父親からよばれて、突然、「この小父さんのところへ行くかい?」ときかれ、とっさに達治少年は「行く」と答えた、と「小動物」という題の文章で三好達治は回想しています。「父はその時、酔っ払ってゐたのに違ひない」、とも書いていますし、「「行く」と答へた時の気持を私は今も覚えてゐる。その気持を思ひ出すと、私は今でも少し心が暗くなる。その頃から、自分の家庭を、私は愛してゐなかつた」、とも書いています。別に「暮春記」という文章でも三好達治はこの事件の思い出を書いているのですが、その中で三好は、「私の母は、この出来事の前後を通じて、相談に与つた様子はなかつた。茶の間にでも下つてゐたのか、その時は、姿さへ見せなかつた」、と書いています。三好はまた、「もともと私には、家庭を愛するやさしい感情、家庭に親しむ温い気持、そんなものが欠けてゐたとでもいふのだらうか。これはいくらか当つてゐる。しかしまた、そのためばかりでもないらしい。なぜだらう、それでは。放浪癖——、そんなものの兆であらうか。過去もまた、既に一つの謎である。私にも確かなことは解らない」、とも書いています。三好達治は長男でしたから、結局養子にはならないで、今度は、兵庫県有馬郡三田町の祖父母の許に預けられます。大阪の実家に戻ったのは十一歳の時です。私には、三好自身が書いているのは逆に、三好達治という詩人は、人一倍「家庭を愛するやさしい感情、家庭に親しむ温かい気持」が強かった人のように思われます。酔っ払って気易く長男を他人にやってしまおうとする、暴君のような父親、そういう重大な事柄について相談にも与ることができない母親、そういう両親の許で、三好達治という少年は、やさしく温い家庭というものに飢えていたのだ、というように私には思われます。

その後、三好達治は市岡中学にすすみ、二年で中退して陸軍幼年学校から士官学校にすすみますが、二十一歳の時退学します。「兼ねて立身出世の志望をいだかず、軍人精神にもまた欠くるところがあったからである」、とは三好自身の説明ですが、士官学校を退学した経緯にもいろいろ説もあり、謎があります。その間家業は傾き、三好もその再建のために働くのですが、父親と意見が合わない、ついに倒産して父親が家出する、ブラジルに移民しようと志したりもするのですが、結局は親戚の援助で京都の旧制第三高等学校にすすみ、ここで、丸山薫、桑原武夫、梶井基次郎といった多くの友人を得、さらに、東京大学のフランス文学科に学んで、小林秀雄、中島健蔵、今日出海といった人々と知り合うことになり、その前後から、詩人としての活動をはじめます。

このような三好達治の体験に照らして、冒頭にご紹介した「雪」を読み直してみると、ひょっとしたら、ここには作者の幼い頃の思い出が反映し、こめられているのかもしれない、という気がします。太郎は三好家の長男である作者自身です。次郎は弟です。彼らは舞鶴または兵庫県三田と大阪というふうに離ればなれに暮らしている。日本海岸の町に、あるいは兵庫県の山中の町に雪がふっている。同じ雪が大阪の町にもふっています。やさしい母親の子守唄のように、雪が離ればなれにくらしている兄弟の家のそれぞれの屋根に静かにつもり、夜はしんしんと更けていくのです。こうした解釈が唯一の正しい解釈だ、というつもりではありません。むしろ、詩を作者の体験にひきつけて解釈することは、詩の魅力を卑俗にし、失わせることになるだろう、と思います。ただ、ひょっとしてそうした思いも、作者の心の隅のどこかにあったかもしれない、と想像することも、詩を読み、詩を考えるたのしみのひとつだろうと思います。それでも、この詩に限らず、『測量船』に収められた多くの作品から、母の子守唄のようなものが聞こえてくる、ということは事実なので、そういう意味で、私は山本健吉さんの解釈も無視できないと考えているのです。

ただ、『測量船』の作品が母への思慕、温い家庭への憧れ、なつかしい幼い日々への郷愁、のようなものでみたされているとみれば、それはまったくの間違いです。この詩集に収められなかった作品ですが、同じ時期、昭和二年に北原白秋が編輯していた「近代風景」という雑誌に発表した、「暗い城のやうな家」という詩があります。この詩は、「私は暗い城のやうな家の門に立つてほとほとと扉を敲いてゐる」、とはじまります。「この扉をあけて下さい」、と私がたのむ。中からしずかな声で、「お前はそもそも何ものだ?」、と問いかえす。私と城のような家の中の人との問答でこの作品は進行します。私は、じぶんは詩人であり、じぶんには帰るべき家もなく、ひどく疲れている、という。中の声が問いかけます。「お前の年とつた母と、お前の弟と、お前の友人たちと、彼らがお前を待つてゐる。彼らがお前を愛してゐないと思ふのか。それにお前の恋人もお前を愛してゐるではないか。」私は答えます。「私は彼らを愛してゐないのです。」すると、中の声がかさねて問いかけます。「お前は人生を愛さなかつたのか！　お前は人生を愛してゐないのか！」私は答えられません。無言で立ちつくしているだけです。中の声はさらに、「いやお前は人生を愛してゐる」、と断定します。私は、「もしも私が人々を愛してゐるのなら、この静かな家の中で、私は彼らを待つてゐたいのです。街の中で、人々の間にあつては、私には、彼らを愛することが出来ないのです」、と答えます。「さらばもう一度お前は帰るがよい。そしてお前の無為と、お前の不眠症と、及びお前の憎悪とで、人々を愛してゐるがよい。お前は詩人だから」、と中の声がいいます。結局、この詩は、私が、「私には帰るところがありません」、といい、中の声が、「さらばそこにをれ、何ものもそれを妨げることは出来ないだらう」と答えて終るのですが、ここにはこの詩人の母、家庭あるいは人生というものに対する姿勢がよく示されています。私は彼らを愛していない、といいます。先程申しました「暮春記」の中で、「もともと私には、家庭を愛するやさしい感情、家庭に親しむ温い気持、そんなものが欠けてゐるとでもいふのだらうか。これはいくらか当つてゐる」、と書かれていますが、これも「いくらか」当っているだけなのです。だから、暗い城のような家の中の声、これは詩人の内部のもうひとりのじぶんの声と考えてよいと思いますが、「いやお前は人生を愛してゐる」、と詩人に語りかけます。そしてまた、「お前は詩人なのだから」、「お前の無為と、お前の不眠症と、お前の憎悪とで、人々を愛してゐるがよい」といいます。彼は逃避も許されず、無為と憎しみで人々を愛する、人々を愛しながらも家庭に安住もできず、彷徨し流浪しなければならない、そういう詩人としての生活を宿命づけられている。こうした悲しくつらい宿命の自覚が『測量船』の多くの詩作のモチーフなのです。だから『測量船』にはたえがたい母への慕情とともに、そういう慕情をたちきっていく、暗く寂しい多くの作品が含まれているのです。そこで、すこし長い作品ですが、「鴉」という散文詩をお聴き頂きます。おことわりいたしますが、民衆詩派が堕落して「ただごと詩」、行分け散文になってしまった、その批判のひとつのかたちとして、いっそ行分けしない散文のかたちで、詩以外の何ものでもない作品を書こう、とする運動が昭和初期にうまれました。これは新散文詩運動といわれるもので、当時の三好達治の仲間であった北川冬彦らによって推進されたものですが、散文形式による詩の純粋化の試みであった、といってよいでしょう。先にご紹介した「郷愁」も勿論散文詩で、『測量船』の作品の大半は行分けのない散文詩という形式で書かれています。

鴉

風の早い曇り空に太陽のありかも解らない日の、人けない一すぢの道の上に私は涯しない野原をさまようてゐた。風は四方の地平から私を呼び、私の袖を捉へ裾をめぐり、そしてまたその荒ましい叫び声をどこかへ消してしまふ。その時私はふと枯草の上に捨てられてある一枚の黒い上衣を見つけた。私はまたどこからともなく私に呼びかける声を聞いた。

——とまれ！

私は立ちどまつて周囲に声のありかを探した。私は恐怖を感じた。

——お前の着物を脱げ！

恐怖の中に私は羞恥と微かな憤りを感じながら、余儀なくその命令の言葉に従つた。

——裸になれ！　その上衣を拾つて着よ！

と、もはや抵抗しがたい威厳を帯びて、草の間から私に命じた。私は惨めな姿に上衣を羽織つて風の中に曝されてゐた。私の心は敗北に用意をした。

——飛べ！

しかし何といふ奇異な、思ひがけない言葉であらう。私は自分の手足を顧みた。手は長い翼になつて両腋に畳まれ、鱗をならべた足は三本の指で石ころを踏んでゐた。私の心はまた服従の用意をした。

——飛べ！

私は促されて土を蹴つた。私の心は急に怒りに満ち溢れ、鋭い悲哀に貫かれて、ただひたすらにこの屈辱の地をあとに、あてもなく一直線に翔《かけ》つていつた。感情が感情に鞭うち、意志が意志に鞭うちながら——。私は永い時間を飛んでゐた。そしてもはや今、あの惨めな敗北からは遠く飛び去つて、翼には疲労を感じ、私の敗北の祝福さるべき希望の空を夢みてゐた。それだのに、ああ！　なほその時私の耳に近く聞えたのは、あの執拗な命令の声ではなかつたか。

——啼け！

おお、今こそ私は啼くであらう。

——啼け！

——よろしい、私は啼く。

そして、啼きながら私は飛んでゐた。飛びながら啼いてゐた。
——ああ、ああ、ああ、ああ、
——ああ、ああ、ああ、ああ、

風が吹いてゐた。その風に秋が木葉をまくやうに私は言葉を撒いてゐた。冷めたいものがしきりに頬を流れてゐた。

この感動的な、そして衝撃的な作品は昭和四年十二月、「詩と詩論」第六冊に発表されたものです。「詩と詩論」はシュールレアリズム等西欧の第一次大戦後の新しい芸術運動の影響をうけた春山行夫らが中心になって創刊した雑誌で、昭和の詩壇に画期的な新風を送ったものですが、三好もその創刊当時からの同人の一人でした。『測量船』の作品の多くも当初この「詩と詩論」に発表されています。ただ、三好はシュールレアリズム、ダダイズム、キュビズムといった当時の前衛的な芸術的思潮の影響をうけたというより、むしろそれより一時代以前の、フランスの象徴主義の影響をうけました。同じ昭和四年十二月には、ボードレールの散文詩集『巴里の憂鬱』を翻訳、出版しています。いまお聞き頂いた「鴉」もボードレールの影響が濃いといわれています。

この散文詩は、カフカの「変身」と同種の、一種の変身譚、変身の物語ですが、ここで作者は詩人に変身するのであり、鴉とは詩人の象徴であると考えてよい、と思います。つまり、この詩人にとって、詩とは、余儀ない選択として宿命づけられた、敗北のうたなのです。羞恥と憤りを感じながら、裸になり、敗北のはての希望を夢みながら、宿命の命じるままに、涙をながしながら、啼き叫ぶうただったのです。ここには選ばれた者の恍惚と不安といったものはみられません。うちひしがれた敗北感、挫折感、があるばかりです。三好達治は、やさしく温い家庭に惹かれてはいても、そうした幸福な生活をたちきって、命じられた敗北のうたをうたい続けることが彼の宿命だ、と感じていたのでした。彼は昭和三十九年六十四歳で死にましたが、生涯をつうじて定職をもちませんでした。そこで主として詩作などで生活の糧をえたのですが、経済的にはいつも不安定でした。ただ、同世代の詩人に比べれば、三好達治は抜群に著名でもあり、その作品に対する注文も多かったので、経済的に詩人が貧しいということは、何時の時代でも避けがたいことにすぎないのです。三好のばあい目立つことは、どんなに貧しくても、文学以外の定職をえて、ごく短期間教壇に立ったことはありますが、定まった職業で生活を安定させようとはしなかった、ということだと思うのです。しかも、精神の高貴さ、志のけだかさ、といったものを一生失うことなく、ある意味では高雅な風流隠士のようにもみえる、生涯を送ったのです。昭和九年佐藤春夫の姪佐藤智恵子と結婚し同年暮には長男が生れますが、一家を構えたのは昭和十一年です。そして、小石川関口から、鎌倉へ、さらに、小田原へと転々と居を移し、昭和十九年には単身福井県三国に赴き、協議離婚して、萩原朔太郎の妹萩原アイと結婚しますが、翌二十年にはたちまちこの新しい生活も破綻し、離婚します。この間の経緯、凄絶な愛とその結末は、萩原葉子さんの『天上の花』に書かれています。昭和二十四年上京して、世田谷区代田に間借りをしてその晩年を送ったのですが、こうしたたびたびの転居とか、頻繁な旅行などの外面的な生活だけでなく、内面的にも生涯をつうじ、漂泊の人、流浪の人といった趣きがあります。それも、鴉のように不吉で不幸な生を送るほかはない、と自覚して詩を書きはじめたことの、必然的な結果であったように思われます。

もうひとつ、「鴉」のすぐ次に収められている、これは比較的短い散文詩「庭」をお聞き頂くことにします。

庭

太陽はまだ暗い倉庫に遮ぎられて、霜の置いた庭は紫いろにひろびろと冷めたい影の底にあつた。

その朝私の拾つたものは凍死した一羽の鴉であつた。かたくなな翼を錘《つむ》の形にたたむで、灰色の瞼をとぢてゐた。それを抛げてみると、枯れ落ちてあつけない音をたてた。近づいて見ると、しづかに血を流してゐた。

晴れてゆく空のどこかから、また鴉の啼くのが聞えた。

この詩は、ただこれだけの情景をうたったもの、と解するのが正しいかもしれません。庭で一羽の凍死した鴉をみつける。抛げてみると、血を流している。そんな仲間の惨めな運命を知らぬがに、一羽の鴉が啼いて飛びゆき、空は晴れわたっている。これは『測量船』の中のすぐれた作品と比べると、一級の作品ではありませんが、言葉が選びぬかれていて、印象が明確で、内心に深く沁みいるような抒情を汲みあげている、という意味で、一読して忘れがたい作品です。いったい三好達治には動物やその生死に対する烈しい関心がありました。舞鶴に養子にもらわれていったとき、行くと返事した動機として、舞鶴にいくと河鹿がいる、といわれたからだ、ということもさきに申した回想文の中で記しています。ですから、この「庭」はこれだけの詩と読んでもよいのですが、ひょっとすると、「鴉」の次にこの「庭」を配置しているのは、意味があるかもしれない、とも思うのです。もし、ことさら、「鴉」の次に「庭」をおいたのであれば、この凍死した鴉に、作者はその宿命の末路をみていた、ということになるでしょう。そう考えて、この「庭」を読みかえすと、凍死した鴉をみつけて抛げ、鴉が流す血に見入る作者の心情に、惻々として心うたれる思いがいたします。

もう一篇、『測量船』からご紹介したいと思います。これはこの詩集の代表作のひとつであり、また、三好達治の生涯をつうじて代表作のひとつと考えられている作品です。「甃のうへ」という題の作品です。

甃のうへ

あはれ花びらながれ
をみなごに花びらながれ
をみなごしめやかに語らひあゆみ
うららかの跫音空にながれ
をりふしに瞳をあげて
翳りなきみ寺の春をすぎてゆくなり
み寺の甍みどりにうるほひ
廂《ひさし》々に
風鐸のすがたしづかなれば
ひとりなる
わが身の影をあゆまする甃のうへ

これは、三好達治自身が注しているところによれば、「東京の音羽にある護国寺境内での所見だが、作りながら京都の寺女を頭に描いていた」、ということです。ところが、同じ作者はまた、「この寺は現実にない、文学の上だけで組み立てられた夢のやうな場所」だとも語っています。いずれにしても、護国寺境内の所見も、たんにこの作品の契機のひとつを与えたにすぎないと考えるべきでしょう。大岡信さんは、この作品は室生犀星の詩「春の寺」を意識的に本歌取りしたものだと指摘しています。三好達治という詩人は、自ら師と仰いだ萩原朔太郎をはじめ、じつに多くの先輩たちの仕事から影響をうけた人で、このことは彼の作品を考えるばあい、見落してはならないことだと思います。三好に影響を与えたのは、萩原、室生、といった比較的年代の近い詩人たちだけではありません。三好は、わが国の古典詩歌の伝統もつよくうけついでいましたし、中国の唐宋時代の詩、いわゆる漢詩にも、また、ボードレールなどのヨーロッパの詩人たちの作品にも造詣がふかく、かれらの影響もうけています。ただ伝統をうけつぎ、先輩の影響をうけることによって、いわば古典主義的な作風を確立したのですが、同時に、その作品にはっきりと三好達治以外の何者のものでもない個性をうちたてたのです。この作品「甃のうへ」のばあい、室生犀星の詩にみられるような、野性的な生命感はみとめられません。もっと端正で、静かで、調べがゆるやかです。犀星の作品に似ているのは、若干の言葉づかいにすぎない、と私は思います。犀星の「春の寺」はこういう作品です。

うつくしきみ寺なり
み寺にさくられうらんたれば
うぐひすしたたり
さくら樹にすずめら交り
かんかんと鐘鳴りてすずろなり。
かんかんと鐘鳴りてさかんなれば

をとめらひそやかに
ちちははのなすことをして遊ぶなり。
門もくれなゐ炎炎と
うつくしき春のみ寺なり。

「あはれ花びらながれ、をみなごに花びらながれ」、と「甃のうへ」ははじまっており、桜という言葉はまったくあらわれませんが、この花びらはいうまでもなく桜の花びらであり、花といえば桜を指すことはわが国古来の伝統をふまえたものです。そして、ここで花びらながれ、とくりかえしていることがこの作品の特徴でしょう。ふつうなら花が散る、ことをここでは花びらがながれる、といっているわけで、私共の経験では、桜の花は慌しく散るような感じがありますが、ここではもっとゆっくりと花びらは流れるように散り、時間はゆっくりとながれているのです。花がながれる、という表現も、万葉集に「春雉《きざし》鳴く高円《たかまど》の辺《へ》に桜花散りて流らふ見む人もがも」という歌があるとおり、やはり伝統をふまえた表現で、無理やり言葉をねじまげて斬新な表現をつくりだしたわけではありません。まず、「花びらながれ」という二行のくりかえしによって、のどかで、うららかな春の日の情調が示されます。そういうのどかで、うららかな春の日、少女たちが寺院の境内を歩いています。語りあいながら歩いていきます。彼女たちは時々、瞳をあげて寺院の屋根を見上げます。寺院の屋根もしっとりとみどり色に照り映えています。少女たちは寺院の境内を静かに語りあいながら通りすぎてゆくのですが、同時に、春という季節を通りすぎてゆくのです。二度と訪れることない季節を通りすぎてゆくのですが、彼女たちは無心に桜の花の散るにまかせています。

あはれ花びらながれ
をみなごに花びらながれ
をみなごしめやかに語らひあゆみ
うららかの跫音空にながれ
をりふしに瞳をあげて
翳りなきみ寺の春をすぎゆくなり
み寺の甍みどりにうるほひ

といった句はそうした情景を、そういう情景にふさわしいのどかでゆっくりした調べで、くりかえしを多用しながら、描きだしています。ところで、こまかな話になりますが、この「甃のうへ」という詩は十一行から成る詩ですが、『測量船』がはじめて昭和五年に出版されたさいの初版本では、「み寺の甍みどりにうるほひ／廂《ひさし》々に」とある行の次に一行空きがあって、しまいの

風鐸のすがたしづかなれば

ひとりなる
わが影をあゆまする甃のうへ

という三行が第二節として独立していました。しかし、昭和十四年『春の岬』という題で、それまでに刊行された『測量船』にはじまり第四詩集『山果集』までをあわせた合本詩集を出版したさいは、この行空きはなくなって十一行一連の作品になっています。「甃のうへ」は最初は大正十五年七月、「青空」という、梶井基次郎らがやっていた同人誌に発表されたのですが、石原八束さんに調べて頂いたところによると、「青空」では、ちょうど「廂々に」と「風鐸のすがたしづかなれば」との間で頁が変っているので、ここで行空きがあるのか、どうか、はっきりしないとのことです。そこで、『測量船』の昭和五年の初版で、「廂々に」と「風鐸のすがたしづかなれば」との間に行空きを設けて、二節から成る詩にしたのは印刷上の間違いで、『春の岬』でその間違いが訂正されたのか、あるいは元来そういう行空きがある二節の詩として書いたものを、後に昭和十四年になって、作者が考え直して手を入れて行空きのない全体が一節の詩としたのか、はっきりしません。こういうこまかなことにこだわるのは、この詩の読み方に多少関係があるからなのです。この詩を素直に読むと、行空きを設けるとすれば前半の六行と後半の五行の間にあるのが自然だと思います。「翳りなきみ寺の春をすぎゆくなり」という第六行で一区切りあることは間違いないのですから。そう考えると初版本で「廂々に」の次に行空きがあるのはいかにも不自然なのですが、必ずしも間違いとは言いきれないのは第五行に「をりふしに瞳をあげて」

とあるからなのです。少女たちが「をりふしに瞳をあげて」みるのは、み寺のみどりにうるおう甍、廂々の風鐸でなければなりません。ですから、一旦み寺の春をすぎゆくなり、と終止形で結んでも、なお、「み寺の甍みどりにうるほひ」、続いていくことにもそれなりの必然性があるのです。

いったいこの「甃のうへ」という詩は桜の花びらが流れるようにゆっくりと散る春の日、寺院の境内を語らいあいながら歩む少女たちを、描写した詩ではありません。そうした少女たちが無心に静かに歩んでいるのに、それに対比されるように、彼女たちの華やかな情景をよそに

ひとりなる
わが身の影をあゆまする甃のうへ

とうたって、孤独に歩みながら、わが身の影だけをみつめている、青春の哀愁、憂愁、といったものが、この詩の主題なのです。ですから、「をみなご」と「ひとりなるわが身」との対照がこの作品の構成のもとになっているので、二節に分れていてもむしろ当然なのです。そして、その「をみなご」と「ひとりなる」作者とにまたがって、「み寺の甍みどりにうるほひ、廂々に、風鐸のすがたしづかなれば」、という三行があるのです。この三行は連続しながら、しかし、この三行の途中で「をみなご」から「ひとりなる」作者に視点が移ってゆくのです。そう考えると、ひょっとして、元来は「廂々に」で一旦休止して第二節として「風鐸のすがたしづかなれば」とはじまるのが、この作品の元来の正しいかたちであ

った、と考えるのもあながち間違いとはいえないように思うのです。

この「甃のうへ」という作品は、じつに典雅で、静かで、美しい作品です。ただ、ここでもうたわれているものは、無心で、幸福な少女たち、つまりは通常の社会の人々から離れて、わが身の孤独をみつめる詩人の感慨なのだ、ということを見落してはならないと思います。

（一九八四年十月一日ＮＨＫラジオ第二放送「近代の文学・三好達治『測量船』」のための原稿。『秋』一九八四・十一）

井伏鱒二『厄除け詩集』

『厄除け詩集』の冒頭の「なだれ」はこの詩集の中でも屈指の名作ですが、「四季」昭和十一年十月号に発表されたものです。

なだれ

峯の雪が裂け
雪がなだれる
そのなだれに
熊が乗つてゐる
あぐらをかき
安閑と

蓖をすふやうな恰好で
そこに一ぴき熊がゐる

大岡信さんが講談社文芸文庫版『厄除け詩集』の解説に「こういう詩を読むと、読者は呆気にとられた状態のまま、いきなり愉快な心持ちに運びあげられてしまう。あり得ないことが眼前に生じている。なぜそれが眼前に生じていることが信じられるかといえば、熊が「あぐらをかき」「安閑と」「蓖をすふやうな恰好で」あると描写されているからである」と書いています。この大岡さんの感想に私はまったく同感です。井伏さんの小説や随筆にもみられるような瓢逸で自在無碍な感じがあります。いかにもあり得ない出来事を、井伏さんの描写力で私たちの眼前に見せてくれた名人芸のように思われます。ところが、この頃出版された萩原得司さんの『井伏鱒二聞き書き』によりますと、井伏さんはこの詩をお書きになった背景について、水上温泉へ講演旅行にいったときのこと、「村長が、なだれのなかに熊がいたときのことを話したんだが、そのとおりに書いた。村長が言ったことを、ぼくなりにスケッチしたわけだ」と話しています。村長が言ったことをそのとおり書いたなどというはずはないので、「ぼくなりにスケッチした」ことが、まさにこの作品を詩にしているわけですが、井伏さんのスケッチとは、熊が「あぐらをかき」「安閑と」「蓖をすふやうな恰好で」ある、という描写なのですが、この描写で作者は何を言おうとしていたのか。ただ、あり得ない、珍しい事件を描いてみせただけなのか。そう考えてみると、この作品は意外に難解な作品です。たとえば、いったいこの熊はどうなったのか。先程ご紹介した大岡信さんの解説では「人はたしかに、そんな熊が一ぴき宙を飛んでゆくのをまざまざと見るのだ」と書かれています。熊は本当に宙を飛んでゆくのだろうか、そこまでこの詩から読むことができるのか、私は疑問に思います。家内と話しておりましたら、家内は、熊は結局雪崩に巻き込まれて死んだに違いない、と申します。皆さんはどうお考えでしょうか。私は詩の鑑賞には正解がひとつしかないとは思っておりませんので、どう解釈なさるのもご自由です。それでも、私は私なりの解釈を申し上げようと思っております。ただ、その前に、『厄除け詩集』の他の作品をいくつか読んでおくことにします。

＊

『厄除け詩集』に「顎」という詩があります。これは私がはじめて読んだときからずっと愛読してきた作品です。

顎

けふ顎のはづれた人を見た
電車に乗つてゐると
途端にその人の顎がはづれた
その人は狼狽へたが

もう間にあはなかつた
ぱつくり口があいたきりで
舌を出し涙をながした
気の毒やら可笑しいやら
私は笑ひだしさうになつた

「ほろをんほろをん」
橋の下の菖蒲は誰が植ゑた菖蒲ぞ
ほろをんほろをん

私は電車を降りてからも
込みあげて来る笑ひを殺さうとした

これもあり得そうもない見聞を詩に書いたものですが、顎がはずれるということのあることは事実ですから、電車の中ではずれることもあるかもしれない。ぱっくり口があいたきり、舌を出し、涙をながし、ご本人は苦しんでいる。「気の毒やら可笑しいやら」と一応は同情するものの、むしろ、込みあげて来る笑いを何とか抑えてその場をとりつくろっていい、ふと眼を逸らすと菖蒲が咲いている、誰が植えたものだろう、などととりとめもない思いにまぎらそうとするのですが、それでも電車を降りてからも笑いがとまらない、というのですから、ずいぶん残酷な話で、なまじな同情などというものを井伏さんという方は持ち合わせていなかったことが分かります。この「顎」の興趣は詩人の心持ちの残酷さにあり、いわばブラック・ユーモアの私たちに与える恐怖と感興に近いものであろうと思います。これは『厄除け詩集』の中で決して例外的な作品ではないので、別の作品をもうひとつふたつ挙げてみたいと思います。

春宵

大雅堂の主人
佐藤俊雄が溝《どぶ》に落ちた
——僕がうしろを振向くと
忽焉として彼は消えてゐた——
やがて佐藤の呻き声がした
どろどろの汚水の溝であつた
彼は溝から這ひあがり
全くひどいですなあ

くさいなあと泣声を出した
それからしよんぼり立つてゐたが
ポケットの溝泥を摑み出した
実にくさくて近寄れない
気の毒だとはいふものの
暫時は笑ひがとまらなかつた

他人の不幸を気の毒だと思わないわけではないけれども、それよりも笑いが先に立つのです。「顎」は昭和十五年六月刊の「風俗」に収められた作品、「春宵」は昭和二十三年六月号の「詩学」に掲載された作品ですから、井伏さんのこういう姿勢は戦争の前後をつうじて変わらない、井伏さんの本質的な気質のあらわれであろうと私は考えています。

井伏さんがどんなに怖い方かということをお分かり頂くために、ここで随筆をご紹介することにいたします。井伏さんの交友関係の随筆であれば何を引用してもよいのですが、ひとつだけにしぼってみますと、昭和三十六年にお書きになった「におい」という題の文章があります。ご承知のとおり、井伏さんは戦争中徴用されてシンガポールにおいでになりましたが、その当時の思い出です。

「私はシンガポールに十箇月滞在している間、花のにおいはチャパカのにおいを味わっただけでした。ほかに目ぼしいにおいといえば、宿舎で隣の部屋の神保光太郎が焚いている白檀のにおいでした。神保君はドイツ文学者ですが、一方高村光太郎氏を尊敬していた詩人です。部屋の小机の上に高村さんの写真を飾りつけ、お母さんと奥さんが一緒に歩いている引伸しの写真を壁に掛けているのでした。神保君は事務所へ出勤のときには、高村さんの写真の前に置いた香炉で白檀を焚いて祈るのです。「どうか、いい詩が書けますように。どうか、日本へ帰ることができますように」と祈っていたのです」

日本へ早く帰れるように祈るのはまだしも、また、お母さんと奥さんの写真を壁にかけるのも許せるとしても、高村光太郎の写真の前で香炉に白檀を焚いて「どうか、いい詩が書けますように」と祈るというのは、いかに戦争下であるとはいえ、常軌を逸しています。戦争中は国民の殆どが常軌を逸していましたから、不思議ではなかったのかもしれません。しかし、井伏さんという方は、神保さんのそんな行動を不可解な生物でも見るように観察していたのです。

井伏さんの人間観察の厳しさ、怖さについてはいくらでも引用できますがこのへんで止めておきます。井伏さんの周囲にいた方々で、井伏さんの筆によって、不可解な生物でも見るかのように描かれなかった人を探すのは難しいほどなのです。ただ、同時に、これらに一言でも批判とか非難めいた言葉がみられないことにも注意しなければならないと思います。むしろ井伏さんの視線は暖かで、愛情にあふれている。しかも、ある事実をあるがままに記述していて、まるで主観的な感想はいわない。観察者の立場から一歩たりとも踏み出そうとはしていない。しかも、そういう立場をとること自体が批判になっている。これは井伏さんの作品の多くにみられるところでもあり、たとえば『黒い雨』もそうですが、井伏さんという文学者の存在そのものの怖さであるといってもよいでしょう。

井伏さんは戦争下でも、どんな境遇にいても、いつも非常に強靭な平常心をもち続けておられた方のように思われます。周囲や環境の動向に流されて自己を見失う、というようなことがまるでなかった。この強靭な平常心から描写された生物の姿態が、世間的な常識や固定観念からしか物事を見ることができない私たちをびっくりさせ、ユーモアを感じさせるのであろう、と私は考えるのです。

＊

勉三さん

金剛地端《こんがうちばな》の勉三さんが
薄刃の鎌で
えいつとばかりに鶏の首をきつた
何といふ不思議——首のない鶏は
断末魔の羽ばたきで舞ひあがり
納屋の廂《ひさし》の上にむくろを置いた

ずゐぶん昔の話である
わが少年時代の出来事である

この「勉三さん」という作品は昭和二十二年に発表されています。この詩に見られるとおり、井伏さんの人間観察も容赦ないものですが、動物の観察もずいぶん厳しいものです。昭和二十九年に発表なさった「庭前」という随筆に蝮と猫の話があります。猫と蝮が井伏さんの見ている前でたがいに攻撃をしかけている。途中を省略しますと井伏さんはこう書いています。「猫が蝮の首に飛びついた。蝮は首のところから皮を鞘に引き剥がされて、殆ど全身、赤肌の裸になっていた」。さらに続いて、「蝮の剥げた皮は、裏返しの短い筒になって、その母体の赤肌の胴の末につながっていた。尻尾の細い先だけが、皮の筒尻から少しのぞいて蛇の舌のように震えていた。猫はそれを嬉しがって、仰向けに引っくり返って後足で蝮の震える尻尾をからかった。蝮は頭の部分にだけ皮を残した無慙な姿に変じ、可なり弱ってはいたが心底から腹を立てているようであった」。この随筆の最後にちかく井伏さんはこう書いています。「私は炎天にさらされていて汗をびっしょりかいていた。汗まで蝮の青臭いにおいがしているような気がしたので、裏の井戸端に行って顔を洗った。それでもまだ赤肌の蛇が目にちらつくので、風呂場で頭から水を浴びて口も含嗽した」。猫と蝮の喧嘩も残酷ですが、むしろ「汗まで蝮の青臭いにおい」がするまで、これを観察し続けている井伏さんの好奇心も非凡だと思われます。

＊

ここで、井伏さんの詩のなかでも初期の名作といわれる「つくだ煮の小魚」を読んでみたいと思います。

つくだ煮の小魚

ある日
雨の晴れまに
竹の皮に包んだつくだ煮が
水たまりにこぼれ落ちた
つくだ煮の小魚達は
その一ぴき一ぴきを見てみれば
目を大きく見開いて
環《わ》になつて互にからみあつてゐる
鰭も尻尾も折れてゐない
顎の呼吸《こきふ》するところには　色つやさへある
そして　水たまりの底に放たれたが
あめ色の小魚達は
互に生きて返らなんだ

これは大正十四年六月「鉄槌」という雑誌に発表された作品で、当時井伏さんは二十七歳です。じつに好ましい詩ですが、どこがいいのか、と考えてみると、なかなか説明が難しい詩です。水たまりに落ちたつくだ煮の小魚が生きかえることがありえないなどということは、そもそも分かりきったことなのですから、これがどうして詩になるのかさえ不思議といえば不思議です。いうまでもなく、この詩にみられる観察のこまやかさ、描写の的確さは井伏さんならではのものですが、だからといって、そのためにこれがすぐれた作品になっているわけではありません。結論的にいえば、ここで私たち読者が共感するのは、作者の童心といったものであろうと私は考えます。無垢な心、無垢な眼が見た光景に私たちは共感し、私たちは驚かされるのであろうと私は考えるのです。

この童心ということは井伏さんの詩を読むばあい、あるキーワードなのではないか、と私は考えています。ただ、子供というものは無垢であると同時にじつに残酷でもあり、好奇心に富んでいます。無心、無垢と残酷さ、好奇心とがないまぜになったのが子供の心なのだと思います。「緑蔭」とか「蟻地獄」などがまさにそういう童心の作ですし、「顎」もこの系譜につらなる作品と考えられます。先程申しました猫と蝮の話なども同じ精神構造から説明されるのではないか。もっといえば、井伏さんが神保光太郎さんを見ていた眼にも同じ無心と残酷さがないまぜになっている。井伏さんの平常心と申しましたが、この平常心の底にあるものは、世間知にまみれていない、社会の流行や動向の激しい動きのなかでも揺るがない、残酷なほど冷やかに物が見えてくる、無心な魂だったと思うのです。

＊

「黒い蝶」という、昭和二十三年三月号の「文藝春秋」に発表された作品をご紹介することにします。

黒い蝶

青山さんがロケイションに行ったとき
崖のはなの平たい大きな石をはねのけた
そこの穴ぼこにいっぱい黒い蝶がゐた
何千びきとも知れぬ黒い蝶である
それが蠢き　ぱつと飛びたち
あくまでも空たかく舞ひあがつて行った

まことに短い作品ですが、やはりすこし怖いような詩です。それはともかくとして、私には、この最初の一行は余計なのではないか、と思われるのです。ところが、ここはどうしても青山さんでなければいけない。「春宵」であれば大雅堂の佐藤俊雄でなければいけない。井伏さんの詩法というものはそういうもので、これは「勉三さん」にも「つくだ煮の小魚」にもみな共通している詩法です。いいかえれば、井伏さんの詩にはいつも「私」がいる。人間がいる。「私」との関係における、また、人間との関係における感慨がある。けっして客観的な写生など心がけてはいない。そういうことも井伏さんの詩を読むばあいに忘れてはならない本質的な事柄であろうと私は思います。

＊

井伏さんの詩を語るばあい、漢詩の翻訳にも触れなければならないでしょう。『厄除け詩集』に収められている訳詩は十七篇あります。昭和八年十月号の「文學界」に「田園記」という随筆中で発表した十篇と昭和十年三月号の「作品」に「中島健蔵に」という題で発表した七篇ですが、これらが中島魚坊、あるいは潜魚庵の『唐詩選和訓』を粉本としたものであるということが静嘉堂文庫の土屋泰男さんや滋賀大学の寺横武夫教授の研究でいまではははっきりしています。この中島魚坊という俳人は江戸時代、享保十年（一七二五年）に石見国いまの島根県に生まれ、寛政五年（一七九三年）に死んだそうです。紅野敏郎さんのご厚意で、それらの研究成果を拝見いたしましたので、土屋さんが「漢文教室」一九九四年二月号に発表なさった「井伏鱒二『厄除け詩集』の「訳詩」について」という論文にしたがって、私の考えを申し上げることにいたします。

最初の十篇については、すでに「田園記」に井伏さん自身が「私は父の本箱から、和綴のノートブックを取出して、かねて私の愛誦していたことのある漢詩が翻訳してあるのを発見した。それは誰が翻訳したのか訳者の名前は書いてなかったが、こまかい字で訳文だけが記されていた。きっと父が参考書から抜書きしたものだろう。漢籍に心得のある人には珍しくない翻訳かもしれないが、ここにすこしばかりそれを抜粋して、その原文も書き写す。但し、訳文には私が少し手を入れる」と書いていたのですが、それでも、まさか本当に原作というか、もとになった翻訳、粉本が実在するとは、土屋さんらの文章が発表されるまで知られてはいませんでした。後からの七篇も土屋さんらの研究を拝見すると、やはり同じ粉本によったものであることは確かでしょう。どれほど似ているかは土屋さんの評論等でご覧頂きたいと思いますが、はじめの十篇に比べて、後の七篇の中のいくつかはそれ程に似ているわけではありません。ことに名高い「「サヨナラ」ダケガ人生ダ」は完全に井伏さんの独自の翻訳です。この于武陵の「勧酒」の訳をお示ししますが、上欄は中島潜魚庵の訳、下欄は井伏さんの訳で、その前に漢文の原詩と岩波文庫版『唐詩選』の前野直彬さんの訓読みを記しておきます。

勧君金屈巵　　君に勧む　金屈巵
満酌不須辞　　満酌辞するを須いず
花発多風雨　　花発けば風雨多く
人生足別離　　人生　別離足し

サラバ上ゲマショ此盃ヲ　　コノサカヅキヲウケテクレ
トクト御請ケヨ御辞儀無用　　ドウゾナミナミツガシテオクレ

花ノ盛リモ風雨ゴザル　　　　ハナニアラシノタトヘモアルゾ
人ノ別レモコノ心ロ　　　　「サヨナラ」ダケガ人生ダ

韋応物の「秋夜寄丘二十二員外」という詩はこんなふうです。

懐君属秋夜　　君を懐うは秋夜に属し
散歩詠涼天　　散歩して涼天に詠ず
山空松子落　　山空しゅうして松子落つ
幽人応未眠　　幽人　応に未だ眠らざるべし

ヲコエシタウテ秋ノ夜スガラ　　ケンチコヒシヤヨサムノバンニ
西ヲ東トウソムキヲレバ　　アチラコチラデブンガクカタル
凄イ林ニ松ノ実ヲチル　　サビシイ庭ニマツカサオチテ
イトド隠者ハ子ヅニデアロウ　　トテモオマヘハ寝ニクウゴザロ

これは本名は丘丹という隠棲した親友にあててそのありさまを思いやった詩ですし、ケンチも中島健蔵さんの愛称ですから井伏さんが親友の中島さんに呼びかけた訳詩なのですが、これはまるで原詩とは違います。原詩では作者が親友を懐かしんで、秋の夜、散歩しながら詩を吟じている。君のいる人気のない山の中では松かさが落ちていることだろう。君もまだ眠らずにいるだろう、といった意味ですが、井伏さんの訳では中島健蔵さんがあちらこちらで文学を語って、とても眠るどころじゃないだろう、といったことでしょう。ですから、これは韋応物の詩の翻訳とすれば誤訳であり、むしろ、韋応物の詩をもとにした井伏さんの創作に近いものだと思います。
　もうひとつ高適の「田家春望」という作品を見ることにします。

出門何所見　　門を出でて何の見る所ぞ
春色満平蕪　　春色　平蕪に満つ
可歎無知己　　歎ず可し　知己無きを
高陽一酒徒　　高陽の一酒徒

宿ヲ出テ見リャハテシモナイガ　　ウチヲデテミリャアテドモナイガ
春ノ気色ソコ爰ニ有　　正月キブンガドコニモミエタ
サテモ心ノ友達ナラデ　　トコロガ会ヒタイヒトモナク
酒ノ仲間ニ入タガウレシ　　アサガヤアタリデ大ザケノンダ

若干両者は似ていますが、井伏さんの訳は原詩とはまるで意味が違います。岩波文庫の解説によると、高陽の一酒徒は、漢の高祖の軍師となった酈食其《れきじき》という人がはじめて高祖に会いにいったとき、「とりつぎの者が儒者には会わないことになっていると言うと、「吾は高陽の酒徒なり、儒人にならざるなり」とどなりつけたという故事をふまえている」ということです。つまり、「歎ず可し　知己無きを　高陽の一酒徒」というのは天下に志をもちながら自分の真価を知ってくれる人物もない、という不遇を嘆いた詩なので、「アサガヤアタリデ大ザケノンダ」とはまるで違うのです。

私は井伏さんの訳が粉本となった訳と違うことをかぞえあげて、井伏さんのために弁解しようとしているわけではありません。たしかに井伏さんの訳には粉本があったのです。ただ、それよりも問題は、こういう俗語的な、都々逸のような口調に井伏さんが感興をおぼえ、それらに手を入れてみようと思ったということなのです。最後にあげた高適の「田家春望」でもはっきりしているとおり、原作者は天下に志をもちながら、自分の真価を知ってくれる人のないことを嘆いているわけですが、そういう大仰な身振りは井伏さんの趣味ではありません。自分の真価を知ってくれる人がいない、などというのは、結局のところ、会いたい人もない、といったほどのことにすぎないのだ、という、井伏さんの人生観がここにあらわれていると私は考えるのです。

井伏さんの翻訳はすべて唐詩選の五言絶句の翻訳ですが、唐詩選は吉川幸次郎さんによれば「唐詩のなかから、感情の振幅の大きな詩ばかりを」編者の李攀龍が選ぼうとした、要するに、李攀龍選の唐詩選には「おおしい、武張った、詩吟に適した詩ばかりがのっている」ということです。井伏さんの訳にはこうした「おおしい、武張った、詩吟に適した」という吉川さんのいわれる特徴がまるでありません。続けて吉川さんは、「服部南郭の和点本が江戸のベスト・セラーズであったのは、江戸の文明が武士道の文明という要素を有力にもったからと想察され」る、といっているのですが、吉川さんのような碩学のご意見にかかわらず、私はすこし違うのではないかと考えています。服部南郭の和点本は享保九年（一七二四年）、つまり中島潜魚庵が生まれる前の年に初版が発行され、江戸時代後期におそらく十万部に近い部数が発行された、ということです。木版印刷の十万部ですから、当時の人口からみても、また、その他に類書が数多く発行されたことをみても、これはたいへんな部数です。その読者はけっして武士道精神で読んだわけではない。中島潜魚庵の『唐詩選和訓』が何時書かれたかは必ずしもはっきりしないようですが、服部南郭の和点本の初版が発行されてからせいぜい四、五十年しか経っていない時期でしょう。しかも、ここまで砕けたかたちで唐詩選を受容する人々がいたわけであり、こういう受容のかたちは武士道精神とはまるで関係ないと思われるのです。村上哲見さんの『漢詩と日本人』には、江戸時代の唐詩選の詩をもとにした川柳が紹介されています。例をあげますと、

李太白　一合ずつに詩をつくり
四日目にあき樽を売る李太白

といったもので、これは杜甫の「飲中八仙歌」のなかに「李白一斗詩百篇」とあるのを洒落のめした作

で、一斗は百合ですから、一合飲むごとに一篇ずつ詩をつくったことになるわけですし、一日に一斗飲めば四日で四斗樽がからになるはずなので、李白は四日に一度はあき樽を売ったろう、というわけです。

こういう事実からみられるとおり、唐詩選の読者層は富裕な町人や地主など、いわば、江戸後期における商品経済の発展によって成立したわが国の市民階級であり、被支配階級でありながら、経済的にも教養の面でも実力をもっていた。井伏さんもそういう階級に属していた地主のご出身のはずですし、中島潜魚庵もおそらくそういう町人や地主などの感情を代弁していたのです。井伏さんがこの粉本に惹かれたのは、おそらく唐詩選を川柳にしたり、都々逸にしたりするような精神とかよいあうものを感じたためであり、それは、唐詩選の特徴とされるような、雄々しくて武張った、あるいは、偉そうで高踏的な姿勢が井伏さんの性分には合わなかったのだ、と私は考えます。世俗の中に身をおいて、権威とかとは無縁に、むしろ権威を洒落のめしてしまう、そういう精神に井伏さんは惹かれたのであり、この姿勢は井伏さんの恐るべく堅固な平常心というものとたぶんふかく結びついていたものであろうと思います。

＊

そこで「なだれ」に戻ることにいたします。井伏さんの詩は自然を歌っているように見えるものでも、じつは「私」との関系において自然を見ているのであり、きわめて人間的なものなのだと申しました。江戸後期の町人にみられるような、権威を洒落のめしてしまうような生活の態度があった、と申しました。子供のような無心と残酷さ、好奇心がないまぜになっているとも申しました。こういう態度を支えていたのは恐ろしく堅固な平常心であろうと申しました。こういう井伏さんの詩にみられる特徴を「なだれ」にあてはめてみると、どうなるか。確かに雪崩のなかにいる熊の話に触発されたには違いないのでしょうが、しかも、雪崩に超然としているかにみえる熊に井伏さんがご自身を託したのではないか。「なだれ」が発表された昭和十一年は、二・二六事件の年であり、わが国が戦争にむかって転がり落ちていこうとしている時期であり、検閲が日ましに厳しくなっていく時期でした。当時の時世のなかで井伏さんが鬱屈していたとしても不思議ではありません。「あぐらをかき／安閑と／莨をすふやうな恰好で」世の中との距離をたもつ。あるいは雪崩にまきこまれてしまうかもしれない。あるいはそういう距離をたもって生き続けることができるかもしれない。そういう井伏さんの理想としての自画像がこの熊には託されているように、私にはみえるのです。そんなことは井伏さんご自身はまるで考えていなかった、としても私にはいっこう差し支えはないのです。井伏さんの意識下にそういうものがあったのではないか、と私は考えているのですから。そして、いつの時代にも「なだれ」があり、できれば、この「熊」のように超然として、安閑として、なだれに対処したい、といった気分が誰にも、何時の時代にも、必ずあることなので、それが今日でも、この作品が私たちに印象ふかく、私たちの心に刻まれる所以だ、と私は考えているのです。

（井伏鱒二展講演、一九九五年七月八日、於山梨県立文学館。『すばる』一九九五・九）

中村真一郎の詩作品について

中村真一郎氏のばあいにかぎらず、福永武彦氏のばあいでも、あるいはその他のマチネ・ポエチック同人のばあいでも、詩作品がマチネ・ポエチックの試みた定型押韻詩という枠組の中でしか、あるいはそういう眼鏡を通してしか、論じられたことがないようにみえる。一九七二年思潮社から刊行された『中村真一郎詩集』の解説を大岡信氏が「押韻定型詩をめぐって」と題していることもその一例である。そのことは中村真一郎氏をはじめとするマチネ・ポエチックの詩人たちが自ら招いたものであることは自明だし、それ故、押韻定型との関連をみないでかれらの詩作品を考えることは、詩人たちじしんにとっても不満であろう。しかし、そういう視点に立てば、たとえば、真一郎氏と福永氏との資質の差も、できあがった作品のちがいも見過ごされてしまうことになる。真一郎氏も福永氏も、その他のマチネ・ポエチックの詩人たちも、定型押韻詩という形式で詩を書いたのであって、定型押韻詩人ということがそれ自体意味をなさないように、定型押韻詩人であるより以前に、あたり前のことだが詩人であった。だから、私がここで試みようとすることは、中村真一郎氏の詩作品が「詩」であることを検証しようとすることであり、その「詩」の特質を私なりに考えてみようということである。

私じしんかつて、「マチネ・ポエチックは戦後詩の流れにはなんらの影響を与えることもなしに、戦後詩史の一挿話としてしかその跡をとどめていないようにみえる」、と記したことがある。何故マチネ・ポエチックの詩人たちの作品に非難のみ高かったか、ということについて、それなりの理由がなかったわけではない。そのことについてもかつて記したことがある。約めていえば「詩をもっぱら審美的な一つの表現形式と前提することにマチネ・ポエチックの詩作は向けられていた」からだ、というのが、その文章で私が記したところである。これが誤りだとは今日でも私は考えていないが、同時に、ごくつまらないことだが、マチネ・ポエチックの詩人たちは、その最良の作品によって論じられ、評されたことがない、そのために不当な評価が定着し、あるスキャンダラスな事件の記憶としてしか残っていないのだ、という感もまた深いのである。さらにつけ加えれば、真一郎氏をはじめとするマチネ・ポエチックの詩人たちが戦後まもない時期に発表した作品の大部分は、戦時下に書かれたものであって、そのために戦後の読者の心情や情緒とかなりにずれていたことも間違いないようである。ただ、かれらの作品の最良の部分は、そうした時代や環境のちがいを超えた不易のものをもっている。そういう作品が多年にわたって見おとされてきたことは、そしてそのために私たちの文学的遺産となっていないことは、まことに不幸というほかない。

中村真一郎氏が詩人として出発したことは知られていても、その詩作品は決して入手し易いかたちで刊行されているわけではないから、ここでは、かなり丹念に作品を紹介しながら、話を進めなければなるまい。はじめに、引用するのは真一郎氏の一九四一年の作品である。

空気

空もまた空を破りて　ほととぎす　青蘿

鳥が私の頭の上の空気の中を
飛んで行く時、空は開いたり閉つたりする。
けれども森が動かない時、それは意味する。
風を失ひ黙して慨く心暗い墓を。

鳥が力を籠めてゐるのは、厚い空気に
圧しつぶされぬ為であるから、鳥は急いで
滑り込むのだ、空の開《ひら》いた褶に躍気で。
そして空気は再び閉ぢる、うまい具合に。……
生命《いのち》の証しに森は揺らめく、そしてあたりの空気を揺する、困まり果てゝ亡びぬために！
やがて夕べが膨んで来て、私《わたし》ひとりの

人間の子は、濃くなる闇につぶされて死に、
空気は地球を力の限り押へるために、
死骸の私《わたし》に消えてなくなる、叫びもなしに。……

ここには決して声高に絶望を語るような身振りはない。イメージがもつれあい絡みあいながら重畳的に視野に迫ってくるような展開はない。定型押韻にかぎっていえば、私には朗読したばあいに言葉が響きあうようなかたちで書かれているとは、到底思われない。私なりの呼吸でこの第一連を朗読するとすれば、

鳥が
私の頭の上の空気の中を、飛んで行く時、
空は開いたり閉つたりする。
けれども森が動かない時、
それは意味する、風を失ひ黙して慨く心暗い墓を

というようかたちになるであろう。勿論、読者の呼吸は人によっても異なるから、右のような区切りが唯一だとは思わないが、そして休止の位置を作者がある程度指示しうることを認めたうえでもなお、作者が指示したような行かえにしたがってこの作品を読むことはあまりにも難しいように思われる。そういう意味で定型押韻という形式を、この作品が効果的に使いこなしているとは思われない。しかし、そういうことはこの作品にとってじつは二次的な事柄であって、この作品が詩であるかないかはそういう場所にはない。

鳥が詩人の頭上の重たい空を飛んでゆく。その空は暗い雲に覆われているかもしれない。私にはむしろその空は透明に晴れわたった冬空であるかのようにみえる。しかし、その空が重たく塞がれていることに変りはない。その空の襞が開いたり閉ったりして、その襞の間を滑りこむように鳥が飛翔する。詩人はそういう飛翔とじぶんの生とをかさねあわせて眺めている。やがて空気に圧しつぶされるように死ぬであろうじぶんを眺めている。それほどに詩人をつつむ空気は重たく稠密なのだ。そして、その空気はやがて夕暮が訪れるにしたがい、その稠密の度合を増し、闇の中、詩人の死とともに地球を覆いつくすに至る。

ここに一九四一年という時代の投影をみないわけにはいかないが、しかも、わが青春を誠実にみつめている悲しみがあり、その悲しみは時代を超えて、読者の心に訴える。そしてその悲しみにふさわしい単純だが明確な造型がある。定型押韻詩という枠組をはずして一篇の詩としてこの作品を鑑賞するばあい、一九四一年という時点でこれほどにすぐれた作品を書いていた詩人を私はほとんど知らないのである。

「空気」に比べると、次に引用する一九四三年の作品「頌歌Ⅲ」は、定型押韻詩としては、よほどすぐれている。ただ、くりかえしていえば詩としての優劣は、また別の次元に属する。

頌歌Ⅲ

柔かい君の膝に額《ひたひ》沈め
仄暗い記憶の森を何時かしら。……
影と光戯れる緑の夢、
近付くは先の世の忍び音かしら?

「雨よ」と君は我が髪に白い指
さし入れて、遠い日の吐息。揺らめき
時流す玻璃窓を振り返る頸《くび》、
部屋内に立ちかへる草の閃き!

想ひ出の香を焚く空の向ふに

優しく微笑んでゐる甘い忘却《わすれ》
もとより生きなかつた時間よ眠れ。
降《ふ》る昨日《きのふ》の灰凍る金の枠に、
手を繋ぎ舞ふ明日《あす》の乙女らの浮く、
壺の青、膨らせ筋を引く滴。……

定型押韻詩として「空気」よりすぐれているのは詩人の指示している休止の位置に無理がなく、そのために、かなりに押韻効果をこの作品があげているからである。ただ、表現のいくつかに私が躓くことも事実である。たとえば「想ひ出の香を焚く」がそれであり、「甘い忘却《わすれ》」がそれである。それにもまして、「忘却」という言葉と「わすれ」という言葉はちがうので、いかにルビをふったところで、「わすれ」が「忘却」になりかわるわけではない。さらに、「もとより生きなかつた時間」という表現もその内包する意味や観念に比し軽きに過ぎる。同じことが、「優しく微笑んでゐる甘い忘却」にも、「降る昨日の灰凍る」についてもあてはまるだろう。しかも、私は、この作品の第二連の美しさに眼を奪われる。

「雨よ」と君は我が髪に白い指
さし入れて、遠い日の吐息。揺らめき

時流す玻璃窓を振り返る頸《くび》、
部屋内に立ちかへる草の閃き！

いうまでもなく中村真一郎氏はアララギ的な写生主義とは反対の極にいる詩人である。だから、この第二連から私が

しんしんと雪ふりし夜に汝《な》が指のあな冷たよと言ひて寄りしか

という名高い斎藤茂吉『赤光』中「おひろ」の連作の一首を思い出すのはあまりに唐突というべきかもしれない。「おひろ」のモデルが娼婦であれ、斎藤家の使用人であれ、この一首にうたわれた女性のなまなましい実在感は疑いようがない。そして、そのことは逆に作者がこの女性を愛の対象としてよりも、たんなる官能の対象として、つきはなしてみているのではないか、という感じさえ与える。ここで斎藤茂吉を論じることは本旨ではないから、これ以上この一首について論じようとは思わないが、「頌歌」の女性を「おひろ」とひきくらべてみれば、たしかに「頌歌」の女性は官能の対象ではなく、愛の対象としてうたわれており、そのために、実在感、現実感が稀薄なことは否定できないのだが、それでいて、一九四〇年代の、あるいは現代の愛の、ほとんど限界的な夢みるようなかたちを描ききっているといってよいのではないか。非難されるとすれば、あまりにも美しく、あまりに浪漫的にうたわれすぎている

ということではないか。

ただ読者は、この愛の瞬間が流れ去ってゆく時間の一駒として挿入されているにすぎないことに、気付かねばならない。第一連で、詩人は恋人の膝に額を沈め、何時かしら記憶の森にふみいって、前世の忍び音に耳を澄ましている。そして、第三連では過去を、生きるべくして生きえなかった過去の時間の流れをやさしく葬ろうとしている。そして、第四連で明白に望みをつないでいるのだが、その明日も、青い壺に描かれた図柄の中にしか存在しない。だからこそ、第二連はどこまでも美しく浪漫的にうたいあげられなければならなかった。

だから私は、たとえばこの「頌歌Ⅲ」の第二連を詩としても、また定型押韻詩の試作として高く評価しないではいられないのだが、同時に、作品の全体として、欠点がないとは決して考えていない。かえって、作者の思想と表現との間に均衡がとれていない。詩としての造型が不足しているように思われる。そして、定型押韻詩ということを作者があまりに意識しすぎたことに、もっと簡単にいえば、押韻ソネットという形式で詩想を処理しようとしたことに、この作品が失敗作としかならなかった最大の理由があるように思われる。むしろ、もっと自由に詩想を発展させ、展開させることも可能だったのではないか、押韻を続けてもなお可能だったのではないか、ちょうど、第二連でじつに見事に成就されたように、とそう私には思われるのである。

私には一九四四年作の「西王母に捧げるオード」こそが中村真一郎氏の押韻詩の代表作と思われるのだが、ここではもうその全文を引用するほどの紙幅の余白がない。その一部のみにとどめても、その片鱗を窺うに足りるであろう。

お丶西王母！　君の笑ひは　酒と
　燦き　七つの冠は　漂ふ
菫に流れる祈りを！　前触れと
舞ふ　二羽の　緑の鳥は　あへぎ酔ふ
響かふ　輪の便りに　帆の悦びに
　透きとほる　君の平和な掌を
　七つの　桃は　不死に輝ふ――いつか？
あ丶、此の三千年を待つ鏡に
　君の　項の　ささめく日は？　木の間を
立ち昇る　乙女らの喪の歌はるか

じっさいこうした高揚した詩の調べを、私たちは忘れて久しい。だが、真一郎氏の詩作を真に特徴づけているのは、はたして定型詩だからだろうか、また押韻詩だからだろうか。はじめからことわっているように、定型詩として押韻詩として成功したかどうか、は二次的な事柄に属するのである。勿論、これもあらかじめことわってきたことだが、その最良の作品をもって評価したばあい、真一郎氏らの定型押韻詩の試みが、私たちのうけついでゆくべき文学的遺産のひとつをなすことは疑いない。そのことは、「頌歌Ⅲ」の第二連をみても、「西王母に捧げるオード」のさきに引用した短い断片からもかなりな納得はえられるはずである。しかも、それにもまして、重要なことは、真一郎氏の詩作品がまことに観念的であり、思想的であり、形而上学的である、という点にある。それはまた、そのために戦後詩の騒音の中で、真一郎氏の作品の奏でる響きがじつに久しい間かき消されて聴く耳をもたなかった所以なのだともいってよい。『中村真一郎詩集』一巻をつうじて、真一郎氏はいったい何をうたったのだろうか。それは「空気」にみられるように、「死」である。そしてまた、「頌歌Ⅲ」にみられるように「愛」である。そして、「死」と「愛」とをめぐって流れる「時間」である。しかし、くりかえしていえば、その「愛」は、斎藤茂吉の「おひろ」にみられるような愛ではない。その「死」は「死にたまふ母」にみられるような死ではない。人は、他を愛して、「愛」という観念にゆきつく。また、他の死に臨み、自らの死をおもいやって「死」を観念する。しかし、中村真一郎氏のばあいはそうではない。「死」「愛」、あるいは「時間」という観念がまずはじめに存在する。その観念を手なづける方法として詩があった。ここでは、愛のかたちもはじめから現実性をもつことが拒否されていた。詩とは、中村真一郎氏が「死」について、「愛」について、「時間」についてくりひろげる思想、想念にかたちを与えるための表現の一形式であった。それ故に、「西王母に捧げるオード」の如き、それ自体観念的な主題をうたったばあいに、その最もすぐれた詩的結晶が生れた。あるいは、「空気」のように単純なイメージで語られるばあいに読者の心に迫る造型がなされた。しかも、「愛」を主題とした「頌歌」の如きについては、思想の充分な展開が、定型詩という枠、それも自らが課した枠の中で、逆にそこなわれた。私はあまりに図式化しているかもしれない。

それにしても、現代詩においては、詩が思想的であり、形而上学的であることを、詩人たちはじつにかたくなに拒んでいるかのようにみえる。ことに、「愛」について、「死」について、物思うことはかなりに気恥ずかしいことであるかの如くにみえる。私たちは、もっと卑少なるもの、猥雑なるものへの関心にみちていて、卑少なるもの猥雑なるものから、逆に「愛」のかたち、「死」のかたち、「時間」のかたちが覗きみることができるかの如くに考えている。だからといって、中村真一郎氏がその青春期に試みたような思弁的な、メタフィジックな詩を欠いていることは、現代詩の世界のまことに大きな欠落なのではないか。

私がそういう思いに駆られるのは、ごく若い時期に私が真一郎氏の作品に接し、親しんだための愛惜によるのだろうか。おそらくそれを否定することはできないであろう。ただ、同時に私としては、一九七四年、中村真一郎氏が司修氏のエッチングをそえて刊行した詩画集『愛と性とを巡る変奏』に瞠目したからだ、と考えたい。ここには定型からも押韻からも自由になった詩人が、三十年ぶりに、詩という形式で、その観念を、じつに稔りゆたかに語っている。以下は、その巻頭の作品「愛I」の最初の五行である。

ここでは愛には顔がない――

新らしくにえたぎる血が　ラセン状に昇って行く肉の管の頂上に
内部から年老いた情熱によって　めくれ上ってくるのは
羞恥と粘液とにまみれた魂のない唇　そのぬれ光るひだの闇が
若者の恐れにみちた指先を誘う

詩人の復活を喜び、ひき続く詩作を期待してやまない。

（『國文學　解釈と鑑賞』一九七七・五）

安東次男の『花筧』を読む

戦後詩の旗手のひとりであった安東次男が詩を書かなくなって久しい。一九六六年刊の駒井哲郎との詩画集『人それを呼んで反歌という』が最後だから四半世紀を超える沈黙である。この安東が、詩として呼んでくれてもよい、と称して句集『花筧』（思潮社）を出版した。その沈黙の間彼は江戸俳諧、ことに松尾芭蕉にうちこんでいたのだし、そもそも彼の文学的出発は加藤楸邨門下の句作だったのだから、句集を出すことはあながちふしぎではない。

所収の作品の一部は「寒雷」に少しずつ発表されていたのでその都度拾い読みしていたが、そのさいは、安東が『花筧』のあとがきで書いているとおり「眼高手低」だと思っていた。ところが新年から冬の終わりに至るまで四季の推移にしたがって構成したこの句集を通読して、安東が恥じらったり謙遜したりするには及ばぬ、やはり俳諧の真骨法に通暁した、稀有の現代詩人の作品だとあらためて痛感した。

たとえば「流るるにあらぬ冬菜の離れ行」はこの句集のおさめの句だが、虚子の大根の葉の作を思わせ、しかももっと精妙である。集中「秋茄子十《と》まりくだんのごとくあり」という句がある。これも子規の鶏頭の句を想起させるが、物を物として提出して余計なものを一切きりすてた描写は見事である。「くだんのごとくあり」という語法の無造作で大胆、しかも雄勁な表現はやはり安東独特であろう。だが、現代詩の作者の眼からみれば、こうした写生句よりも、

夜ざくらと成るべき風の崩れかな
斥候といふ語がありしよな吾亦紅
腹背に老の乱ありなかなかまど

といった句に感興がふかい。「自画像の趣」のある句があると安東はあとがきでことわっているが「腹背に」はまさにそういう句であろう。「腹背」にしどけない老醜を見る眼は非凡である。「吾亦紅」の句は斥候という語に触発されて戦中を回顧し、半生を吾亦紅の赤に凝縮させたのである。そうしてみれば、夜桜に崩れゆく「風」の句には作者の老残の歎きを聞くべきなのである。

『花筧』はまさに現代詩人の「詩」である。だが作者が俳句定型に淫することになるのはどうだろう。安東には自由な詩形でもっと私たちの現代を歌ってもらいたい、と私は思う。

（『毎日新聞』一九九二・七・四）

眩暈と違和——田村隆一、この一篇

『四千の日と夜』を読んだとき、私は烈しい衝撃をうけ、この詩人は天才だと思った。同時に私はいささか反撥し、共感しがたいものを感じたのであった。

表題作の第一聯は知られるとおり次の四行から成る。

一篇の詩が生れるためには、
われわれは殺さなければならない
多くのものを殺さなければならない
多くの愛するものを射殺し、暗殺し、毒殺するのだ

その最終聯四行は次のとおりである。

一篇の詩を生むためには、
われわれはいとしいものを殺さなければならない
これは死者を甦らせるただひとつの道であり、
われわれはその道を行かなければならない

この「殺し」と「甦り」との間の激越な硬質の言葉の鞭に私は痺れるような新鮮さを感じ、私が親しんできた抒情詩とはまったく違う戦後詩の世界が私の眼前に展開するように思ったのであった。この詩集中の代表作「立棺」の第一章は次の六行である。

わたしの屍体に手を触れるな
おまえたちの手は
「死」に触れることができない
わたしの屍体は
群衆のなかにまじえて
雨にうたせよ

最初この六行を読んだとき、私には「わたし」と「おまえたち」との関係が分らなかった。しかも眩暈に似たどよめきを覚えた。この詩集に付された「恐怖への旅」という解説中、鮎川信夫が作者の文章を引用しているが、これによれば、作者は「〈わたし〉も〈おまえたち〉も、ただ〈われわれ〉のヴァリエーション（変化）にすぎない」、と書いているそうである。つまり、この作品中各行ごとに主体が客体となり、客体が主体となり、主客未分の世界に読者は誘いこまれることになるわけであり、私が眩暈に似たどよめきを覚えたのは、むしろ作者が計算し、意図した陥穽にはまりこんだことを意味したわけであり、こうした陥穽がまた戦後詩の技法、それも戦争体験を経た生活者の意識の不確実さ、不安定さが必然的に要求したものと納得したのであった。

こうした衝撃と教示にもかかわらず、私がいささかの反撥を感じたのは、詩というものに対する考え方の違いであり、たぶんどう生きるか、についての考え方の違いにも関係するもののようであった。愛するものといとしいものは同じなのか、違うのか、射殺も毒殺も暗殺の一形態でありうるのではないか、という修辞上のこだわりは別として、一篇の詩が誰かの死の甦りの道となりうるとは私には思われなかった。詩は、私にとっては、ある種の嘔吐であり、排泄であり、まことに私的営為であり、この詩人が昂然と宣言するような意味をもつものではありえなかった。

私には『四千の日と夜』の作者が自己が詩人であることに疑問をもっていないことが不思議であった。鞭うつような硬質の言葉にかかわらず、この詩集の全篇をつうじて描かれた「世界」は観念的にみえた。「死」、「愛」、「時」といった言葉も同様であった。私は、矮少であっても、もっと具象的な事物をつうじて、私の生をきずきたいと願っていた。それらがふかい感銘にかかわらず、私が全面的には共感できない所以であった。

詩人の訃に接して私があらためて痛感したことは、彼はその生涯を通して詩人であった、ということであった。詩風の変化、テーマの変化にかかわらず、彼が詩人であるという本質にいささかの変化もなかった。そういう生涯は私には羨望にたえないのだが、私は彼のように生きようとは思わない。いうまでもなく彼のように生きることは誰にも真似できることではないのである。

『四千の日と夜』中、その一篇を選ぶとすれば私は次の「幻を見る人」の第四篇を挙げたい。これは四篇から成る作品の最終篇である。

空は
われわれの時代の漂流物でいっぱいだ
一羽の小鳥でさえ
暗黒の巣にかえってゆくためには
われわれのにがい心を通らねばならない

（『現代詩手帖』一九九八・十）

第3章　二人の歌人、啄木、茂吉について

啄木の魅力

ご紹介いただきました中村でございます。いま加藤克巳さんからご紹介いただきましたように、私はこれまで現代詩といわれる自由な詩型の詩を書いてきたものでございまして、短歌は全く実作をしたことはありません。ですから、斎藤茂吉とか石川啄木とか、そういう歌人たちを、いうならば、素人が読むとどういうふうに読むのかという臆面もない感想を若干発表してきたのですが、歌壇の大家がたくさんおいでになるこういう場所で素人の感想を申し上げるのは、我ながら多少あつかましい感じもいたします。それでも、もしも新しい角度から何か新しい見方をご紹介できればたいへん幸いであると考えております。

私自身は石川啄木という人は非常に誤解されていると考えています。実際、私自身も誤解しておりました。お手元に「啄木歌抄」ということで、啄木の歌を四十首ほど選んでみたのですが［本文末に掲載］、石川啄木はたいへん感傷的な、望郷、故郷を恋い、あるいは過ぎ去った少年時の思い出にひたるというたぐいの歌をたくさん詠んだことで知られておりまして、そういう歌人として世の中に知られている。

きょうの主題ではありませんので、きょうは申し上げませんけれども、詩人としてもまたかなりの誤解があります。詩人としての啄木の問題はさておくこととします。私がお配りした「啄木歌抄」の中の（1）というところに書きぬいておりますが、

東海の小島の磯の白砂に　われ泣きぬれて　蟹とたはむる
砂山の砂に腹這ひ　初恋の　いたみを遠くおもひ出づる日
はたらけど　はたらけど猶わが生活《くらし》楽にならざり　ぢつと手を見る
ふるさとの訛《なまり》なつかし　停車場の人ごみの中に　そを聴きにゆく
やはらかに柳あをめる　北上の岸辺目に見ゆ　泣けとごとくに

こういう歌が非常に有名な歌です。これらの歌によって、石川啄木は世に知られています。実際、これらの歌は感傷的だと思うのですが、必ずしも悪い歌ではない。

たとえば「東海の小島の磯の」の「東海の小島」はおそらく日本を指している。それから、「小島の磯の」というところで実際に啄木が頭に描いていたのは、函館の大森浜といわれる浜辺であろうと思います。地球の東のはての海の中の小島、日本があり、その小島からさらに大森浜へ、というように、だんだんと焦点がしぼられていきまして、そこで蟹と戯れて涙ぐんでいるという作者像が浮かんでくる。そういう描き方は、私には先ほどの選者の先生方のような技術論をできるほどの能力がありませんが、

必ずしも悪い歌ではないのではないか。ことに、この歌の母体になったと思われる「蟹に」という詩があるのですが、この「蟹に」という詩と読み合わせてみますと、「石もて追わ」れるごとく、故郷の岩手県の渋民村から、北海道へ流浪の旅に出た啄木の流離、漂泊の思いがこめられた歌であろうと思います。

「やはらかに柳あをめる」という歌も有名な歌ですけれども、「やはらかに柳あをめる」というふうに「や」を重ね、また「北上の岸辺」というように「き」を重ねる音韻の効果。啄木は二十六歳で亡くなった人ですが、一度渋民村を出て、二度と故郷に帰ることはできなかった。そういう故郷の風景を幻に描き、幻に故郷を夢見て、その幻に涙を誘われるという思いには、読者の心を打つものがあり、これが人口に膾炙するというのはしごく当然であろうと考えています。

ただ、「泣けとごとくに」とか、「われ泣きぬれて」とか、「初恋のいたみ」とか、申し上げましたように、ちょっと感傷的に過ぎて、こういう歌は思春期から青春期の若い方々に訴えることはできても、青春期を過ぎた人間の本当の鑑賞に耐えるものかというと、かなり疑問だと思っているのです。

念のために申し上げますと、いまここに引きましたのは、啄木が生前に刊行いたしました唯一の歌集である『一握の砂』の中からすべて選んでおります。『一握の砂』という歌集は三行に分けております。お手許の書きぬきには、スペースの関係で三行を一行に書きましたので、ここで一字ずつ字が空いているところは、歌集の本文では行が替わっているとご承知いただきたい。

そういう感傷的な歌だけでもなくて、もうすこし違った意味でいい歌もございます。それが（2）というところに拾い出した若干の歌です。

空知川雪に埋れて　鳥も見えず　岸辺の林に人ひとりゐき
石狩の都の外の　君が家　林檎の花の散りてやあらむ
やや長きキスを交して別れ来し　深夜の街の　遠き火事かな

これらの歌は、（1）で挙げた歌と違って、それほど感傷的ではない。空知川の岸辺が雪で埋もれていて、そこの中に人が一人いる。風景の中の人間。その人間が北海道空知川岸辺の非常に過酷な自然の中で働いている情景が心にしみるようなかたちで歌われております。

「やや長きキスを交して」という歌は、啄木がかなりに放埓な生活をしていた時期の作品です。キスを交わして別れてくると、遠くで火事があって、自分にはかかわりもなく時間が過ぎていく。人間の生活というのはそういうものですけれども、火事というものは当事者にとっては非常に深刻な事件ではありますけれども、それを遠くから眺めている人間にとってはどうということはない。そして、当人は何かといえば、「やや長きキスを交して」というような、甘ったれた気分でいるわけですけれども、実は遠くで火事があって、その火事を人ごとのように見ながら、自分はまた家路についていくという、ドラマを含んだ歌ではないかと思うのです。

そういう意味で、啄木の歌はこのへんの歌までがわりと知られている歌であろうと思います。私自身も啄木を必要があって読み返すまでは、この（1）とか（2）にまとめたような歌で石川啄木の歌というものを記憶しておりましたから、啄木というのは若い時に読む歌の作者だという、漠然とした感じをもっていました。必要があって啄木を丁寧に読み返す機会がありまして、ずいぶんと私は啄木を評価し直し考え直すことになったのです。

啄木の歌を読む場合に、その前提として、啄木がどういう立場で歌を書き、どういう立場で『一握の砂』という歌集を編んだかということを、初めにご理解いただく必要があります。啄木は、先ほど申し上げましたように、二十六歳で死にました。明治四十五年（一九一二）です。啄木の晩年の四年間、ですから、二十六歳で死ぬまでの晩年の四年間の作品が、短歌で申しますと、『一握の砂』と、死後に、友人の、この会の創設にもかかわりを深くおもちになった土岐善麿さんが刊行なさった『悲しき玩具』という二冊の歌集に収められています。

啄木はこの『一握の砂』という歌集を刊行いたします際に、「創作」という雑誌に『一握の砂』の広告を自分で書いています。最近では自分の本の広告を著者が書くということはあまりありませんが、この時代にはまだ自分の本の広告を著者自身が書くということは、かなり普通にありました。夏目漱石も書いているし、森鷗外も書いているし、必ずしも不思議なことではありませんでした。啄木は『一握の砂』はどういう歌集であるかということを、その広告文の中で書いているわけですが、そこではこう言っています。

其身《そのみ》動く能《あた》はずして、其心《その》早く一切の束縛より放たれたる著者の痛苦の声、是也《これなり》。著者の歌は従来の青年男女の間に限られたる明治新短歌の領域を拡張して、広く読者を中年の人々に求む。

つまり、『一握の砂』の筆者は、生活のうえでは自由ではなくて、さまざまな束縛を受けているのだけれども、精神においては一切の束縛から自由になっている、そういう実生活と精神とのしがらみ、苦痛のなかからこの歌集の歌は作られたのだ、だから、この歌集は従来の短歌のような青年男女のための読物ではなくて、人生の辛酸をなめた中年の人々に読んでいただきたい歌集なのだということを言っているわけです。

人生の辛酸をなめた、ことにここにおいでの皆さま方のような方々にとっては、いま(1)とか(2)で挙げたような歌は、ずいぶん甘い歌だし、感傷的な歌だなという感じをおもちになって当たり前だと思うのですが、啄木自身は『一握の砂』という歌集を、そういうものではなくて、人生の辛酸をなめた中年の人たちに読んでいただきたい、そういう歌なんだと考えていたわけです。

次に、さっき申し上げましたように、啄木の第二歌集の『悲しき玩具』は、啄木が編集し、死後に土岐善麿さんが刊行した歌集です。この『悲しき玩具』という意味はどういうものであるか。『悲しき玩具』という題は、実は土岐さんが啄木の散文からとってつけた題で、啄木自身がつけた題ではありません。

啄木は亡くなる二年前に「歌のいろいろ」という散文を発表しております。その中で「悲しき玩具」

という言葉を使って自分の歌を説明しています。啄木は「目を移して、死んだもののように畳の上に投げ出されてある人形を見た。歌は私の悲しい玩具である」と書いています。その言葉から『悲しき玩具』という題名を土岐さんはおとりになったのです。

つまり、作者にとって歌を作るのはおもちゃみたいなものなんだけれども、実は畳の上に捨てられて、だれも顧みてくれないおもちゃのようなものなんだという意識をもっていた。いいかえれば、歌というものは、作者本人にとっては遊びであり、心の慰めではあるけれども、社会的な意味とか価値とか、そういうものがあるものではないのだと自覚して歌を作っていたということが、啄木の歌作の特質の二番目としてご承知ねがいたいのです。

啄木という人はどういう人かということをご理解いただくために、三番目の特徴として申し上げたいことは、啄木は詩人とか歌人とかいう存在をどういう存在であるべきだと考えていたかということについてご理解いただく必要があるのではないか。それにつきまして、明治四十二年（一九〇九）、亡くなる三年前ですが、「食うべき詩」という評論を書いています。その中で、「詩人たる資格は三つある。詩人は先ず第一に「人」でなければならぬ。第二に「人」でなければならぬ。第三に「人」でなければならぬ。そうして実に普通人の有つている凡ての物を有つているところの人でなければならぬ」と言っています。

その中で、「無論詩を書くという事は何人にあっても「天職」であるべき理由がない。「我は詩人なり」という不必要な自覚が、如何に従来の詩を堕落せしめたか。「我は文学者なり」という不必要な自覚が、如何に現在に於て現在の文学を我々の必要から遠ざからしめつつあるか」と書いている。

実は、啄木は若い時は詩人であることを非常に誇りとしておりまして、詩人であることは特権であり、望ましい社会というのは詩人が支配するような、いわばプラトン的な国が最も理想的な社会であり国家だと思っていたのです。しかし、最晩年の四年間、それも死に近づくに従いまして、詩人というものは、あるいは歌詠みというものには、なんら特権はないのだ。そして、一に人間であり、二に人間であり、三に人間であり、しかも普通人のもっているものをすべてもっている存在でなければいけないと考えていたのです。

これは、歌をお作りになる方についても若干言えることなのですが、詩人で申しますと、たとえば萩原朔太郎でも、中原中也でも、近くは私より数年年長だった田村隆一さんでも、詩人という名においてある種の反社会的、脱俗的な存在として、その存在意義があるのだということを強く意識しておられたと思います。

一方で戦後に、田村さんや鮎川信夫さんらの仲間だった黒田三郎さんという詩人がいまして、黒田さんが詩人という名において許される特権はなにもないんだということを評論でお書きになって、戦後の詩壇に非常に大きな衝撃を与えたという事件がありました。そのくらいに、詩人であるとか歌人であることは、ある種の特別な才能をもった人が社会に対立して特権をもちうる存在なのだという意識は、わが国の近代詩歌の歴史において支配的な考え方であったのです。

しかし、黒田さんが言った一九四六年か七年よりも五十年近く前の一九〇八年、九年、一〇年という時期において、すでに石川啄木は詩人という名において許される特権はなにもないんだと自覚していたという点でも、ものすごく偉い人だったのだなという感じがいたします。

啄木は『あこがれ』という第一詩集を明治三十八年（一九〇五）に出版し、天才的な少年詩人だという評判をとりますが、その後に非常に生活の上で苦労しました。これも晩年ですけれども、明治四十三年（一九一〇）に『一利己主義者と友人との対話』という評論の中で、「人は誰でもその時が過ぎてしまえば間もなく忘れるような、ないしは、長くは忘れずにいるにしても、それを言い出すにはあまり接穂がなくて、とうとう一生言い出さずにしまうような、内から外からの数限りない感じを後《あと》から後からと常に経験している」。「一生に二度と返ってこないいのちの一秒だ。おれはそれがいとしい。ただ逃がしてやりたくない。それを現すには手間暇のかからない歌がいちばん便利なんだ」と言っている。

つまり、啄木の晩年の短歌は、人生の辛酸を経験した人間の一瞬一秒の間に限りなくわき出る思いを、短歌という形式の中で歌ったもので、そういう意味で非常に人間的なのです。ですから、たとえば「空知川雪に埋れて鳥も見えず」という歌でも、叙景の歌のように見えますけれども、単なる叙景ではなくて、そこに生活している人間がいる。「さいはての駅に下り立ち　雪あかり　さびしき町にあゆみ入りにき」。ここでもやはり、人間というものがいる。「やや長きキスを交わして」という歌も、なんでもない叙景のようでありながら、歌われているのは実は景色ではなくて、人間の生活が歌われていることが、二番目の分類の歌の特徴であろうと思うのです。

『一握の砂』をそういう意識で読み返してみますと、驚くべきことに、啄木は、最晩年に至って、かなり狂気と申しますか、精神が錯乱すると申しますか、そういう境地とすれすれのところで生活していたんじゃないかという感じが強いのです。そういうたぐいの歌の例を、（3）というところで若干拾い上げてみました。

燈影《ほかげ》なき室に我あり　父と母　壁のなかより杖つきて出づ

明かりがなくて、暗い部屋に自分がいると、父母が壁の中から杖をついて出てきた。これは現実にはありえないことですし、この時点でまだ両親は生きておられたわけですけれども、そういう歌がある。

愛犬の耳斬りてみぬ　あはれこれも　物に倦みたる心にかあらむ

本当に犬の耳を切ったかどうかは別にいたしまして、たぶん、耳を切りたいような、狂気に近いような衝動を感じていたにちがいない。

怒る時　かならずひとつ鉢を割り　九百九十九割りて死なまし

こういうのもずいぶん激しい歌です。

目の前の菓子皿などを　かりかりと噛みてみたくなりぬ　もどかしきかな

こういう狂気すれすれのところで歌を書いていた。ただ、こういう歌の延長線上で、あるいは、そういう心境と非常に重なり合うような状況のなかで、『一握の砂』の中の最もすぐれた歌が書かれている。私が好きな歌はことに（5）という分類にあげたものなのですが、その前に（4）という番号で分類いたしました一連の歌をご覧いただきたいと思います。

（4）のいちばんしまいから二番目。

何がなしに　頭のなかに崖ありて　日毎に土のくづるるごとし

この歌も、精神が緊張のあまり耐えられなくなっている、毎日毎日自分の精神が崩壊していくような自覚から生まれた歌です。こういう歌が私にとっては衝撃的な歌だったのですが現在読んでも、やはりずいぶんいい歌だと思います。

それから、（4）の冒頭にあげましたが、

人みなが家を持つてふかなしみよ　墓に入るごとく　かへりて眠る

だれも人がみな家を持つということは悲しいことだ。墓に入るごとく、帰って眠る。啄木にとって家というもの、家庭というものは非常につらく悲しいもので、家に帰るということは、墓に入るような気分がするという歌です。

啄木は自分一人だけのことではなくて、人間だれしも家庭、あるいは家族というものはそういうものだと考えておりました。多少脱線いたしますけれども、啄木は晩年に革命ということをいろいろ考えていたわけですけれども、啄木が革命によってまず第一に変革したいと考えたことは家族制度だったのです。

啄木の生涯を振り返ってみますと、先ほど申し上げた『あこがれ』という詩集で天才少年詩人という評判をとったのが、啄木が二十歳の時です。その前年に、啄木の父親の石川一禎はお坊さんで、渋民村の宝徳寺というところの住職をしていたのですが、これを免職になります。本山に納める費用を滞納したということで免職になったものですから、渋民にいられなくなって、盛岡に移った。そして、『あこがれ』を出版した年に、堀合節子という十六歳のころからの恋人と結婚する。啄木の新婚生活は、核家族時代と違いますから、夫婦だけではなくて、彼の両親と妹と五人一緒の新婚生活が始まるわけです。

啄木は盛岡中学を中退しております。中退するについてはいろいろな事情があるようです。一つには父親の一禎が住職を免職されて、経済的な力がなくなったこともあるのでしょう。啄木は『あこがれ』によって天才少年詩人と評判は高くなったものの、全く生活力がない、全く生活力のない啄木に両親から妹からみんながよりすがったということもあるようです。さらに啄木はたいへん野放図な人で、節子さんと無理やり結婚してしまう。

その後、啄木は渋民に戻って代用教員になり、代用教員をクビになりそうになりますと、生徒をけしかけてストライキをやって、追い出され、といういきさつで北海道へ渡ります。函館から札幌、札幌から小樽、小樽から釧路、そういう漂泊、流浪を続けて、東京へ戻ってくる。そして、小説家になろうと思って、小説を一所懸命書くのですが、全然売れない。結局は朝日新聞社の校正係に雇われて、一応の生活の安定を得るわけです。その間、釧路へ行ったときは家族を小樽に残したままの単身赴任ですが、釧路から上京して、朝日新聞社に勤めるようになりますと、すぐ両親も奥さんもお子さんもみんな上京してきて、啄木を頼りに生活を始める。

啄木は、まだ家族が上京しない間は金田一京助という年長の友人に、いうなれば寄食する、居候みたいな生活をしていました。その後は、奥さんの節子の妹さんと結婚した宮崎郁雨という人が函館にいまして、その宮崎郁雨からの送金で生活を立てる。それから、当時、朝日新聞の編集長だった佐藤北江という号をもった、盛岡出身の同郷の先輩に拾われて、朝日新聞に職を得るわけです。そこで家族が出てきて、一緒に生活することになります。お母さんのカツさん、節子という奥さんを伴って、宮崎郁雨が旅費などを負担して上京してくる。そして、喜之床という本郷の床屋さんの二階に間借りして生活を始めるわけですけれども、二階の六畳二間で一家が暮らします。六畳二間ですから、台所も便所も大家さんと兼用という住まいです。

その直前に啄木の借金メモといって、それまでに自分がどれだけだれから借金してきたか、渋民村のだれそれからいくら、だれそれからいくら、東京のだれそれからいくら、だれそれからいくら、北海道ではだれそれからいくら、だれそれからいくらというのをずっと書き並べまして、過去五年間ぐらいに借金をした小計をそれぞれ出して、その総計を書き上げています。それを見ますと、借金の合計が千三百七十二円五十銭です。その当時、啄木が朝日新聞の校正係で約束された給料が二十五円です。ですから、朝日新聞の給料の五十五か月分の借金をすでにしていた。そして、この借金をするのについては、甘えたり、嘘をついたり、踏み倒したり、啄木は社会人としては生活破綻者ですし、なんとも破廉恥きわまる借金をかさねていたのです。

たとえば驚きますのは、釧路で小奴という芸者さんと仲良くした時期がありますが、わずか二か月に百五十五円の借金をしている。これもやはり月給二十五円ぐらいです。わずか二か月で月給六か月分ぐらいの借金をしているのです。

有名な話ですが、節子さんと結婚するとき、盛岡で結婚披露宴を用意している。当時、啄木は東京におりまして、結婚披露宴のために、盛岡に帰ることになったのですが、仙台で途中下車いたしまして、大泉旅館という、当時の仙台の一流の旅館に泊まります。有名な「荒城の月」の作者で、当時、旧制二高の教授をしていた土井晩翠は、『あこがれ』という詩集が評判だったので啄木の名前を知っていたわけですけれども、それだけの縁で啄木は土井晩翠家を訪ねる。そして、母親が病気になったので至急にお金が要ると言われて、十円、土井晩翠の奥さんが届けてあげた。そしたら、啄木は三、四人の若い人と一緒にお酒を飲んでいた。もちろん土井晩翠にお金を返さない。大泉旅館の払いも土井家に回して盛岡に帰る。そういった生活の連続だったのです。

ただ、啄木はそういう借金を重ねながら、実はそれをよく覚えていて、借金メモにそういうものもちゃんと書き上げているところが、大変な驚きです。

二十五円の給料を毎月毎月、朝日新聞社から前借りして暮らすような状況ですから、いかに借金を返そうと思っても、とても返しきれるような借金の額ではない。しかも、啄木の母親と節子さんとは非常に仲がよくない。嫁、姑が仲がよくないというのは当たり前にあることですけれども、現代でいえば、親を選ぶか、妻を選ぶかというときに、啄木は両方とも捨てられない。そういう状況のなかで、啄木はいっそ死んでしまいたいという気持ちにもなるわけですし、気違い寸前のような精神状況になっていく。そういう状況で啄木の歌は書かれたのです。

ですから、啄木にとっては家庭というのは安らぎの場所でもなければ、憩いの場所でもなくて、墓に入るような気分で毎日暮らす場所であった。（4）の二番目。

　　いと暗き　穴に心を吸はれてゆくごとく思ひて　つかれて眠る

果てしなく落ち込んでいくような気持ち。

ふと深き怖れを覚え　ぢつとして　やがて静かに臍をまさぐる

このへんまで来ますと、現代的に申しますと、生の実存というふかみまで啄木は歌うに至っているのではないか。

人といふ人のこころに　一人づつ四人がゐて　うめくかなしさ

これもやはりたいへん暗い心、暗い寂しい心境をうたった作品です。啄木が青年男女に読んでもらうんじゃない、人生の辛酸をなめた中年の男女にこの『一握の砂』という歌集は読んでもらいたいんだという言葉に表れた心境の表現が、このへんの歌に表れているのではないかと思います。

それについてもうすこし申しますと、啄木には家庭は暗く深い穴のような場所で、墓場のような場所で、たいへんつらく悲しい場所なのですが、啄木が書き残したところによりますと、どうして自分は親や妻や子の犠牲にならなければいけないんだといい、同時に、そこが啄木の偉いところなんですけれども、親や妻や子はなぜ自分の犠牲にならなければいけないんだということも書いている。つまり、そこから彼の生存に対する大変なジレンマが生じて、それが彼の革命思想の出発点としての家族制度にはじまる社会制度の改革、革命という最晩年の思想にもつながっていくのです。

啄木という人は、生活面から見ますと、嘘つきで、計画性がなくて、破廉恥でどうにもしょうがないのですが、同時に、家族とは何か、社会とは何か、その中で自分がどういうふうに生きるかということを、これほど深く考えた人というのもまれなくらいに、わずか二十六歳で死にながら、非常に透徹した考えをもった人でした。だから、「人という人の心に　一人づつ囚人がゐて　うめくかなしさ」という歌にしても、自分も囚われた牢獄の中にいるんだけれども、母親のカツにしても、妻の節子にしても、やはり自分と同じように悲しみを抱えているんだというところまで見通して、こういう歌が書かれているのです。

そこで、啄木の歌で私がいちばん好きな一連の歌を（5）というところに拾い上げてみました。

高山のいただきに登り　なにがなしに帽子をふりて　下りきしかな
新しき背広など着て　旅をせむ　しかく今年も思ひすぎたる
気弱なる斥候のごとく　おそれつつ　深夜の街を一人散歩す

こういった歌が『一握の砂』の最もいい部分ではないかと私は考えております。

皆さんは萩原朔太郎の「ふらんすへ行きたしと思へども　ふらんすはあまりに遠し　せめては新しき背広をきて　きままなる旅にいでてみん。」という詩があることをご存じの方も多いかと思いますけれども、萩原朔太郎は『一握の砂』をよく読んでいて、「ふらんすに行きたしと思へども」という詩を書いたときに、『一握の砂』の「新しき背広など着て　旅をせむ　しかく今年も思ひすぎたる」という歌を当然意識して書いたに違いないのです。

それはどういうことかというと、（3）の二番目、「わが泣くを少女等きかば、病犬《やまいぬ》の　月に吠ゆるに似たりといふらむ」。犬が月に吠えるというのは役に立たないことをいうという英語があるわけですけれども、それが病にかかった犬だということまでは普通は言いません。ところが、ご承知のように萩原朔太郎の第一詩集は『月に吠える』という詩集で、その序文を見ますと、自分の詩は病んだ犬が月に吠えるようなものだということを書いております。そういうところから見ましても、萩原朔太郎が啄木の影響下で出発したことは疑いないことなのです。

啄木と朔太郎の違いは、萩原朔太郎は前橋の裕福なお医者さんの長男に生まれて、一生、親の遺産で暮らした人で、生活に困った人ではありませんから、「ふらんすへ行きたしと思へども　ふらんすはあまりに遠し　せめては新しき背広をきて」といって、新しき背広などを着るわけです。ところが、啄木のほうは全然経済状況が違うので、新しき背広など着て旅をせんと思うのだけれども、新しき背広をつくるどころの話ではなくて、単にそういう思いだけで今年も過ぎてしまったなというのです。

それから「高山のいただきに登り　なにがなしに帽子をふりて　下りきしかな」という歌には何の事件もありません。何の思いも述べられていない。しかし、人間の生活というものは無意味に山に登り、無意味に動作をし、無意味に山を下りてくる。そういう無意味な行動のなかに人間の生の一瞬の閃きがある。それは現代における人間のある種の倦怠感の表現だといえますが、日常の瑣末といわれるもののなかに生の真実が潜んでいる。日常の一瞬一刻のなかにわれわれの生の本質がある、という考え方のなかでこういう歌ができていると思われるのです。

（２）の最後から二番目に、「ふるさとの空遠みかも　高き屋にひとりのぼりて　愁ひて下る」という歌が引いてあります。これも『一握の砂』の中に出てくる歌ですが、こちらのほうは、ふるさとを望んで高いビルの屋上に上るのですけれども、ただ愁い、嘆きを深めて、また下りてきたという、これはかなり感傷的な歌です。うれいて下るというところまで言ってしまうのは私は短歌の技術には暗いのですが、やはり余計なんじゃないかという感じがいたします。

「気弱なる斥候のごとく　おそれつつ　深夜の街を一人散歩す」というのも、私の好きな歌です。深夜一人で散歩するというだけのことしか言っていない。そういう意味で日常生活の瑣末を歌ったということですが、いつもどこかに自分の敵が潜んでいるんじゃないかという危惧、恐れをもちながら、われわれの日常生活は成り立っている。散歩をするときにも、どこかに敵が潜んでいるんじゃないかという非常に気弱な気分に襲われながら、散歩をする。散歩ということが短歌の材料になるというのも、啄木の新しく開いた歌境だと思いますけれども、深夜の街を一人散歩するという日常の瑣末のなかに、われわれの心の奥底にある人間の社会生活に対する不安、恐れというものを歌い上げているところが、非常に新しいと思います。

私は「高山のいただきに登り」というのを読みましたときに、非常に感心いたしました。これはいままでの啄木研究者はあまり評価してないんじゃないかと考えておりましたら、実はこの歌は釈迢空こと折口信夫先生がとうに発見していて、折口さんはこの歌が雑誌に出たときからすでにご存知で、非常にいい歌だと評価しておいでになったのです。

折口さんが啄木の母校である盛岡中学の後身の盛岡第一高校で講演した際に、この歌を引いて、「私はこれを読んで、啄木は初めて完成の域に達したと考えました。諸君達は何にも感じないかもしれませんが、昔はこのような歌を作るものはなかったのです。私共の若い頃はこんな歌は意味のないものと考えられました。この歌は単純であり、その良さを証明してくれと言われると、ちょっと困る。何か良いものがある。歌の内容は日常の普通にあるものであるが、そう思っているものが人には重要であることが往々にしてあります。昔の文学はそういう平凡なことは歌の題材にとらなかった。しかし、啄木は平凡なものを題材に採って、それをこなして、却《かえ》ってわれわれの気持ちに触れしめたのです。これにより、人々は激情的な事を作るよりも、世の中の平凡なことを歌うようになりました。啄木が亡くなった明治四十五年前後から歌は変化してきました。これはある部分まで彼、啄木の力によるものです」ということを言っておいでになります。

古典的な和歌の世界のような、花鳥風月であるとか、恋愛であるとか、あるいは離別であるとか、そういう決まりきった題材のなかから詩を見るのではなくて、日常の瑣末を材料にして、人生の真の姿をつかみとっていくところが啄木の新しさであり、そういうところを折口さんのような卓抜な方は、これが雑誌に発表された時点ですでに目にとめて、啄木に注目していたわけです。

（7）の参考というところに書いてみましたけれども、「怒りたるあとの怒りよ仁丹の二三十個をカリカリと噛む」。これは中原中也が中学時代に書いた歌です。さっき申し上げました「目の前の菓子皿な

どを　かりかりと噛みてみたくなりぬ　もどかしきかな」という啄木の歌をまねしていることは明らかです。「仁丹の二三十個をカリカリと噛む」というのは中学生にありがちなレベルの話であって、やはり、中原中也はこの時点で非常に幼い。それに比べると、啄木の菓子皿などをかみたくなるというのは、ちょっと常軌を逸していると申しますか、さっきから申し上げている狂気に近い。つまり、中原中也といえども、十七歳かそこらでは啄木の心境を理解できていなかったんだなということがよくわかります。

折口さんの歌、「停車場の人ごみを来て　なつかしさ。ひそかに　茶など飲みて戻らむ」。これは「ふるさとの訛なつかし　停車場の人ごみの中に　そを聴きにゆく」という歌と非常に言葉が似ております。「停車場の人ごみ」という言葉が同じですし「なつかしさ」「なつかし」という言葉も同じですし、発想も表現も似ている。こういうところが、折口さんが啄木から受けた目に見えた影響の一つです。

実は、いまのような歌は折口さんが啄木から本質的に受けた影響なのではなくて、その次に挙げた歌に、折口さんが本当に「高山のいただきに登り」から受けた影響が認められるのではなかろうかと私は考えております。「鳥の鳴く　朝山のぼり、わたつみの　みなぎる　光りに　頭を揺する。」というのが折口さんの歌です。

先ほどの「停車場の人ごみ」の歌では、表現も似ていますし、発想も似ておりますし、折口さん独自の世界がそんなに出ていると思わないのですが、「鳥の鳴く　朝山のぼり」という歌になりますと、非常に折口さん独自の世界であって、しかも、折口さん自身が言う、こういう歌のよさを説明してくれと言われてもちょっと困るような、なにもここには歌われてないいじゃないか。鳥の鳴く山に朝登って、海にみなぎる光を見て、頭を揺すった、それだけのことしか歌われてない。そういう無意味さといいますか、無意味なことをしなければいけない人間の生というものを、折口さんの世界として打ち出しているところが、折口さんの偉いところであり、折口さんに啄木が与えた影響がこういうところにあるのではなかろうかと思うのです。

あと五分ほど時間がございますから、付け加えて申しますと、(6) というところで節子さんという妻に関する歌をいくつか拾い出しました。節子さんは啄木が死んで、自分の妹のご主人であった宮崎郁雨さんを頼って函館に行き、函館からまた千葉県で療養したりする。啄木一家はみんな結核なのです。一番最初にお母さんが結核になって、啄木にうつり、それから節子さんにもうつって、どんどん結核で死んでいく。啄木も病気ならば、お母さんも結核で病気、奥さんの節子さんも病気。薬も買えないという状況のなかで死んでいく。啄木に計画性がなくて、生活力も乏しかったということに彼らの生活の貧しさ苦しさの原因はあるのだけれども、一家そろって結核患者だったというたいへん気の毒な面もあるのです。

(6) というところに挙げた歌の三つめ。

人ひとり得るに過ぎざる事をもて　大願とせし　若きあやまち

十六歳の時からの恋人であった節子さんと結婚したいということを大願としたのは若気の過ちだった、

という意味ですが、こういうふうに言われたら節子さんとして立つ瀬がなく、悲しいだろうと思います。節子さんは啄木が死んで一年後に亡くなります。啄木の日記等、こういうものは焼いて捨ててくれと言われたのを、捨てるにしのびないで全部残した。節子さんが守り通した遺稿は函館の図書館に入っていて、その中にはローマ字日記をはじめ、さっき申し上げました借金メモとか、貴重なものがたくさん残っております。たいへん気の毒な生涯を送った人です。

わが妻のむかしの願ひ　音楽のことにかかりき　今はうたはず

結婚前の節子さんはピアノを習ったりして、非常に音楽が好きだった人ですが、『一握の砂』の時代になりますと、もう音楽のことも忘れている。

女あり　わがいひつけに背かじと心を砕く　見ればかなしも
ひとところ、畳を見つめてありし間の　その思ひを、妻よ、語れといふか。

啄木は最晩年の四年、ことに最後の二年ぐらいに思想的にも非常な深みに達しました。われわれが六十年、七十年かかってたどりつく以上のことを、その四年なり二年の間に凝縮して過ごした人です。そういう啄木の物思いを、節子さんは到底理解できなかった。ついていけなかっただろうと思います。そのことについて、啄木を論じる人の中では、節子さんは夫から遅れた女性になっていた、結婚当初においては啄木と夢を語り合い、詩を語り合い、文学を語り合い、理想を語り合う、お互いにいい伴侶だったのが、啄木の最晩年になると、いわばつまらぬ家庭の女になりさがっていた、と節子さんを批判する方もおいでになるのですが、それは啄木のような天才を亭主に持ったための結果であって、そういうふうに言うのは気の毒だと私は考えています。

「ひとところ、畳を見つめてありし間の　その思ひを、妻よ、語れといふか。」といって、このへんでは全然妻との間の会話は成り立っていません。

放たれし女のごとく、わが妻の、振舞ふ日なり。ダリヤに見入る。

解放された女性、「青鞜」の女性解放運動の中での女性のような振る舞いをする節子を、啄木は非常に苦々しく見ています。啄木自身の無計画性とか、破廉恥さとか、いろいろなことに原因はあるのですが、生活上の無力さ、無計画さの反面で、思想的な鋭さ、あるいは実存的な自分の生を見入る姿勢の厳しさ、二十六歳で死んだ啄木という天才を夫に持つことのつらさ、結核という病気をうつされた問題まで含めて背負って生きた石川節子という人は、非常に気の毒であると同時に、石川節子さんがいたがためめに、今日われわれが啄木を理解する資料のかなり重要な部分が残されたと考えております。にもかかわらず、ここに（6）として挙げたような歌を見ますと、私は現代の男性ですから、節子さんという人は気の毒な人だったなと感じると同時に、啄木という天才もいい気なものだと感じるわけでございます。

ご清聴ありがとうございました。

啄木歌抄〈講演資料〉

（1）

東海の小島の磯の白砂に　われ泣きぬれて　蟹とたはむる
砂山の砂に腹這ひ　初恋の　いたみを遠くおもひ出づる日
たはむれに母を背負ひて　そのあまり軽きに泣きて　三歩あゆまず
はたらけど　はたらけど猶わが生活《くらし》楽にならざり　ぢつと手を見る
友がみなわれよりえらく見ゆる日よ　花を買ひ来て　妻としたしむ
不来方のお城の草に寝ころびて　空に吸はれし十五の心
ふるさとの訛《なまり》なつかし　停車場の人ごみの中に　そを聴きにゆく
かにかくに渋民村は恋しかり　おもひでの山　おもひでの川
やはらかに柳あをめる　北上の岸辺目に見ゆ　泣けとごとくに
ふるさとの山に向ひて　言ふことなし　ふるさとの山はありがたきかな

（2）

さいはての駅に下り立ち　雪あかり　さびしき町にあゆみ入りにき

空知川雪に埋れて　鳥も見えず　岸辺の林に人ひとりゐき
さらさらと氷の屑が　波に鳴る　磯の月夜のゆきかへりかな
石狩の都の外の　君が家　林檎の花の散りてやあらむ
ふるさとの空遠みかも　高き屋にひとりのぼりて　愁ひて下る
やや長きキスを交して別れ来し　深夜の街の　遠き火事かな

（3）
燈影《ほかげ》なき室に我あり　父と母　壁のなかより杖つきて出づ
わが泣くを少女等きかば　病犬の　月に吠ゆるに似たりといふらむ
愛犬の耳斬りてみぬ　あはれこれも　物に倦みたる心にかあらむ
怒る時　かならずひとつ鉢を割り　九百九十九割りて死なまし
目の前の菓子皿などを　かりかりと噛みてみたくなりぬ　もどかしきかな

（4）
人みなが家を持つてふかなしみよ　墓に入るごとく　かへりて眠る
いと暗き　穴に心を吸はれてゆくごとく思ひて　つかれて眠る
ふと深き怖れを覚え　ぢつとして　やがて静かに臍をまさぐる
どんよりと　くもれる空を見てゐしに　人を殺したくなりにけるかな
何がなしに　頭のなかに崖ありて　日毎に土のくづるるごとし
人といふ人のこころに　一人づつ囚人がゐて　うめくかなしさ

（5）

高山のいただきに登り　なにがなしに　帽子をふりて　下りきしかな
何となく汽車に乗りたく思ひしのみ　汽車を下りしに　ゆくところなし
新しき背広など着て　旅をせむ　しかく今年も思ひすぎたる
朝の湯　の湯槽のふちにうなじ載せ　ゆるく息する物思ひかな
人気なき夜の事務室に　けたたましく　電話の鈴の鳴りて止みたり
気弱なる斥候のごとく　おそれつつ　深夜の街を一人散歩す

（6）

女あり　わがいひつけに背かじと心を砕く　見ればかなしも
わが妻のむかしの願ひ　音楽のことにかかりき　今はうたはず
人ひとり得るに過ぎざる事をもて　大願とせし　若きあやまち
ひとところ、畳を見つめてありし間の　その思ひを、妻よ、語れといふか。
放たれし女のごとく、わが妻の、振舞ふ日なり。ダリヤに見入る。

（7）『参考』

怒りたるあとの怒りよ仁丹の二三十個をカリカリと噛む（中原中也）
目の前の菓子皿などを　かりかりと噛みてみたくなりぬ　もどかしきかな（啄木）

停車場の人ごみを来て　なつかしさ。ひそかに　茶など飲みて戻らむ（釈迢空）
ふるさとの訛なつかし　停車場の人ごみの中に　そを聴きにゆく（啄木）
鳥の鳴く　朝山のぼり、わたつみの　みなぎる　光りに　頭を揺する。（釈迢空）
高山のいただきに登り　なにがなしに帽子をふりて　下りきしかな（啄木）

（講演、明治記念綜合歌会第百一回、二〇〇〇年五月七日。『現代短歌を読む』明治神宮社務所刊、二〇〇〇・五）

茂吉と金瓶・上ノ山

『つきかげ』は斎藤茂吉最後の歌集ですが、東京に引き上げた斎藤茂吉が、疎開中の山形における生活を思い起こし、回想した歌が『つきかげ』の中にたくさんございます。

朝日さす最上川より黄の靄の立ちののぼりにわれ没《ぼっ》しけり　(『つきかげ』昭和23作)
上ノ山の山べの泉夏のころむすびたりしがわかれか行かむ　(同右)

これらは、大石田を引き上げるときの歌ですけれども、実は斎藤茂吉が『つきかげ』で疎開時代を回想した歌の大部分は大石田の回想です。逆に、斎藤茂吉は疎開時代の金瓶、上山をほとんど回想していない。大石田については実に多くの歌を残していまして、非常にいい歌がたくさんございます。たとえば次の四首のうち、はじめの二首が大石田の回想、後の二首が金瓶の回想です。

つくづくとおもひいづれば雪しろき大石田なる往還のうへ　（『つきかげ』昭和23作）
塩澤《しほのさは》の観音堂今宿《いましゆく》の薬師堂汗をさまりてわが眠りしところ　（同右）
金瓶の村の川原にうづくまりゆくへもしらずもの思ひしか　（同、昭24作）
みちのくの蔵王《ざわう》の山にしろがねの雪降りつみてひびくそのおと　（同、昭26作）

『つきかげ』は、私の知る限りではあまり論じられていないのですが、やはり茂吉の最晩年を飾るに相応しい優れた歌集であると私は考えております。ただ、どうして金瓶上山について茂吉は回想していないのだろうかと考え、それに関連して疎開時代の『小園』の後半の歌について考えてみたいということが、今日の私の趣旨でございます。

そもそも上山は、或いは金瓶は『赤光』以来、繰り返し歌われてきたわけですけれども、どういう歌われ方をしてきたかと。『赤光』で申しますと、

馬屋《まや》のべにをだまきの花とぼしらにをりをり馬が尾を振りにけり　（『赤光』明38作）

というようにごく初期の歌からはじまりますが、『赤光』中でもっとも心に残るのは「死にたまふ母」一連の大作であろうと思うのです。これは、

ひろき葉は樹にひるがへり光りつつかくろひにつつしづ心なけれ　（『赤光』大2作）

の心の動揺を暗示した歌ではじまり、上山に向かい、

みちのくの母のいのちを一目《ひとめ》見ん一目みんとぞただにいそげる　（同右）

動揺を押さえながら上山の駅へ着くと、弟が迎えに来ていて、

上《かみ》の山《やま》の停車場に下り若《わか》くしていまは鰥夫《やもを》のおとうとを見たり　（同右）

という情景がうたわれる。ここまでが序章になるわけです。そこで、臨終の有名な場面に続きまして、

死に近き母が目《め》に寄《よ》りをだまきの花咲きたりといひにけるかな　（『赤光』大2作）
我《わ》が母よ死にたまひゆく我《わ》が母よ我《わ》を生《う》まし乳足《ちた》らひし母よ　（同右）
のど赤き玄鳥《つばくらめ》ふたつ屋梁《はり》にゐて足乳根《たらちね》の母は死にたまふなり　（同右）

の臨終の場面から今度は葬儀の場面にうつりまして、

葬《はふ》り道《みち》すかんぼの華《はな》ほほけつつ葬り道べに散りにけらずや　（『赤光』大2作）
灰のなかに母をひろへり朝日子《あさひこ》ののぼるがなかに母をひろへり　（同右）

その四では葬儀を終えたのちの心境を、

笹原をただかき分けて行き行けど母を尋ねんわれならなくに　（『赤光』大2作）

でうたいおさめている。これは大叙事詩です。挽歌は抒情詩になりやすいテーマで、優れた挽歌はたくさんありますが、日本の詩歌史の中で「死にたまふ母」の連作ほどの名作は空前絶後だろうと私は考えております。茂吉はお母さんの亡くなったときにそういう名作をお創りになったのですけれども、ミュンヘンの滞在中にこんどは父親がお亡くなりになる。その時の歌が『遍歴』の中に入っております。それは、

わが父が老いてみまかりゆきしこと独逸の国にひたになげかふ　（『遍歴』大12作）
七十四歳になりたまふらむ父のこと一日《ひとひ》おもへば悲しくもあるか　（同右）

という二首で、これしかないんです。「死にたまふ母」が言わば絶唱ともいうべき大作、大叙事詩であるのに対して、なぜ父親に対してはこんなとおりいっぺんの二首しか残さなかったんだろうか、というのが私の第一の問題意識です。

茂吉歌集は『あらたま』へはいりますと、『あらたま』の中の白眉をなす「冬の山」、「こがらし」という二つの連作でございます。「祖母その一」、「祖母その二」という副題が付されています。つまり、おばあさまがなくなったときの歌です。

いのちをはりて眼《まなこ》をとぢし祖母《おほはは》の足《あし》にかすかなる皸《ひび》のさびしさ　（『あらたま』大4作）

こういうのを読むと詩の現実感と申しますか、かなわないなぁっていうか、惻々と胸をうたれます。

きのこ汁《じる》くひつつおもふ祖母《おほはは》の乳房《ちぶさ》にすがりて我《あ》はねむりけむ　（『あらたま』大4作）
ものの行《ゆき》とどまらめやも山峡《やまかひ》の杉《すぎ》のたいぼくの寒《さむ》さのひびき　（同右）
はざまなる杉《すぎ》の大樹《たいじゆ》の下闇《したやみ》にゆふこがらしは葉《は》をおとしやまず　（同右）

第二首、第三首は格調の高い自然詠であって、しかもその祖母の死に対する切々たる嘆きを歌いこんでいる作品だと思います。次に印象ふかく上山が登場するのは『白桃』という中期の歌集でございます。

茂吉が偉大なのは、『赤光』『あらたま』という初期のピークがございます。それから中期に『白桃』『暁紅』『寒雲』の三歌集があり、最晩年に『小園』『白き山』『つきかげ』の三歌集がある。つまり、生涯三つピークをもっていて、その間に例えば『ともしび』とか、その他とても読み捨て難い歌集がありますす。こういう歌人が本当に日本にいないのです。茂吉のように青年期には青年期らしい、壮年期には壮年期らしい、晩年になりますと晩年らしい力のこもった優れた歌境を示した人は日本の歌人には他に、私は寡聞にして知らないです。そこで、『白桃』をみることにします。この歌集の中に「上ノ山滞在吟」、「続上ノ山滞在吟」という連作がございます。その「上ノ山滞在吟」の中に、

人いとふ心となりて雪《ゆき》の峡《かひ》流れて出づる水をむすびつ　（『白桃』昭9作）
上《かみ》ノ山《やま》の町朝《あさ》くれば銃《つつ》に打たれし白き兎《うさぎ》はつるされてあり　（同右）

寂寥感にあふれた、すぐれた歌だと思います。

みちのくの雪乱《ゆきみだ》れ降る山のべにこころ寂しく我は来にけり　（『白桃』昭9作）

いずれも寂しく悲しい歌で、その切々たる寂しさ、悲しさが我々の心を打ちます。この歌の背景にいわゆる斎藤茂吉の精神的負傷といわれる事件があったわけですが、そういう事件を踏まえてこの「上ノ

山滞在吟」「続上ノ山滞在吟」という大作を残している。つまり中期に至るまで、上山は茂吉の歌集の中の非常な力作、大作の中に登場してくる、それも悲しいときに作られた歌が非常に多いのです。

もう一度茂吉の父親母親との関係を考えてみますと、「死にたまふ母」は非常に空前絶後の大作であり名作ですけれども、一体、この母親がどういう人格の人であったのかは、「死にたまふ母」を読んでもちょっと分からないのです。専ら茂吉が主人公で、茂吉が劇を演じているような面がございまして、母の人格は、その「死にたまふ母」からは読み取れない。茂吉にはお母さんについて書いた短い散文がございます。大変短いので全文を読み上げさせていただきます。


私の母は家附《いへつ》きの娘で、父は入婿《いりむこ》に来たのであつた。母系の祖父は酒客であつたので、母は比較的若くて中症《ちゆうしやう》になつた。

その中症になるまで、母は農婦《のうふ》として働き、農婦として私等同胞を育てあげたのであるから、つひに、仙台も見ず、無論《むろん》東京も見ずにしまつた。仙台といへば東北《とうほく》での都会であるから、大概のものは東京までは来ずとも仙台までは行く。併し、母は仙台まで行く旅費に不自由はしてゐなかつた筈であるのに、仙台にも行かずにしまつた。

私が孩童《がいどう》であつた時分、ときどき流行性の結膜炎《けつまくえん》を病んだ。村では、それを「やん目《め》」と称してゐた。

私が「やん目」に罹《かか》ると、母はいつも小一里もある村はづれの山麓《さんろく》に祀《まつ》つてある不動尊《ふどうそん》に参詣に連れて行つた。その不動尊は巌上《がんじやう》に祀つてあり、巌を伝つて清冽な水が瀧になつてながれ落ちてゐる。

母は私を連れてゆき、不動尊に目を直してもらふやうに祈願礼拝せしめ、それから、その瀧の水でながく目を洗ふので一度の参詣は半日がかりであつた。

かへりには村はづれの茶屋で、大福餅《だいふくもち》のやうなものを買つてくれるのを常とした。その餅のことを、綿入餅と云つてゐたが、その大きな餅一つはそのころ二厘《りん》した。私はそれを買つてもらふのが嬉しく、急性の眼病を患ひながらも母に手を引かれ、よろこび勇んで不動尊に参拝したものである。

（「母」）

中症になったというのは、普通中風になる、脳内出血で体が不自由になることだと思いますけれども、母系の祖父は酒客であったので、母は若くして中症になった。そういうのはちょっとおかしい。やはり茂吉のお母さんもお酒をお好みになったのでしょう。茂吉はそこを省略して、母系の祖父は酒客であったので、母は若くして中症になった。そういう含みのある言い方も茂吉の散文の魅力の一部だと思います。

この母親像はつつましく、仙台も知らず一生農婦として働き、信心深く迷信深く、茂吉の思い出は帰りに大福もちを買ってもらったっていうそれだけなんです。それが歌になると「死にたまふ母」になる。そういう不思議なギャップがある。それに対して父親が亡くなったときに茂吉は何をしたかと言いますと、ミュンヘンで訃報を聞いたときには実におり一遍の歌を二首しか作っていない。帰国しましてから『念珠集』という父親のなくなったことに対する追悼の文章を十篇、数珠の玉を繰るようにして綴った文章を書いています。ですから母親と同様に父親の死に対する思いも痛切だったに違いないのですけれども、それは、おそらく歌にはならない、散文でしか書けない性質のものだったのではないかと私は想像しているのです。

『念珠集』は十篇ございまして、それぞれ興味ふかい作品なのですけれども、その中に「仁兵衛。スペクトラ」という随筆があります。小学校の教員が届いたばかりのプリズムを父親に見せて、日光っていうのがこういう七色の光でできているんだ…虹が起つのはつまりそれだっていうことを説明する。

父は切《しき》りにその三稜鏡をいぢつてゐたが、特別に為掛《しかけ》も無く、からくりも見つからない。しかしそれで太陽を透《すか》して見ると、なるほど七稜の光があらはれる。

父は暫く三稜鏡をいぢつてゐたが、ふと其を以て炉の火を覗《のぞ》いた。すると意外にも炉の炎がやはり七つの綾になつて見える。父は忽ち胸に動悸をさせながら、これは、きりしたん伴天連《ばてれん》の為業《しわざ》であるから念力で片付けようと思つた。(『念珠集』「仁兵衛。スペクトラ」)

そこで念仏を唱えて、三稜鏡《さんりょうきょう》、プリズムですか…いきなり炎の中に入れた。

教員は驚き慌ててそれを拾つたが、忿怒《ふんど》することを罷めて、やはり父がしたやうに炉の炎をしばらくの間三稜鏡で眺めてゐた。教員は日光と炉の焚火と同じであるか違ふものであるかの判断はつかなかつた。教員の窮理の学はここで動揺した。父は威張つてそこを引きあげた。（『念珠集』「仁兵衛。スペクトラ」）

窮理学というのは物理学のことで、江戸後期から明治初期にかけて使われた言葉です。こういう文章で、父親はプリズムを見て「これはキリシタンバテレンの魔法ではないか」というふうに反応する人だったということを、大変冷めた目で見ながらなおかつ愛情を込めて回想している。大体父親と男の子の関係は、かなり複雑で、なかなか歌にまとまりにくい、散文でないと書けないところがあると思うのです。「日露の役」という文章によると、

父は若いころ、田植をどりといふのを習つてその女形《をんながた》になつたり、堀田《ほつた》の陣屋があつた時に、農兵になつて砲術を習つたり、おいとこ。しよがいな。三さがり。おばこ。木挽《こびき》ぶし。何でもうたふし、祖父以来進歩党時代からの国会議員に力瘤《ちからこぶ》いれて、窿應《りゆうおう》和尚から草稿を書いてもらつて政談演説をしたり、剣術に凝り、植木に凝り、和讃に凝り、念仏に凝り、また穀断《ごくだち》、塩断《しほだち》などをもした。
僕のやうな、物に臆し、ひとを恐れ、心の競ひの尠いものが、たまたま父の一生をおもひ起すと、そこにはあまり似寄《により》の無いことに気付くのであつたが、（『念珠集』「日露の役」）

と書いてある。これも斎藤茂吉のお父さんが村芝居とは言えども女形をやったとか、…父親は斎藤茂吉とイメージがつながらないと斎藤茂吉自身が自覚していたわけです。

確かに斎藤茂吉の資質は、東北の農民の、非常に堅実で粘着質なものをうけついでいるのであろうとは思いますけれども、斎藤茂吉のお父さんは四十歳を越したときには、もう腰が曲がっていた。腰が曲がっていたので西国の旅に出るときには、板に紙を張り、それを腹にあてて歩いていた、そうすれば腰が幾分伸びていいなどと言っていたのだから、高野の旅などもやはり難儀であったろうと思う、とも書いていています。茂吉の前の世代の山形県の農民は、大変な暮らしだったんですね。茂吉が散文で描いている茂吉の両親は、哀れで悲しくて、ことに茂吉のように高等教育を受け、日本有数の知識人として東京生活をしていた人から見ると、実に哀れで悲しい、しかし、懐かしさ愛しさがこみ上げてきてたまらない、そういう存在であったろうと思うのです。

ですから、両親を含めて金瓶上山というのは、壮年期に達して、例えばミュンヘンから帰ってきて、青山の病院再建のために苦労している、やがて『柿本人麿』の著述にとりかかっていくそういう時期の茂吉にとっては、懐かしいけれども、ほとんど異国に近いような場所であったのではないかと思えるのです。しかも、茂吉にとってつらい悲しい思い出と結びついている場所だったのです。茂吉は自分の境遇、知識、教養とはかなり程遠い人々の暮らす異郷のような金瓶村に、昭和二十年に疎開してくることになった。

柴生田稔の『続斎藤茂吉伝』に、

（昭和二十年）二月十九日に、金瓶の斎藤十右衛門家を訪ね、二月二十六日、重ねて十右衛門家を訪ねて、三月四日まで泊つてゐる。十右衛門は茂吉の妹お直の夫であつて、やがて茂吉は、十右衛門家を疎開先とするのであるが、二月の上山行きの時から、上山の四郎兵衛宅と金瓶の十右衛門家とを疎開の根拠にすることは、茂吉も心づもりし、両家にも了解を得てゐたやうである。二月十九日の日記に、「お直ニアツテ土蔵ノ部屋ニ行キ炬燵ヲカケ、火鉢ニ火ヲ取ツタ」とあり、二月二十六日の日記に、「お直甲斐甲斐シク世話ヲシ、土蔵ノ新築ノ一室ヲ割アテテクレタ」とある、その土蔵に茂吉は住むことになつたのであつた。そして、二月二十七日の日記には、「親戚マハリ（守谷150円、三右衛門10円、才兵衛10円、次右衛門10円、宝泉寺10円）」と記入されてゐる。この親戚まはりは、先に引いた二月十四日付富太郎宛の手紙にも、大体同様の名が挙げてあり、十右衛門家を訪問する時に、挨拶すべき近隣の家々であつた。後に挙げるやうに、四月十八日に疎開者として仲間入りの挨拶をする時には、ずつと大掛かりなものになるのである。二月二十八日、才兵衛が、三月一日、三右衛門が答礼に来訪した。（『続斎藤茂吉伝』）

というようなことが延々と書かれています。柴生田さんは郷土の習慣だろうかと書いていらっしゃいますけれども、当時の都会からの疎開者は、親戚はもちろん、近隣にも気を遣い、非常に肩身の狭い思いをして、暮らさなければいけなかったのです。茂吉の場合には実の妹さん、弟さんが疎開の足場にはなったわけですけれども、弟さん妹さんといえども弟さんのご家族や妹さんのご主人に対して、気兼ねをし、暮らさなければならなかった。それが当たり前の疎開者の生活だったのです。『小園』の後記に、

はじめは、農事をも少し手伝ふつもりであつたが、実際に当たつてみると、畑の雑草除が満足に出来ない。そこで子守をしたり、庭の掃除をしたり、些少な手伝をするのがせいぜいであつた。

(『小園』「後記」)

と茂吉は書いています。北杜夫さんは『茂吉晩年』に、

かなりの農家とはいえ、十右衛門は村の実行組合長をしていたので、責任上供米にしろ率先して出さねばならなかったし、良い米は出し悪い米は食べねばならぬ立場であった。茂吉は弟子などが尋ねてきたとき、必ず、

「弁当は持ってきたか」

と問い、土産の食物もその家の台所に出すように指示した(北杜夫『茂吉晩年』)。

と書いていらっしゃいます。茂吉は自分の生まれ故郷とはいえ、一疎開者として金瓶上山に戻ってきた

ので、特権的な日本の大歌人として尊敬して周りがチヤホヤしてくれるという立場で帰ってきたわけではなかったのです。それが大石田へ行きますと、板垣家子夫さんが面倒を見てくださって、二藤部さんの離れの二階家・聴禽書屋をただで貸していただき、茂吉は手伝いの人に小遣いを上げることだけが主な出費となる、というような暮しになるのです。そこには板垣さんを中心にした茂吉を崇拝するグループの人たちがいるし、金山平三さんという絵をお描きの方もおいでになる。茂吉は大石田に移りますと気兼ねをしなくてもいい立場に解放されてしまうわけです。大石田時代が茂吉にとって生涯で一番幸せな時代だったのではないかと、茂太先生がおっしゃってますけれども、これは決して金瓶の人がどうだということでなくて、当時の一般の疎開者がそうであったということです。二十年二月に「上ノ山・金瓶雑歌」という歌がありまして、

をやみなく降る雪を見て戦のやぶるらむこと誰かおもはむ　（『小園』昭和20作）
ことつひに極みとなりて雪山の松根を掘るたたかひのくに　（同右）

当時、松根油といって松の根を掘って根から油を採ることが行われていました。戦いもいよいよ、末期にきて敗戦必至だという自覚がこの時点でさすがの斎藤茂吉も持っていたのではないかと思われる歌です。そして、八月に敗戦を迎えることになります。肩身の狭い疎開先生活の中で敗戦を迎えるわけですけれども、例えば、『小園』の中で、

このくにの空を飛ぶとき悲しめよ南へむかふ雨夜《あまよ》かりがね　（『小園』昭20作）
くやしまむ言《こと》も絶えたり炉《ろ》のなかに炎《ほのほ》のあそぶ冬のゆふぐれ　（同右）
沈黙《ちんもく》のわれに見よとぞ百房《ひやくふさ》の黒き葡萄に雨ふりそそぐ　（同　右）
こゑひくき帰還兵士のものがたり焚火《たきび》を継がむまへにをはりぬ　（同右）
灰燼の中《なか》より吾もフエニキスとなりてし飛ばむ小さけれども　（同右）

こういう歌が『小園』の代表作とされていますけれども、私はこういう作品は時代を超えられないんじゃないかと考えます。つまり敗戦のショックから出た歌だという背景を知らないと、そんなに面白い歌ではない、普遍性のある歌とは思われないのです。

沈黙《ちんもく》のわれに見よとぞ百房《ひやくふさ》の黒き葡萄に雨ふりそそぐ　（『小園』昭20作）

の「沈黙」が、敗戦後の茂吉の生活の基本的姿勢のキーワードであると思っています。『小園』の後記に、

私は別に大切な為事もないのでよく出歩いた。山に行つては沈黙し、川のほとりに行つては沈黙

し、隣村の観音堂の境内に行つては鯉の泳ぐのを見てゐたりした。また上ノ山まで歩いてゆき、そこの裏山に入つて太陽の沈むころまで居り居りした。さうして外気はすべてあらあらしく、公園のやうな柔かなものではなかった（『小園』「後記」）。

そういう大変有名な一節がございます。ここで私が非常にひっかかりますのは、「外気はすべてあらあらしく」という表現なのです。茂吉の生まれ故郷ですから、生理的な意味で「荒々しい」ということはちょっと考えにくいのです。やはり感覚的に心理的に金瓶上山の生活の辛さが「外気はすべてあらあらしく」という表現になったのではないかと私は考えているわけです。

四月二十四日、オ直ニ毎月ノ謝礼ノコトヲ話シタ。
六月二十五日、夕食後ニ、敬三郎氏部屋ニ来リ、兄（十右エ門）ガ何カ云ツテモ気ニカケルナト輝子ニ云ツテ行ツタ、
七月十九日、今秋、米二俵ヲ譲ツテモラヒタイト云ヒシニ、渋ツテ、ワルイ顔ヲシタ、
十月二十四日、金瓶ヲ去ルトスレバ、上ノ山ニスルカ、大石田ニスルカ、山形ニスルカ定マラナイ併シ兎ニ角人ノ厄介ニナツテ居ルト云フコトハムツカシイコトデ深刻ニ経験スルコトニナツタ。
十月三十一日、夕食后ニ十右エ門ト談合。明年一月マデハ厄介ニナツテヰタイ旨ヲ話シ、十右エ門ノ承託ヲ得タ。

十一月二十一日、酒五合バカリ持ツテ上ノ山ニ来り、輝子ノコトヲ話シタガ、同情ガチツトモナイ。シカシ二月一ヶ月ト云フコトニシテ、四郎兵衛、重雄ニ悃願シタ。

（日記より、昭和20年）


茂吉の日記の記述です。親戚身内に対しても、茂吉の立場としてもそういう立場に追い込まれていたわけです。そこで、「沈黙」ですけれども、やはり昭和二十年の日記から拾っていきます。


四月十五日、午食午后二時、少シク読書、悲哀沈思。

四月十六日、茫々然。

五月二十九日、午食ノノチ上山ノ裏山ニ行キ、松林中ニ於テ作歌シタ、
六月二十六日、林中ニテ沈思、ウタタ寝ヲシタ。

六月二十八日、半郷ノ観音山（松尾山）ニ寄リ、静居、歌数首ヲ作リ、午チカク帰ツタ。

七月三十一日、観世音菩薩ニ参拝、池辺ニ黙想、午ニ近ク帰ル。

八月三日、酢川ノヘリヲサカノボリ午食ヲシ、午睡ヲシ、黙想ヲシテ帰ツテ来タ。

八月八日、酢川ノホトリノ河原ニ沈思、…今日ハ非常ニ寂シイ、憂鬱ニ迫ラレタ日デアツタ。

八月十九日、河原近クニ畑ノヘリノ萱ノカゲニ来テ沈黙、静居シタ。

八月二十一日、静思。

九月十六日、沈思何モセズ、読書モセズ。茫然トシテキタ。
九月十七日、雨シキリニ降ル、沈黙シテソレヲ見テ居ル。
（日記より、昭和20年）

敗戦前は「沈思」とか「黙想」とかそういう言葉で自分の心情を表わしているのですけれども、敗戦を機会にそういう言葉がほとんどなくなって、「沈黙」に変るのです。「沈黙」は、ただ黙っているのではなく、実は積極的にモノを言わないで我慢しているという姿勢なのです。敗戦後に戦争協力者としての茂吉に対するきびしい批判があった、それに対して沈黙を守って、不当な批判に耐える、というのが沈黙の言葉の意味であったろうと思われるのです。

そこで、『白き山』の時期をみますと、「沈黙」は日記から消えてしまうのです。むしろ、

二月二十日、午食ノ後、一時間バカリ宗吉ト静居。
七月三十日、静居一時間、
八月七日、広河原ニ行キ、静居、児童ノ水浴ヲ見タ、…タヾ無為静居ノミ。
（日記より、昭和21年）

というように、沈思という敗戦必至の状況から使われていた言葉が、敗戦後金瓶の時代には「沈黙」と

なり、大石田へ移ると「静居」という、日記の中で心情の表わし方が変わっていくわけです。それが歌に表れないはずはないので、それが『白き山』の歌境と『小園』の興趣の違いになります。

むらぎもの心はりつめ見つつゐる雪てりかへすけふのあまつ日　（『小園』「上ノ山・金瓶雑歌」昭20作）
みちのくの寒さきびしきあかつきに眼《まなこ》をひらき寂しむわれは　（同右）
みちのくのきさらぎの日のこもりゐに一日《ひとひ》のわが世いかに思はむ　（同右）

これらは終戦前の歌です。

わが生《あ》れし村に来りて柔き韮《にら》を食《は》むとき思ほゆるかも　（『小園』「疎開漫吟（一）」昭20作）
ゆふぐれの空に諸枝《もろえ》の拡《ひろ》がれる一木《ひとき》の立つも身に染《し》むものを　（同右）
櫟《くぬぎ》の葉みづ楢《なら》の葉のひるがへる浅山《あさやま》なかに吾はしづまる　（『小園』「疎開漫吟（二）」昭20作）
ひとり寂しくけふの昼餉《ひるげ》にわが食《は》みし野蒜《のびる》の香をもやがて忘れむ　（同右）
朴《ほほ》がしはまだ柔き春の日に一日《ひとひ》のいのち抒《の》べむとぞおもふ　（同右）

これらも敗戦前の歌です。

桔梗《きちかう》の過ぎむとぞするこの山にけふ入りて来つつぎて来べしや　（『小園』「疎開漫吟（三）」昭20作）
おのづからわが吐く息の見えそめて金瓶むらの秋ふけむとす　（同右）
朝寒ともひつつ時の移ろへば蕎麦《そば》の小花に来ゐる蜂あり　（同右）
一むらの萱《かや》かげに来て心しづむいかなる老《おい》をわれは過ぎむか　（『小園』「金瓶村小吟」昭20作）
星空《ほしぞら》の中《なか》より降らむみちのくの時雨《しぐれ》のあめは寂《さび》しきろかも　（同右）

これらが『小園』の頂点を成す作品だと思いますが、こういう作品もあります。

松かぜのつたふる音《おと》を聞きしかどその源《みなもと》はいづこなるべき　（『小園』「岡の上」昭20作）

どの歌をとってもものすごいいい歌で、「沈思」から「沈黙」、それから大石田の「静居」と心境的には変わっていくのですけれども、実は『小園』の戦後の歌の歌いぶりは、疎開前から始まっているんです。ただ、『小園』の疎開時代から孤独感、寂寥感がどんどん深まっていく。そういう時代に『小園』の歌が作られているわけです。

ひむがしに直《ただ》にい向ふ岡にのぼり蔵王《ざわう》の山を目守《まも》りてくだる　（『小園』「遠のひびき」昭20作）

あまり知られた歌ではないのですけれども、私は大変な名歌だと思っているのです。ここは事件は何もないんです。ただ、丘に登って蔵王を見て降りてきた。それだけの話なんですが、その歌の背景にある茂吉の寂寥感、孤独感が、惻々として伝わってくるように思います。

うつせみのわが息息《そくそく》を見むものは窗にのぼれる蟷螂《かまきり》ひとつ　（『小園』「残生」昭20作）
あかがねの色になりたるはげあたまかくの如くに生きのこりけり　（同右）
穴ごもるけだもののごとわが入りし臥処《ふしど》にてものを言ふこともなし　（『小園』「冬至」昭20作）
雪ふぶく丘《をか》のたかむらするどくも片靡《かたなび》きつつゆふぐれむとす　（『小園』「空の八隅」昭21作）

極度に張り詰めた寂寥感が、『小園』の特徴であり、読みどころであろうと思っているのです。『白き山』では戦争協力者としての斎藤茂吉に対する批判もだいぶおさまってまいりますし、生活環境も、板垣さんを始めとする大石田の方々の面倒見のよさで、大変落ち着いて静居する。ですから、

彼岸《かのきし》に何をもとむるよひ闇の最上川のうへのひとつ蛍は　（『白き山』「夕浪の音」昭21作）
蛍火《ほたるび》をひとつ見いでて見守《みま》りしがいざ帰りなむ老の臥処《ふしど》に　（『白き山』「蛍火」昭21作）

という、落ち着いて眠ることができる臥処を大石田ではもっていたんです。それに対して、金瓶の時代

には、

穴ごもるけだもののごとわが入りし臥処《ふしど》にてものを言ふこともなし　（『小園』「冬至」昭20作）

とうたっていたのですから、「いざ帰りなむ老の臥処《ふしど》に」には『小園』から『白き山』への歌の性質の違いがみとめられるのではないか。

最上川の上空《じやうくう》にして残れるはいまだうつくしき虹の断片《だんぺん》　（『白き山』「虹」昭21作）

かりがねも既にわたらずあまの原かぎりも知らに雪ふりみだる　（『白き山』「逆白波」昭21作）

最上川逆白波《さかしらなみ》のたつまでにふぶくゆふべとなりにけるかも　（同右）

オリーヴのあぶらの如き悲しみを彼の使徒《しと》もつねに持ちてゐたりや　（『白き山』「ひとり歌へる」昭22作）

もちろん私は『白き山』がつまらない歌集だと思っていないのです。ただ、『白き山』と『小園』とを比較してみた場合に、『小園』の場合、寂寥感が強く表れていて、『白き山』になるともっと安定した心境で客観的に最上川を見、芭蕉の句に負けないような最上川の歌をたくさんおつくりになった。それはたしかにみごとな成熟を示していますし、次の『つきかげ』では、本当の最晩年の歌境に入ってまいりまして、これまた大変評価すべき歌集だと思うのですが、私が茂吉論を考えましたのは、『白き山』がでた直後に非常に感銘を受け、その当時に刊行された高村光太郎の『典型』という詩集に失望して、どうして歌ではこれだけ歌えて、詩ではできないのかというところから茂吉を考え始めたのです。私は敗戦を自分で体験して『白き山』を読んだので、従来どうしても『白き山』が最大の問題として私には映っていたのですけれども、このごろは私の心にしみるのは『白き山』よりも『小園』ではないかなと考えています。『白き山』の中でも時代を超える作品とそうでない作品とあるんじゃないかなとも考えています。私が最初に感動したのは、時代背景のもとで読んで初めて面白いものだったと現在感じておりまして、茂吉をはじめて読みましたのが十七、八歳の年ですから六十年くらい読んでいるわけですけれども、読むたびに、茂吉先生は、新しい面を私に教えて下さり、すぐれた歌を読む新しい楽しさを教えて下さり、私は詩人としては、現代詩の形でやっぱりこういうふうに収まりのいい抒情でない、もっと破綻のある形でもいいから現代を捉えたいという思いを強くするわけです。どうもご静聴ありがとうございました。

（斎藤茂吉没後五十周年記念シンポジウム、第二回、基調講演、二〇〇三年五月十日、於上山市体育文化センター。『今甦る　茂吉の心と　ふるさと山形』斎藤茂吉没後50周年事業実行委員会編、短歌研究社刊、二〇〇四・三）

第4章　三人の俳人、楸邨、澄雄、蛇笏について

物を見る眼の確かさ——加藤楸邨『達谷往来』

本書は一九七〇年一月から十二月西日本新聞に掲載された「人間往来《じんかんおうらい》」と題する自選五十句の自注を第一部とし、一九七〇年一月「俳句」に発表した「波郷永別」から一九七七年十二月刊の『太陽コレクション「地図」4』に収録された「もうひとつのみちのく」に至る八篇の随想を第二部とした、作者のはじめての随筆集である。第一部の自注を付された作品は『寒雷』等の初期句集から選ばれたものが、『まぼろしの鹿』『吹越』などの比較的最近の作品集から選ばれたものよりも、数においてやや劣っているが、第二部における、秋桜子、波郷、茂吉、光太郎、芭蕉、万葉集にふれた文章も、『寒雷』冒頭の「棉の実を摘みゐてうたふこともなし」をはじめとする作者の数多くの作品の自注をなしているとみることができるから、全体を通じて本書は、作者の自選自注の書であるといってもよい。

斎藤茂吉に『作歌四十年』と題する『赤光』から戦争中までの作品を自選し自注した著述があり、今日、筑摩叢書に収められているが、その解説を求められて私は、茂吉の全著作からただ一冊を選ぶとすればこの『作歌四十年』をとることに私はさして躊躇しない、と記したことがある。これにはいうまでもなく若干の文飾が含まれているが、同じように、この『達谷往来』もまた、楸邨のかなり数多い著作の中からただひとつとして選ぶに足るものと思われる。その理由は『作歌四十年』にふれて記したことがそのまま『達谷往来』にもあてはまるのだが、理由のいくつかを思いつくままにあげてみると、ひとつには、数が不足することに一応眼をつむれば、楸邨の初期から今日に至るまでの全作品の中から、それも未発表の作品をふくめた中から、作者自身が愛着をもっている作品が、数多く収められている、ということであり、ふたつには自注により作句の背景動機などを窺うことができ、作品の理解の手懸りをうることができるということであり、みっつに作者の散文家としての魅力を知ることができるということであり、さらに、作者その人の巨大な人格が本書にじつに生き生きと滲み出ていることに、読者はおのずから心をうたれることとなる、ということである。

作者が本書でふれた自作は、第一部、第二部の文中で引用している作品をすべて数えあげてもおそらく三百句に足りないだろう。だから、楸邨の代表作ないし佳作がここに尽きている、ということは勿論できない。ただ、数多い代表的な作品のどれに愛着をもち、どれにことさらふれなかったか、という選択の基準そのものが、すでにこの作者を語っているのだともいうことができる。また、作者は「自分の句を自分で解釈するのは余計なおせっかいだと考えていたので、あまり弁解めいたことは書きたくなかった」と本書中でも記しているのだが、それでも、

蚊帳出づる地獄の顔に秋の風

という著名な作品にふれて、「何かの時、一度」、「これはすべての男が、ことのあとで背負わなければならない地獄なのですよ」とそう言ったのを覚えている、と記し、「私達の受けた教育のためなのであろう、蚊帳を出るときの自分の顔に、地獄の顔を感じていたわけである。つまりひとを詠んだのではなく、自分を内から観たわけだ」と記している。私はこの作品の「地獄」という言葉には「売春婦」の意味もあるので、そうした際の女の描写だろう、と誤解した批評があると教えられ、誤解としてもずいぶんとひどいものだ、と思うのだが、それにしても俳句というものは短詩型であるだけに誤解を生じやすいことも事実であり、そういう意味で、本書には貴重な証言がみちている、という感がふかい。

しかし、楸邨の作句の偉大さをいまさら語るには及ばないだろう。私が強調したいことはじつは、散文家としての著者の魅力なのである。その魅力が、斎藤茂吉の散文の魅力がそうであるように、物を見る眼の確かさ、物を見ることの天分と修練、に基礎をおいていることは疑いない。

火の奥に牡丹崩るるさまを見つ

にふれた文章を作者は次のように結んでいる。「母をその郷里の金沢に預かって貰って、夜おそく帰京した私は、はげしい空襲に見舞われた。軒下をしずかに匍うように流れはじめた煙が、ぱっと火になった刹那、庭が真昼のように明るくなって、その中に牡丹が一輪みごとにひらいていた。弟や知世子と共に、燃えあがる家から、かろうじて脱出してふりかえると、牡丹は、火の中に崩れてゆくところであった」。これほどにぬきさしならない正確で、しかも力強い描写を、私はほとんど他に知らない。私はかろうじて茂吉の散文が匹敵しうるであろう、と思うばかりである。

だが、正確な描写、力強い描写、そのものだけでは散文の魅力は成り立ちえない。散文の魅力を真にささえているものは作者その人のもつ魅力なのだ、と私には思われる。

わが垂るるふぐりに枯野重畳す

にふれて、作者はこう書いている。「私は戦争につづく心の傷痕にすっかりやられていたときだったので、この枯野の起伏が胸にしみた。そんなとき、実に奇妙に意識されたのがふぐりだったのである。自分の股間に垂れているふぐりに、どこまでもひろがっている枯野の起伏。なにかすがすがしい感動が腹の底からこみあげてくるようだった」。また、

糞ころがしと生れ糞押すほかはなし

にふれて、「生きるということが、人間にとって崇高なものなら、糞をころがすことも、屁をひることも、虫にとっては崇高な生き方なのだ」、と記している。楸邨のひたむきな真率さ、そこからほとばし

るおのずからなるユーモア、そうした楸邨句の魅力の底にながれるものは、ふぐりを、糞ころがしを、牡丹を、生きとし生けるもの、あるいは在るもののすべてを、いとおしみつつ受けいれる受容力の大きさなのではないか。

本書で楸邨は、師を語り、友を語り、古美術や硯を語り、野草を語り、旅を語り、少年時や戦争下の思い出を語る。そして、その文章の背後から、作者の受容力の巨きな人柄が読者にじかに語りかけ、読者を圧倒するのである。

（『俳句』一九七八・九）

加藤楸邨この一句

冬嶺に縋りあきらめざる径曲り曲る

佳句、絶唱といえばかぞえあげるのも難しいので、愛着のふかい作品を一句選ぶこととして「冬嶺に」をあげることとする。この句を知ったのは昭和三十五年句集『山脈』が刊行された前後である。書肆ユリイカの伊達得夫がその当時、「今度楸邨の句集を出すことになってね」と見慣れた無感動な表情のなかにも、多少嬉しそうに、また誇らしそうに話しかけたのを私は懐かしく思い出す。その頃の伊達は詩書出版者としての道を歩きはじめており、十冊ほどの詩集をすでに出版していたが、私のものをふくめ、戦後世代のものばかりで、評価の定まった作者の作品集の出版は、『山脈』がはじめてだったはずである。その所為か、『山脈』は伊達の出版物には珍しく堅固な出来栄えだったが、何よりも私の目を惹いたのは、装幀に使われた作者自身の書になる「冬嶺に」の句であった。加藤楸邨という名はそれ以前から知っていたが、あらためて楸邨に私をひきあわせる契機になったという意味で、それがまた伊達との縁につながるという意味で、何重にも愛着がふかいわけである。

いったい楸邨の作品には、俳句の素人が素人なりの感想をいえば、作者の生に対する感慨や情念が十七文字の中に漲り、せめぎあい、ともすればはみだしがちであって、それが作品の魅力をなしているように思われる。この作品でいえば、「あきらめざる」という句がそうした作者の情念や感慨をあまりにあらわに表現していて、この句の魅力をなしていると同時に、俳句としてのおさまりの妨げになっているようである。同じことだが、この句は叙景のようでありながら、風景を思い描こうとすると、どうも風景がイメージとして焦点を結ばないで、作者の肉声の方が聞こえてくる、といった感じがする。「遠山に日の当りたる枯野かな」のような、いわゆる名句とちがった魅力の在り処を、私はそんなところに感じるのである。

（『俳句とエッセイ』一九八〇・五）

焦土——楸邨俳句鑑賞キーワード

「焦土」は楸邨の中期を代表する句集『火の記憶』『野哭』『起伏』の背景をなす戦争末期から戦後初期の風土である。

死とは何ぞ焦土の石に霜美し　（『火の記憶』）
焦土日々いつ燕をみるあらむ

昭和二十年一月から三月にかけての東京空襲は、行住坐臥、死ととなりあわせて生きていた楸邨じしんを罹災させ、

火の奥に牡丹崩るるさまを見つ

の名高い五月二十三日の絶唱にみちびいた。翌二十四日には「一夜弟を負ひ火中彷徨」と前書きされた

雲の峯八方焦土とはなりぬ

の句がある。

火の中に死なざりしかば野分満つ

を巻頭においた『野哭』には、戦後に生きながらえて傷ついた魂の背景に焦土が存在した。

明日いかに焦土の野分起伏せり

明日がどう展開するか、明日をどう生きるかをかれは知らない。昭和二十年の野分は、翌二十一年の「述懐七句」の「火の中に」や、よく知られた、

死ねば野分生きてゐしかば争へり

などの野分に続いていた。かれは烈風のなかで身悶えするように生きていた。そうした生活のなかから

凩や焦土の金庫吹き鳴らす

がうまれている。焦土に焼けのこった金庫がうち捨てられている。凩がふきすさび、うち捨てられた金庫が鳴る。罹災した金庫の持ち主の生活は破綻している。経済が破綻しているのは金庫の持ち主個人だけではない。国の財政が破綻し、国民のだれも生活が破綻していた。凩のふきすさぶなかで誰もがうち捨てられ、孤立し、途方にくれていた。これは属目の風景かもしれない。しかし、風景をこえて当時の状況を象徴していた。これが『野哭』を代表する名作たる所以である。

ゆく雁や焦土が負へる日本の名

『起伏』の巻末に近い昭和二十四年五月ころの作である。この句から、斎藤茂吉『小園』中の悲唱、

このくにの空を飛ぶとき悲しめよ南へむかふ雨夜かりがね

を想起することは自然であろう。この句がこの歌に触発されたとしても、ここには共通する資質がある。その資質とは、庶民的で普遍的な感情を汲みあげ、うたいあげる魂の振幅の大きさであった。個人的な体験、属目がそのまま、普遍的な感情の表現となりうることに、斎藤茂吉の天才もあったし、加藤楸邨の偉大さもあった。

（『俳壇』一九九〇・七）

最晩年の句境――『怒濤』以後

楸邨生前最後の刊行となった平成五年七月号の「寒雷」六百号記念号の「忘帰抄」（二〇六）中、

蟇あるき亀あるき人間大きくあるく
不満いつぱいに生きてゐるなら虹に告げよ

といった句を読み、楸邨の病状重篤ときいていたので、さすがに楸邨らしい作柄の大きな句と思い、いまだ句作について衰弱の兆しが見えないことをうれしく感じていたのだが、逝去の報に接したのはその後間もなかった。「寒雷」の翌八月号は没後の刊だが、これにもまだ「忘帰抄」の連載が続いている。今後も遺作が掲載されるのかどうか、私には詳かでないが、その八月号では、

出目金の玻璃越しの目と睨みあふ

泰山木もう一度見てねむるべし

などの句に惹かれた。泰山木の大輪の純白の花を楸邨はきっと見たのだろう、その香気のたかい白につつまれて、永遠の眠りについたにちがいない、などといった想いに駆られ、哀悼の情切であった。同時に「出目金」の句からは、「寒雷」平成四年三月号所掲の、

大出目錦やあ楸邨といふらしき

の句を思いだし、こうした自在無礙で、何ともいえぬ可笑しさも、楸邨晩年の句境の重要な一面をなしていることをあらためて思い知り、この俳人の晩年に至ってますます豊饒に成熟していった人格の偉大さにふかい感銘をうけたのであった。

『怒濤』は昭和六十一年十二月刊だから、その後ほぼ六年間の作が句集としてまとめられていないわけだが、『怒濤』と同時期に属する未収の句から成る書句集『雪起し』に、楸邨逝去にさいし多くの筆者が言及し、葬儀の式次第にも引用され、祭壇にも筆跡が掲げられていた、晩年の傑作、

百代の過客しんがりに猫の子も

をはじめとする多くの秀作が含まれているから、「寒雷」連載の「忘帰抄」、平成二年六月号から翌三年十一月号まで十八回にわたり「俳句」に連載された作品だけから、楸邨の最晩年の句境を考えることは、ずいぶんと危いことにちがいない。それでもなお、「寒雷」「俳句」に掲載された作品だけからも、この偉大な作者の多面的な句境の深まりは窺えるはずだ、と私は考えている。

鞦韆やわがための星一つあり
鴨二羽の呼びあへり人間はつひにひとり

前者は「俳句」平成三年五月号、後者は同誌同年七月号に発表された作である。これらの緊迫した声調、切実な心情はたしかに『野哭』の俳人の最晩年をかざるにふさわしいものである。だが、これらはたんに『野哭』の延長線上にあるのではなく、人生の晩年のしみじみした情趣にあふれている。そういう意味で、『野哭』の作者が当時は知らなかった句境に至っているように、私には思われるのだが、どうであろうか。

だが、『怒濤』以後の秀句としては、たとえば、

牡丹剪つて大きな闇をつくりけり

などをあげるべきかもしれない。闇の中にぽっかりと牡丹だけが光っている。その牡丹を剪って、四囲にまったくの闇が訪れるわけである。この「寒雷」昭和六二年七月号の作は、

揺るるとき牡丹は闇を出でにけり

の「寒雷」昭和六十三年七月号の作と対をなすものとして読むこともできるだろう。闇の中に牡丹が静かな位置を占めている。風がわたる。それもかすかな風がわたるのであろう。牡丹が揺れ、闇の中に牡丹だけが光りながら揺れるのである。同じような関係を「寒雷」昭和六十三年四月号、平成二年一月号にそれぞれ発表された、

寒鯉のくらりと揺れし微震かな
地震《なゐ》すぎていよいよ青き葡萄かな

にも認めることができる。作者は寒鯉を見、葡萄を見ている。やがて地震がわずかな振動を与えて通りすぎる。あ、鯉が揺れた、あ、葡萄の青さはいよいよふかまったな、といった感動を作者はかみしめている。ここにあるのは、ある種の時間の流れである。時間の流れに対する抒情である。そういう意味でこれらの句は牡丹の二句と同じような関係に立っている。そして、楸邨が句作をはじめる以前、短歌か

ら詩の世界にはいったことはよく知られていることだが、時間の推移に対する抒情という一面を本質的にもつことが短歌の特徴であるとすれば、これらの句は私には楸邨最晩年の代表作というにふさわしいと思われるのだが、しかも作者の若い時期における短歌的抒情への回帰という側面をもっていることは否定できないとも思い、短歌と俳句という二つの定型詩の間の関係の謎に心を寄せるのである。これらの作だけでは論証が足りないとすれば、

石楠と思ひて過ぎぬふりかへる

「寒雷」平成元年七月号の句をあげてもよい。

赤茄子の腐れてゐたるところより幾程もなき歩みなりけり

これは論じられること多い斎藤茂吉『赤光』中の作だが、作者はトマトが腐って捨てられるのを目にする。数歩いって、あれはトマトだった、と意識するのである。そういう意識以上にどんな感慨が作者に湧いたのかを論じることは意味がない。石楠と意識したことが楸邨にどんな感慨を呼んだのかを考えることも意味がない。作者は歩いてきたのである。その途次、腐ったトマトを目にし、石楠を目にしたのだが、それとは認識していない。数歩過ぎて、その光景がまざまざと作者の頭脳に甦るのである。そ

の甦りに詩が存在する。それなら詩とは何か、ということになるのだが、ここではそこまでは言わないこととすれば、石楠の句は赤茄子の歌とその構造において同じなのであり、そういう意味でやはり短歌的抒情の世界に近いのである。こうした作者の意識の働きは、作者自身を客観化することとふかいつながりがあるだろう。

足袋脱いでしばらくは手に持ちゐたり
蕪一つ提げて虹見てゐたりけり
寒卵置くところなしあるきをり

平成三年一月号、二月号、の「俳句」に発表された作である。自在無礙だが、いかにも可笑しい。さきに斎藤茂吉の『赤光』中の作にふれたが、茂吉の作、たとえば、『白き山』中の、

おしなべて境も見えず雪つもる墓地の一隅をわが通り居り

などにみられると同様の自己劇化の精神が楸邨にもみとめられないわけではない。しかし、それにもまして、自己を客体化し、自己の存在の実体に迫ろうとする強靱な精神がこうした作を生んだのだ、と私には思われる。以前『雪起し』を繙いて、

掃初の掃き残されしわれひとり

に目をとめ、思わず失笑したことがある。「足袋」、「寒卵」の句などはあきらかに「掃初」の句と同じ系譜につらなるものであり、この諧謔はいうまでもなく「われ」の客体化から生まれている。逆にいえば、「われ」以外の誰が、足袋を脱いで手に持っていても、寒卵を持ったまま歩き続けていても、詩にはならない。これは『野哭』や『山脈』の時代にはみられなかった句境のひろがりであり、ふかまりであった。

それにしても、「われひとり」という嘆きが私たち読者の笑いを誘うことは事実なのだが、この嘆きが作者にとって痛切であることに変りはない。「掃初」の句は昭和五十四年の作のようだが、当時はまだ知世子夫人は存命であった。『怒濤』は「永別十一句」と題する追悼句で終っていた。『怒濤』以後の作に目立つことは、夫人に先立たれた作者の孤独の嘆きである。すでにみてきた、「鵙二羽の呼びあへり人間はつひにひとり」も、そうした孤愁の作であることに間違いはない。いわば、『怒濤』以後の楸邨最晩年の作とは、加世子夫人没後の作ということとひとしいのである。

そういう見方からすれば、この時湖を代表する作としては、「俳句」昭和六十二年八月号所掲、

一人ゐて一人の遠き夜の雷

をあげるべきかもしれない。夜ふけ、作者は遠雷をきく。雷鳴の遠いように、夫人はもうはるかに去っている。ただ、この哀しさ、寂しさに、知世子夫人に対する追慕の気持がふかくこめられているために、孤独感がきびしさよりもむしろ、甘美な感じさえ与えるのである。いったい楸邨は、知世子夫人の没後、

風鈴とたそがれてゐしひとりかな
餅を噛むこのときまつたくひとりなり

など、それぞれ「寒雷」平成元年十月号、平成五年三月号所掲の句にみられるとおり、孤独をかこっているのだが、それでも胸中いつも夫人と共に生活していたようにみえる。たとえば、「餅を噛む」の句にしても、翌四月号の「寒雷」だから、これらはもう最後の入院後の作なのであろうが、

噛むときは何故か目をとぢさくら餅

とあわせ読んでも差支えないだろう。もちろん、「さくら餅」の句を知世子夫人としいて結びつける必要もないし、そう解することは私小説風の解釈であって、句境の理解をかえって狭めることにもなるの

だが、故人がいつもかたわらにいる、といぅ心情からこれが書かれたと私が考えるのは、次のような句にも、句の背後に知世子夫人をみるべきだ、と考えているからでもある。

猩々袴咲くとかならず呼ばれけり（「俳句」平成二年六月号）
薔薇が散るもう一人誰かゐるやうに（同、四年七月号）
佗助の咲きゐしことをひとりごと（同、三年三月号）
白桃に重み萠《きざ》せりひとりなり（同、四年十月号）
春雷のあとはひとりとなりにけり（「寒雷」昭和六十三年七月号）

私はこれらの作にも、やはりある種の情愛を、孤独感と共に感じるのであり、「ひとりなり」といぅふかぶかした嘆きが、また、

雪一片こらへかねたるやうに降る（「俳句」平成三年三月号）
朴ひらく思ひつめたるごときなり（同、四年八月号）

のごとき切迫した声調のみなもとであろぅ、と思ぅのである。もし『怒濤』以後を知世子夫人没後とくくってしまぅことが許されるとすれば、「寒雷」平成三年七月号所掲の春日部七句こそが、この時期の

楸邨の思いのもっとも強いものとみるべきだろう。これには「春日部（ここに赴任、ここにて結婚）へ」と前書きが付されている。

落花いまも伐折羅《ばざら》とわかつ刹那かな
運河ゆく蟻の今日には前後なし
霜柱胸底の声我を呼ぶ
二人して楤の芽摘みし覚えあり
手毬に蹤きて古利根川を下りしこと
婚約やこの川の辺に鳰見つつ
砂洲の町五十年前も雲雀翔ち

追憶によって喚起された処女句集『寒雷』の世界は、当時の作者の憂悶を濾過し、純化し、ひたすらに哀しく、切ないのである。
追憶によって喚起されるのは、加世子夫人と『寒雷』の世界だけではない。最晩年の楸邨は旅行することもかなりに不自由になっていたためもあろうが、過去が氾濫していたようである。

浅蜊椀無数の過去が口ひらく

は「俳句」平成二年八月所掲の句であり、

過去といふもの雪夜となればふくらみ来

は「寒椿」平成二年三月号所掲の句であった。

埋み火をかきこれが波郷これが楚秋

は「寒雷」平成四年十二月号に掲載されている。これまでもくりかえし楸邨は波郷、楚秋を回想してきた。最晩年に至って彼らを追懐したことに何のふしぎもないけれども、「埋み火」をかきおこすかのように、追懐にふける作者に私はいささかの感傷を覚えざるをえないのである。

追憶を喚起されたのは旧い友人たちだけではない。『雪起し』中、昭和五十六年の作に、

おぼろ夜は母の囁く浅野川

というやさしく、美しい作があった。「寒雷」平成三年六月号には、

初午や母の袖より見たる海

がある。さらに、回想は末生にまで遡って、「俳句」平成二年八月号に次の作がある。

母、我を孕りし時、山梨県猿橋を越えしといふ、一句
目ひらけば母胎はみどり雪解谿

さらに、平成四年十一月号の「寒雷」に、

母胎にて見しは九月の甲斐駒か

の作がある。ことに「目ひらけば」の句のイメージの豊かなひろがりは瞠目するばかりである。楸邨は死に至るまで真摯に歩み続け、まことに豊饒な小宇宙をきざみ続けたのであった。

（『俳句研究』一九九三・十）

『楸邨千句』

閑暇をもてあましているとき、俳句や短歌、ことに俳句を読むことが多い。昭和戦前までは高村光太郎、萩原朔太郎、宮沢賢治、中原中也ら、短歌の習作から詩作に転じた詩人が多いが、戦後は安東次男、吉岡実をはじめ句作から詩作に転じた人が多い。これは戦後詩の戦前の詩との特徴的な違いの一つだと思われる。最近、詩人の間で連句がずいぶん流行しているのも、そのことと関係するかもしれない。私自身は句作を試みたこともなく、歌仙を巻く座に連なったこともない。俳句は何といっても座の文学であり、私が書いてきた詩は孤独で私的な営為である。まったく自由で放恣な形式しかもたない詩を書いてきた私としては、詩作はそれだけに緊張を強いられる作業であり、俳句に親しむことは精神の緊張を解放し、精神に滋養を与えることなのだが、季語、定型の堅固さに反感と羨望を感じているといってよい。

そんなアンビヴァレントな気分で若いときから俳句に関心をもってきた。そして、ある俳人に魅了されると、その魅了される所以と私自身の詩作との関係がどういうものか、考えてみたいという誘惑に駆られる。できることなら、その俳人の全集に、せめて句集のすべてに、目を通しておきたい。それでも、一篇の感想をまとめるには、時に十年、二十年の歳月を必要とする。それは私の怠惰のせいでもあり、日常の繁忙のためでもあるのだが、いわば俳句の魅力と私との距離を測りがたいからでもある。手元にある波郷全集は一九七〇年に刊行がはじまっているから、私が波郷について一文を草したいと思い立ってからもう三十年も経つわけだが、まだ一度も筆を執ったことがない。虚子等についても同様である。

そんな気分から、私は時に好きな俳句や短歌に出会うとそれらを書き写すのが常である。書き写してみると、ただ読み過ごしているのと比べて発見が多いし、はじめてある句や歌が心に落ちることが多いからであり、筆写することとそのことに私は愉悦を覚えているからでもある。

加藤楸邨については二十歳ころからその作品にふれていたが、安東次男をつうじて面識を得、その人柄に接して以来、格別の畏敬の思いを抱いてきた。私は著書を出版するときにツカ見本というものを頂くことがある。表紙や本文の厚さや紙質を示すためのもので、本文は白紙である。ある時、このツカ見本に私は私の好きな楸邨の句を選んで書き抜いてみようと思いたった。『寒雷』から『怒濤』にいたるまで、だいぶの年月をかけて少しずつ約千句を浄書した。ひそかに「楸邨千句」と名づけた、この一冊で私にとっての楸邨のほぼ全貌をとらえたつもりであった。ちょうど浄書しおえたころ「寒雷」六百号記念特別号のために金子兜太さんの司会で「楸邨風騒」と題する座談会が開かれ、安東次男、大岡信、尾形仂、小西甚一、森澄雄、加藤穂高の諸氏と私も同席した。楸邨さんも参加なさるはずだったが、もう最期の病床においでであった。座談会が終わって雑談にはいったころをみはからって、「楸邨千句」をとりだし、諸氏に染筆をお願いした。金子兜太さんは、

隠岐やいま木の芽をかこむ怒濤かな　楸邨作

に「兜太書」と書きそえ、大岡さんは、

蜜柑吸ふ月の恍惚をともにせり　楸邨
かくのごきかかの世の桃も　信

と書き、尾形さんは、

墓穴を出ようか出でまいか　仂

と、森さんは、

百代の過客しんがりに猫の子も　楸邨

「澄雄書」と書きそえ、さらに自作の、

齢深みたりいろいろの茸かな　　澄雄

を加え、安東は自作の句、

抑《そもそも》の初は紺の飛白《かすり》かな　　流人

と書き、小西さんは『楸邨千句』という題簽を書いて下さった。一九九三年七月、この「寒雷」が発行された前後に楸邨さんは長逝なさった。

遺句集『望岳』所収の句はまだ書きついでいないが、それでも、これほどに貴重な一部限定の選句集は世に稀であろうと私は自負している。

じつは、やはりツカ見本を使って、『森澄雄五百句』という選句集も浄書している。これには、森さんから、私の随筆集の題名にお借りした句、

日のにほひ月夜にのこり葛の花

と、私宛の献辞も賜っている。

（『俳句研究』二〇〇二・一）

ゆたかな時間——森澄雄について

森澄雄の句を読んでいると、十七文字の中にゆたかな時間が凝縮しているように感じることが多い。読後、蕩々とながれだす時間に心が満たされる思いがある。それがすぐれた俳句、あるいはすぐれた文学が私たちに与える感動の本質的なかたちなのだと私は考えている。たとえば、『花眼』の中に、

磧《かわら》にて白桃むけば水過ぎゆく

という句がある。白桃といえば、私は斎藤茂吉の歌集の題名ともなった作、

ただひとつ惜しみて置きし白桃《しろもも》のゆたけきを吾は食ひをはりけり

をすぐ思いだすのだが、この茂吉の歌にもゆたかな時間が充溢している。つまり、「ただひとつ惜しみ

て置きし」時間があり、「食ひをはり」たる後の哀惜の時間があり、時間の前後の核に白桃が確実に存在している。詩興において森澄雄の句も茂吉の歌と同趣であるといってよい。磧に作者が腰をおろすまでの時間があり、白桃をむいている時間があり、たぶん、白桃を食べおえる時間があり、そうした時間の前後をつうじて無心に眼前に水がながれ過ぎ、ながれ続けている。水の流れは永遠のいとなみであり、作者が磧に腰をおろし、白桃をむくのは永遠の中の一瞬にすぎない。過ぎゆくのは水であり、永遠の時間である。白桃をむくという動作は、永遠の時間を駈けぬけてゆく渺たる生のいとなみである。そこまで意識して作者がこの句を作ったと考えているわけではない。しかし、この句の内蔵している時間はそれほどにゆたかであり、嘱目のさりげない作句が生の象徴にまで達しているのだ、と私には思われるのである。

じつをいえば、私は十代の終わりころ斎藤茂吉の白桃の歌にはじめて接した当時は、何と無内容な歌だろうと思い、これでも詩といえるのか、と疑ったものであった。そのころ私は、詩とは意味であり、内容であるべきだと考えていたのであった。詩は必ずしも意味や内容を必要としない。詩には調べがあればよい、私たちを静謐につつみこむ時間があれば足りる。そう思い知るのにだいぶの歳月がかかったのは、私が現代詩といわれる表現形式の詩に親しみ、実作をしてきたからであろう。だからいまでは、茂吉の白桃の歌が彼の成熟期の秀作であることをつゆほども疑っていないのだが、それでも森澄雄の句に比べると、いささか茂吉の人格の卑小さがかいまみられる思いがないわけではない。茂吉はなかなか白桃に手をつけられなかったのであり、食べおえてもうすぐ、失われたことを口惜しんでいるのである。

茂吉の人格というよりは、たんに食に対する執着の強さにすぎないかもしれない。それでも茂吉はそこまで歌おうとしたわけではあるまい。歌が自ら作者の全人格の表現となる、そうした作歌ができること自体が作者の天稟であり、そういうことを含めて私は斎藤茂吉に類をみない偉大さと、同時に愚昧さをみているのである。

だが、森澄雄の作は、茂吉の歌に比べて、いかにもすがすがしい。もっと自然体であり、自己を主張しない。作者は自然の情景の中の一点として自然と溶けこんでいる。それは斎藤茂吉という人格と森澄雄という人格のちがいであり、人間性のちがいなのである。私は茂吉の天才に敬意を払い、その歌作を愛することにおいて人後に落ちないつもりだが、茂吉その人に親しく接したいとは思わなかった。私は森澄雄と私的な交わりをほとんどもっていないけれども、いつも森澄雄が私の身近にあるような親しみを感じている。たぶんその理由は、この句と茂吉の歌との対比にみられるような違いによるのである。

同じ『花眼』に収められている句に、

年過ぎてしばらく水尾のごときもの

という句がある。同趣の作としては、いうまでもなく高浜虚子の、

去年今年貫く棒の如きもの

が名高い。虚子の作は剛毅であり、澄雄の作は優雅である。しかし優美で典雅なだけではない。ふりかえれば過ぎ去った歳月は水脈をなすごとくよみがえるのだが、その水脈をみかえることができるのも「しばらく」の間にすぎない。しばしの時がたてば、過ぎ去った歳月はただ茫々たる過去の闇に没していくのである。とどめがたく去りゆく時間の喪失を、ここに森澄雄は、諦念をこめて静かにうたっているのである。虚子の作にはこうした時間に対する、詠嘆がない。読者をして襟を正させるような厳粛さがあることは間違いないのだが、読後、読者の心にゆたかな時間がながれだすということはない。

あるいは森澄雄の句は、詠嘆にすぎ、ばあいにより感傷にすぎるかもしれない。森澄雄のばあい、感情の流露はいつも自然であり、構えるということがない。だからこそ、

木の實のごとき臍もちき死なしめき
天女より人女《にんにょ》がよけれ吾亦紅
妻あらずとおもふ木犀にほひけり

など一連の絶唱も生まれたのである。これらの作における抑えがたい感情の表現は森澄雄の本領であり、ここまで亡妻に対する手放しの悲しみをうたいあげることは、凡庸の作者に許されることではない。つけ加えていえば、これらが非凡の作であるのは、やはりこれらの句に亡妻と過ごした歳月、ゆたかな時

間が凝縮されているからなのであり、作者の脳裏には吾亦紅、木犀などによってよびおこされる回想が氾濫していることを読者が感じとることができるからなのである。だからこそ読者は、森澄雄のかなしみを自らのかなしみとして感じ、心を揺すられ、自らの心の深みをさぐる時間をもつこととなるのである。

（『俳句朝日』一九九六・六）

高雅な述志の句境——森澄雄『花間』

森澄雄さんの新句集『花間』にあるものは、確かな自然観照であり、亡妻への追慕であり、また、孤寂な老境の感慨である。たとえば、

雪しぐれとなりて消えたる山の音
瀧音を離れて来れば鶺鴒

という句がある。かねてから森澄雄の句には豊かな時間の流れが凝縮されていると思ってきたが、これらもその例といってよい。前句、作者は松籟などの山の音を聴いていた。気づいてみると時雨が雪にかわり、降りしきっている。作者をつつむのは四囲の静寂である。後句、作者は轟々《ごうごう》たる滝を前に立っていた。滝を背に歩みはじめ、木立の中にある。微かなミソサザイの啼き声を聴き、あらためて滝の音を思い出すのである。これらは同じ趣向だが、荒々しい音から微かな音へ、作者の耳は研ぎすまされてい

る。ここに豊かな時間の流れがあるだけではない。作者は孤独、寂寥の世界に佇立しているのである。

生涯の日の暮ながき夏椿
草餅ややはらかなりし妻の頬
在りし日の妻のこゑあり牡丹雪

「生涯の」の句には、「妻逝きてより八年」という前書きが付されている。これらの句にみられるもの、また前句集『白小』など所収の亡妻追慕の句にみられるものは、死者追悼の激情ではない。時間は愛の記憶を美化するけれども、同時に純化する。これらの句には純化された愛があり、また、残された者のひそやかな哀しみがこめられている。

これらの句にもまして私が惹かれるのは、次のような句である。

七十の半ばを沈め菖蒲の湯
水仙のしづけさをいまおのれとす
存《なが》へて浮世よろしも酔芙蓉
膝に手を置いて顔澄むおもひあり
胸はだけしづかにゐたる残暑かな

水仙の句には、「脳溢血にて入院」との前書きがある。この句は集中でも格別の秀句と私は考えている。いわば自戒の句だが、それだけでなく、述志の句であり、自画像をなす句である。そうしてみると、上掲の句はいずれも作者自身を描いていると同時に、作者の志を述べているとみてよいだろう。いかに生きるかの覚悟を述べているのである。

胡坐《あぐら》して眼の澄んでをり青瓢

は一見、嘱目の自然観照のようにみえるが、ここでも作者はその志を述べていると解すべきではなかろうか。

私が森澄雄の句を愛するのは、自然観照の眼の確かさであり、夫人への切々たる愛情であり、境涯詠の自然な心情の流露なのだが、それだけではない。それらの底に共通して森澄雄の句に流れているものは、「たけたかき」といってもよい、姿がいいといってもよい、品位の高いといってもよい、そうした作者の生のかたちであり、晩年に至って、その生の志を述べたことに私は『花間』の句境をみるのである。ここには作者が生涯を賭した志の成就がある。

（『俳句朝日』一九九八・九）

愛の純化

森澄雄さんの句集『白小』が刊行された直後、森さんと安東次男と私と三人で会食する機会があった。どうせ顔を合わせるなら、各自『白小』から佳句十句を選んでもちより、感想を話し合うことにした。三人共通して選んだのは、

寝ころんで蹠いつしか秋の風

の一句だけだったが、二人が共通して選んだのは数句ずつあった。十句中、森さん自選十句には次の四句が含まれていた。

涼しさの手で消す妻の佛の火
妻ゐねばひとりしたしき稲つるび

芒原妻は先の世歩みをり
亡きひとの聲の残れる秋茗荷
（亡妻七回忌）

安東は右の四句中、「涼しさの手」「亡きひとの」を選んでいた。私は「芒原」を選んでいた。自選十句中亡妻への追慕の句を四句選ぶことにも森さんの思いのふかさが知られるし、私がこれら四句中一句しか選ばなかったのは他にもっと好きな句があっただけのことであり、安東にしても同じだろう。いずれも沁々とした哀傷にあふれた佳吟にちがいない。

除夜の妻白鳥のごと湯浴みをり

『雪櫟』中の知られた名作をはじめとして、森さんには結婚の当初から妻をうたった佳句が数多い。森さんの句境の重大な一部をなすことに異論はないはずである。なかでも、

妻がゐて夜長を言へりさう思ふ
妻にさすわが一献や初鰹

など静かで平明な日常吟が、妻の急逝に接して、一転、

木の實のごとき臍もちき死なしめき

にはじまる『所生』所収の一連の挽歌が森さんの生涯の作中でも絶唱というべき連作であることも疑いない。

妻あらずとおもふ木犀にほひけり
数珠玉やこゝろのとどかぬ妻がをり
噎して佛の妻に見られたる
飲食《おんじき》をせぬ妻とゐて冬籠

等、いずれも痛切な嘆きが私の心を揺さぶってやまない。

ただ、白鳥の句をはじめとして、ここまで夫の愛情をうけた女性は倖せだったという感も否定できないし、「木の實」以下の句については、じかに森さんの号泣、嗚咽を聞くかのように思われ、別な詠いぶりがありえたのではないかとも思われたのであった。

白地着てつくづく妻に遺されし
なれゆゑにこの世よかりし盆の花
うしろより聲あるごとし花野ゆく

『餘日』中のこれらの作も、妻に先立たれた孤独が孤独としてうたわれるにとどまり、ことに「うしろより」の句など、情感が惻々と迫るものがあるとはいえ、極端にいえば読者の同情を求めるかの難がないとはいえない。

『白小』中の諸作では、作者の孤愁がはるかに抑制され、作者はたんに独語しているかの趣きがある。逆にそれだけ、読者に訴えかける情念が強いのである。『白小』中、私が「芒原」の句を推すのは、私が高村光太郎『智恵子抄』中の「山麓の二人」を想起するからかもしれない。

二つに裂けて傾く磐梯山の裏山は
険しく八月の頭上の空に目をみはり
裾野とほく靡いて波うち
芒《すすき》ぼうぼうと人をうづめる
半ば狂へる妻は草を籍《し》いて坐し
わたくしの手に重くもたれて

泣きやまぬ童女のやうに慟哭する

とはじまり、

この妻をとりもどすすべが今は世に無い
わたくしの心はこの時二つに裂けて脱落し
闃《げき》として二人をつつむこの天地と一つになった

と終るこの作品は、智恵子の狂気のはじまった昭和六年（一九三一）の旅行中の情景を、その後ほぼ七年を経て高村光太郎が回想したものだが、ここで、妻智恵子はうつつには夫光太郎の手にもたれ、光太郎にとり縋る。しかし、もう二人の間に会話は成り立たない。夫は妻をもうとり戻すことはできない。

森さんの「芒原」の句でも、夫は妻をとり戻すすべはない。しかし、「山麓の二人」のばあいと違って、作者は、うつつに妻を見てはいないのだが、幻に妻を見ている。幽明境を異にしながら、妻を冥界に見失っていない。「さきの世」といえば、むしろ前世を意味するのだが、「先の世」と表記されていることから分るとおり、妻はやがて作者自身が歩む世界に在るのであり、作者は芒原によって妻と隔てられているだけなのである。高村光太郎がなすすべなく天地の静寂の中に声なく一体化していくのに対し、「芒原」の句では作者は「先の世」を歩む妻を見、やがて「先の世」での妻と会話する日を信じているかにみえる。

ここには『所生』中の挽歌にみられる慟哭も嗚咽もない。ひたすらに純化された愛があり、祈りがある。作者は誰に訴えかけているわけでもない。祈りはつねに孤独な営みである。こうした愛の純化は「涼しさ」の句にも、「亡きひとの」の句にも認められる、と私には思われるのである。

（『俳句現代』一九九八・十二）

虚心の豊饒

森澄雄の第二句集『花眼』に次の句がある。

磧《かわら》にて白桃むけば水過ぎゆく

ここには水の過ぎゆく時間がある。いとしむ白桃をむく時間があり、白桃を手にもって磧に降り立ち、おもむろに白桃をむき、水の流れを見遣っている時間がある。水辺の白桃をうたったこの句にはじつに豊かな時間が流れている。流れているのは水だけではない。作者の豊かな情感である。

斎藤茂吉の中期の歌集『白桃』に表題作である次の歌が収められている。

ただひとつ惜しみて置きし白桃《しろもも》のゆたけきを吾は食ひをはりけり

ここにも白桃に手をつける前の時間があり、食べおえた後の哀惜の時間があり、豊かな時間がある。この作の作者はいささかいじましいが、なお心に沁みる所以は豊かな時間を流れる作者の情感だといってよい。

ただ、斎藤茂吉の作と森澄雄の作の違いは、茂吉の作には「われ」が読者の前にぬッと立ち現れるのに比し、澄雄の作には「われ」がいないことである。澄雄は「われ」を主張していない。むしろ、しいて句作にさいして私を消し去り、私心を去って白桃をむき、水の流れを瞶めている。それこそが澄雄にとって物の見えたる光だったにちがいない。

森澄雄の第一句集『雪櫟』の中の

除夜の妻白鳥のごと湯浴《ゆあ》みをり

は知られた名句だが、この前に配されている次のような作に、私はより心を惹かれている。

背に炎天乳房を暗く濯《そそ》ぎをり
濯ぐとき乳房弾みて麦萌えだす
愛憐《あいれん》の果も雪降る夜通し降る
連翹《れんぎょう》のはつはつ汝を愛しをり

引用した乳房の二句には確かな妻の造型がある。「背に炎天」の如きは凄絶な現実感に満ちているが、二句を通じて、作者の妻に注ぐ眼の何とやさしいことだろう。これは「愛憐」という他はない情愛だし、これが前掲第三句の絶唱ともいうべき高揚につらなるのだが、私が注目するのは前掲の第四句である。

恋愛というけれども恋と愛とは同じではない。恋は一方的に一人が他を慕い、こがれる感情だが、愛はもっと対象と一体化し、エロス的な感情とアガペー的な感情とをあわせもつ心情をいう。このように愛を定義するのはいくぶん私の独断だが、恋は万葉集以来、わが国の文学でうたわれ続けてきたのに反し、愛は明治以降に聖書訳をつうじて親しまれることとなった言葉であり、わが国の男女関係の近代化の発展にともなって普及した。いいかえれば、女性をたんなる愛玩、憧憬の対象とみる以上の一個の人格と認めるような思潮の中で「愛」という言葉が成熟したのである。それだけ古典的な情緒となじまないし、短歌、俳句の作品に愛という言葉を見かけることは稀である。澄雄はあえて「汝を愛しをり」といい、それも「はつはつ」といった。そのおづおづとした姿勢がかがやき、揺れる豊かな連翹の黄とかさねあわされる。この愛は妻を支配し、独占しようとするような欲望ではない。むしろアガペー的な愛のすがたなのである。

妻の死に遭遇した森澄雄が

木の實のごとき臍もちき死なしめき

以下の痛切な句を多く捧げたことはよく知られるとおりである。澄雄が「死なしめ」たわけではないことはいうまでもない。しかし、彼は妻の死を彼自身の罪科のように感じたのであった。妻は肉体をもった性的伴侶以上の聖的存在であった。同じ一連に

天女より人女がよけれ吾亦紅

の句があるが、逆に妻は彼にとって地上にある天女であった。自らの羽で機を織る「白鳥」であった。

こうして妻の死後、森澄雄は止むことなく妻への悼句を作り続けるのだが、私は彼の妻への「愛」を語ろうとしているわけではない。それ自体、私たち読者の心をうつのだが、私はこの妻への悼句に一貫するものは、「はつはつ汝を愛しをり」とうたった当時から一貫して、私心を去って謙虚に対象に向かいあう姿勢であり、こうした姿勢が彼の豊饒な世界を生みだしてきた、ということを指摘したいのである。

『白小』中

わが魂へ耳澄んでをり蚯蚓《みみず》鳴く
つつましく日を過しをり寒《かん》卵

花萬朶をみなごもこゑひそめをり
日のにほひ月夜にのこり葛の花
しづごころともなし金雀枝《えにしだ》の夕あかり

といった句が収められている。これらの作でもひたすら作者は私心を去っている。魂に向かって耳を澄まし、つつましく日を過している。これらにもまた豊かな時間が流れている。金雀枝の黄が揺れるともなく揺れやまず、夕陽に光っている。一日の終わりである。虚心に森澄雄は耳を澄まし、目を見開いている。彼の内部で静謐な時間が流れ、豊饒な世界を、物の見えたる光が映しだすのである。

（『森澄雄の世界』姫路文学館刊、二〇〇三・四）

ちゝはゝをまくらべにして——飯田蛇笏

一月中旬、勤め先の同僚の長女が亡くなった。発病後わずか三月ほど、血管内血液凝固症候群ということであった。五月には駒井哲郎の遺児美加子さんが喘息の発作であっという間に奪い去られるように死んだ。二人とも二十代の半ば、まもなく結婚することになっていた。

たまたま角川書店から刊行された『飯田蛇笏集成』全七巻が完結したので、蛇笏の作品を拾い読みし、第四句集『白嶽』所収の連作「病院と死」に目をとめた。蛇笏は五十六歳のとき次男を亡くしたが、その入院から、臨終、初七日に至るまでの作、七十五句である。

春百花しづまれる世の薄暮光
昏々と病者のねむる五月雨
夏真昼死は半眼に人をみる
子は危篤さみだれひゞきふりにけり

一瞬の夏仏あな嬰児に似し
ちゝはゝをまくらべにして梅雨仏
梅雨に抱く骨ほこほことぬくみあり

連作を読みとおして斎藤茂吉の「死にたまふ母」を想起し、逆縁をうたった絶唱という感をふかくした。蛇笏といえば、「芋の露連山影を正しうす」「くろがねの秋の風鈴鳴りにけり」「夏雲むるるこの峡中に死ぬるかな」などがすぐ思いうかぶ。いずれも凛《りん》とした格調高い句だが、「病院と死」の連作にはこれらにはみられない心の揺らぎ、ざわめきがある。私は「病院と死」に蛇笏の人間性を感じ、親近感を覚えたのであった。

父母や妻への挽歌は「死にたまふ母」をはじめ多いが、子に先立たれた親の悲しさ、口惜しさとはこういうものかと「病院と死」の連作で私は思い知ったわけである。だが、そういう親のひとりひとりは、自分の悲しさ、口惜しさは到底他人のうかがい知るところではないと考えているにちがいないし、一方、親が子を思うようには子が親を思うものでないこともまた、本当なのである。哲郎さんが美加子を早くおいでと呼び寄せたのよ、と駒井美子さんは一応は元気そうに言っていたのだが、私に慰めの言葉があるわけではない。

（『朝日新聞』俳句時評、一九九五・六・二五）

有季定型の手ごわさ

ふだん俳句を系統的に読んでいない私には『飯田蛇笏集成』全七巻の刊行は有難いことであった。はじめてここで私は蛇笏の全句作を通読し、散文のあらましに接することができたのであった。あらためて痛感したことは、蛇笏はすでにその第一句集『山廬集』において巨人として登場し、生涯巨人として存在し続けたということであった。

芋の露連山影を正しうす
流燈や一つにはかにさかのぼる
たましひのたとへば秋のほたる哉
折りとりてはらりとおもき芒かな
秋たつや川瀬にまじる風の音

など蛇笏の代表作として知られる名句の多くはすでに『山廬集』に収められているし、

くろがねの秋の風鈴鳴りにけり
雪山を匐ひまはりゐる谺かな

などは第二句集『霊芝』に収められており、いずれも間然するところない、格調高い作である。私はごく若いころからこれらの句を愛誦してきたが、それでも、だからどうなのだ、という感を禁じえないできた。この集成の月報に高橋睦郎さんが、蛇笏は「近代俳句切ってのタテ句の作り手と定評」があるが、「タテ句に見えてじつはタテ句ではない。一句で重々しくすべてを言いおおせているから、脇の付けようがない」、「きわめて俳句的な外観を持ちながら、内実はどんな近代詩人にもまして近代詩」であると記している。私の感想はなかばこの睦郎さんの言葉と同じなのだが、なかばは同じではない。脇が付けようがないということは一句としての完結性が高いということであり、この一句からさらに詩が展開していかないということを意味するはずである。完結性とは完成度といってもよいが、この完結した一句のそれぞれが近代詩であるかといえば、私は躊躇せざるをえない。

じっさい蛇笏がわが国の近代詩、現代詩をよく読んでいたらしいことは散文中に中原中也、西脇順三郎らの作を引用したりしていることからも窺われるのだが、蛇笏の作の句意は近代詩、現代詩の秀作にみられるような多義的で複雑な映像をもっていない。はるかに単純であり、簡潔であり、そのためにと言ってよいのだが、端然として雄勁なのである。たとえば「雪山を匐ひまはりゐる谺かな」の自解をみると、蛇笏は、「これは狩猟の際における収穫で、谺というのは、猟銃をぶっ放した音響のやまびこが、重畳たる山又山のふりかぶった白雪の上を、あちらの峯からこちらの峯へと廻りあるいている場合を詠んだものである」、「それにしても、然ういった単純な句意なのであって決して複雑な何ものがあるわけではない」、「一塵をとどむるものもない雪山浄境。霽わたった大空は藍青に澄みわたって雫せんばかりである。そのふところへと人事が入り交ったものの、大自然の為体は深淵のような底知れぬ深さで之れを掻い抱いている。そこの造化絶讃に外ならない」という。作者の自解は往々そのままには受けとり難いが、このばあいは、作者のいうとおりであろう。自然を観照してふかい暗示に至っているのであり、それがこの句を秀句とさせている所以である。

だが、この句を、そして又、蛇笏の秀句を支えているのは季語であり、定型である。蛇笏ほど有季定型の真髄に迫った俳人は稀だと思われる。しかも、蛇笏の句から季語と定型をとり除いてどれだけ詩が残るのか、と私は疑っているし、それでも蛇笏の魅力に抗しがたく感じるのは、有季定型の手ごわさを感じることにひとしいのである。

そういう意味で、この集成ではじめて日野草城句集『人生の午後』に対する蛇笏の評語に接したのは興趣ふかいものであった。ここで蛇笏は、「例のミヤコホテル作品のような草城的てなぐさみは、如何に世評高く誰人の支持があろうと、無かろうと、一貫して賛成しがたい」、と自己の立場を堅持した上で、

死と隔つこと遠からず春の雪　　草城
高熱の鶴青空に漂へり
鶴咳きに咳く白雲にとりすがり

を見るに及んで、「心境必死のありかたが犇と心に応えた」といい、この鶴二作は、「俳句でなかろうと短唱であろうと、或は又囈語であろうと、これを存置する作者の気持はよく解る」と記し、「無季容認論を姑く措くとしてこの場合鶴二作品は要するに芭蕉に於ける「歩行ならば杖つき坂を落馬かな」が、「高熱の鶴青空に漂へり」に置き換えられたことでもあり、更らに詩精神の必死さに於て「旅に病んでゆめは枯野をかけめぐる」にまで上昇せしめ得る可能性を有するものと観ればそうも観ることが出来る必死のもの」と書いている。ここで蛇笏は明らかに詩と俳句の間で僅かながら揺れているのである。

現代詩の実作者としての私は蛇笏の句作の魅力に強く惹かれながらも、有季定型の手ごわさに羨望と若干の反感を禁じえない。蛇笏集成七巻を通読して私はそういう感をあらたにしたのであった。

（『俳句』一九九五・九）

第5章　死者たちをめぐって

太郎さんの思い出——山本太郎

山本太郎さんとはじめて会ったのは、おたがい二十代のころで、たぶん「詩学」の座談会のときだったはずである。私もどちらかといえば長身の方だが、太郎さんは体躯堂々としていて、こんな人と一緒にいるとやくざにからまれても安心だろうな、と思った憶えがある。体躯は堂々としているのだが、どこかはにかみがちなところがあった。人なつこいところがあることも印象的であった。

それから昨年の突然の死まで、三十年以上のつきあいだったわけだが、じっさい顔を合わせて話をしたのは、数回を出ないはずである。それは私があまり詩人の集りに顔を出さないためだが、それでも、おたがい他人行儀にかまえることがなかったのは、佐野英二郎という共通の友人がいたためであり、また、太郎さんの人柄によるものでもあった。つまり人なつこいところがあり、妙に胸襟をひらかせてしまうような人格のゆたかさを、太郎さんはもっていたのだろう。

ごく若いころ、私は太郎さんの詩集について、男性的で、雄々しいのだが、心くばりがこまやかであり、甘えのようなものがある、と感じていた。そんな感想も公表したことがあると思うけれど、手許には残っていない。そして、そうした感想は、太郎さんの人格と作品について私がずっと抱きつづけてきたものであった。太郎さんはずいぶんと作品を推敲したようだが、私は殆んど推敲しないので、あんな長い作品を推敲するだけで、たいへんな精力を要するだろう、と思っていた。推敲というのは、細部へのこだわりのせいだろうし、太郎さんには、そうした細部へのこだわりがあった、と私には思われる。

生野幸吉さんの作品の剽窃問題について、私は太郎さんと話す機会がなかったけれど、率直にいって、太郎さんの剽窃は明らかであり、太郎さんはそれらの作品を詩集から削除する、などの対応をとるべきであった、と私は考えていた。太郎さんがはっきりした対応をしなかったのは、彼の甘えのためであり、彼の臆病さのためだ、と思うのだが、同時に、内心では、ずいぶん傷ついていたにちがいないと思う。だからといって、それらの作品の剽窃は彼の細部へのこだわりから出たことで、そうした部分をすっかり書き直しても、そうした作品を除いても、山本太郎の詩は巍然として残るのであり、やはり太郎さんがすぐれた詩人であったことに変りはない。いいかえれば、剽窃は細部についての事柄であって、太郎さんの詩と生野さんの詩とは、本質的にまるで違うものである。太郎さんの詩も、生野さんの詩も、そんなことを別にして、それぞれに戦後詩の個性的な表現なのだ、と私は考えているのである。

いつか機会があれば、私は太郎さんにそういうことを話したいと思っていた。しかし、前にも記したように、個人的なつきあいが殆んどなかったので、ついに機会を得ないままに、太郎さんがはやばやと死んでしまった。そのことが、いかにも残念でならない。そのぶんだけ、太郎さんを私は懐しく思いだす。

(『歴程』一九八九・十一)

追悼・渋沢孝輔——弔辞

渋沢さん、渋沢孝輔さん、あなたの訃報を耳にした夜、私は『行き方知れず抄』をとりだし、一篇一篇読みすすみ、しばらく粛然とした気分に涵っていました。そして、この詩集はすでに死を予期していたあなたが私たちに伝えようとした遺言なのではないか、という思いに沈んでいたのです。

この詩集に収められた作品「雲行き怪しく」の末尾であなたは、「つい昨日まであれほど華麗で繊細な／錦を織っていたものたちが」「落ち続けている　ああ／世を絶した銀嶺の荘厳に向けてでも／遥かな環礁のエメラルドグリーンの海に向けてでもなく／オットセイよりも臭い息を吐きながら逃げてやる／行き方も知れず逃げてやる」と結んでいます。いま私にはこの詩句はあなたの私たちへの別れの言葉のように聞こえるのです。

そして又、「M・Y氏を探す田園風の方法」では、「仮装の死者たちが嬉しげにあの世へ入ってゆく時」、「そして本物の死者たちがこれまた嬉々として帰ってくる時」とうたいはじめ、少年時の回想を吉岡実ふうの夢想が染めあげた上で、その最終連で「そこから先はたぶんブラックホール風に陥没した混沌／

宇宙の寂しさを鳴くコオロギの栖／だからこそ霊体は近づき／より高い暁の山嶺でM・Y氏がひらひらと手を振るのだ」と言っています。あなたはもう吉岡実のいる世界、つまりは死に親しみ、死への誘いに魅せられていたのではないでしょうか。

渋沢さん、渋沢孝輔さん、私はあなたのごく初期の作品からあなたに注目していましたが、とりわけ私に衝撃を与えたのは詩集『漆あるいは水晶狂い』でした。この詩集のあなたは、漆黒の闇の彼方の星々、水晶の閃めきの底の混沌に、鋭利なイメージと言葉の刃で立ち向かい、切りつける戦士のようにみえました。その星々、その混沌は、空の空であって空でないもの、無の無であって有であるもの、いわば私たちの生であり、私たちの現実であり、その戦いをつうじてあなたは、現代においていかに生きるかを身悶えするように造型したのでした。その想いの痛切さ、その表現の豊かさにおいて、これはまさに前人未踏の詩集でした。

『漆あるいは水晶狂い』の後にも、あなたは次々にすぐれた詩集を刊行し、数々の賞を贈られました。それらの詩作からかいまみるあなたの生は、いつも死と隣り合ったアルカディアの記憶につながっていました。そして『行き方知れず抄』では、あなたは死がいかに身近にあるかと語っているように思います。空の空であって空でないもの、無の無であって有であるものから、無であり、空でありながら、しかも充実した希望にみちたものに転化していたようです。

「こうしてまたひとつの年が終わり／人みながしばらくの隧道へとはいっていく／あるいはわれ知らず凍った迷宮へと進んでいく／永久に希望をもつべく決められているわたしたちだから」。『行き方知れず抄』中の「決められた者」はこうはじまります。「ほんのしばらくの暗さのあとには／必ずまぶしい出口がやってくると信じている」と書きおこす第二連に続く、この詩の最終連の最後の二行で、「わたしたちは永久に希望をもつべく決められた者／どこかで未知の星雲が爆竹のような笑いを弾けさせている」とあなたは結んでいます。希望をもつべく決められていると規定した自分を、嘲笑するかのように詩を書き終えているのです。ここにはたしかに死を予期し、死を手なづけているあなたがあり、しかもその生と死の実相をたじろがぬ眼でふりかえる強靭な精神があります。私はここで粛然と襟を正さずにはいられなかったのです。

ここまで遥かな道を辿ってきた詩人は、もし余命が与えられたとしたら、何処へ行ったのだろう。あなたは又、新しい詩境を私たちにさし示してくれたにちがいありません。そう思うと私はその口惜しさをあらわすべき言葉を知りません。しかし、それもかなわぬことです。

渋沢さん、渋沢孝輔さん、わが国の現代詩にこの上なく独自で高貴な世界をひらいたあなたの仕事は、きっと読みつがれ、現代詩の未来の礎石となるでしょう。ただ、それは後世に委ねることとして、私は、私の生涯であなたの詩を知り、あなたの詩に接したことが、私にとっていかに幸であったか、いかに私の励ましとなってくれたか、をお伝えし、そのお礼を申し上げることで私のお別れの言葉としたいと思います。

さようなら、渋沢さん、渋沢孝輔さん、さようなら。

一九九八年二月十三日

（『現代詩手帖』一九九八・三）

懐かしい人格、伊藤信吉さん——追悼・伊藤信吉

どうしたら伊藤さんのような人格が形成されるのだろう。この十年、二十年ほど、私は伊藤信吉さんについて、そんな思いをふかくしてきた。伊藤さんの批評はいつも広い視野をもち、その鑑賞は的確であった。それでいて、優しさと厳しさ、共感と反撥がいつも同居していた。褒めること、美点、長所を推賞することをいささかも躊躇しなかったが、だからといって些かも媚びるような筆致はみとめられなかった。お年を召して、年々その風貌挙止は飄々としてきたが、つねに律儀であった。何よりも七十歳、八十歳を超えるころから、仕事の奥行がふかく、滋味がまし、かつ、自在になった。九十歳を超えてなお、成熟し、成長することを止めない、そんな人格がありうるのだ、という事実を伊藤さんは身をもって示していた。若いころから私は伊藤さんを畏敬してきた。年を経るにつれて、伊藤さんはその人格によって私を魅了した。伊藤さんは私にとってつねに懐しい身近な存在であった。

私が伊藤さんの著述の中ではじめて感銘をうけたのは『現代詩人論』（昭和十五年刊）であり、同書所収の中原中也論である。これは中原中也を本格的に論じた最初の評論という光栄を担っているが、いま

読みかえしても、まことに秀抜な中也論である。ここで伊藤さんは中原中也の望郷、倦怠の悲しみから説きはじめ、「骨」の無残な白々しさ、「北の海」の寂寥から、「ランボオ詩集後記」にいう「生の原型」の洞見、中原の言葉の節度を説き、「ダダの手帖」の擾乱にふれ、「ゆきてかへらぬ」に風物を抹殺し、おのれの位置を示す詩人を認め、『在りし日の歌』の巻末に到るに従って、抒情の定着からの分離、人生的なものの意味からの分離をみ、「中原氏が到った最後の段階は、行き尽したその分離——おのれの姿を傍観する抒情の、求むべき故郷のない空しさであった」と結んでいる。伊藤さんのいう「分離」とは抒情からの別離、自らの生からの乖離といった方が理解しやすいかもしれない。それにしても、その後六十余年論じられてきた中原中也論の基本的骨格がすでにくっきりと提示されていることは見事というほかない。

たぶん私が伊藤さんの著述中、もっとも教示をうけたのは『現代詩の鑑賞』上下二巻の文庫本であった。下巻だけをみても、宮澤賢治、尾崎喜八、金子光晴、三好達治、中野重治、草野心平、北川冬彦、中原中也、立原道造、西脇順三郎の十名を採り上げているのだが、まず、この人選の公平さに感心する。これは昭和二十七年刊だが、伊藤さんがその思想信条を別にして、詩人としての力量だけで選んだことは間違いないだろう。思想信条を別にして、といったのは、伊藤さんの経歴を考えれば、たとえば、西脇、立原らの詩境に伊藤さんが共感を覚えたとは考えにくいからである。しかも、私が西脇順三郎を理解する手がかりを得たのは、伊藤さんの文章であった。たとえば「旅人かえらず」について、「人生の涯に行き暮れたような底のしれないさびしさを感じる」、「この底のしれないさびしさやはかない想念は、無常の観念といってもよい。無常の観念に降り立って、そこで自然のこまやかないとなみをとらえているのである」、という。立原については、「他の多くの詩人たちがなんらかの生活の苦渋や、時代の重さや、傷《いた》められた生の意識などにとらわれていたとき、この詩人はひとりためらうことなく、その青春のおもいを美しい言葉に綴ったのである」、という。これらの鑑賞は的確である。長所も短所もあますところなく汲み上げて、厳しく、しかも優しく、詩の魅力を語ったのであった。

しかし、伊藤さんの真の仕事は、伊藤さんが七十歳に達した昭和五十一年、『萩原朔太郎・浪漫的に』『萩原朔太郎・虚無的に』を刊行、四十三年ぶりに第二詩集『上州』を刊行したときにはじまるのではないか。萩原朔太郎に関する二著はいわば五十余年の朔太郎研究の卒業論文のようなものだったが、その後、散文についても詩についても、伊藤さんの仕事は年々眼を瞠るものがあった。この文章は伊藤さんの業績をあげつらうものではないから、簡略にとどめれば、伊藤さんが九十歳、平成八年に刊行した『監獄裏の詩人たち』は他に類をみない卓抜な、伊藤さんならではの著書であった。萩原朔太郎の「監獄裏の林」を契機として、朔太郎の父親萩原密蔵の死刑執行の立会にはじまり、次々に意外な発見を続け、八木重吉詩集『貧しき信徒』が前橋刑務所で印刷・製作された事実などを紹介、意外な発見の興趣にそそられた気儘な随筆のようにみえながら、人生の暗黒面が私たちと分かちえないつながりをもっていることを自ら浮かび上らせた著述であった。ここまで至ると、伊藤さんの文章には、どう書こうと、伊藤さんが真率に生きてきた歳月の重みが泌みでることとなり、読者の心に迫るのであった。

詩作についていえば、私は『上州おたくら』、『老世紀界隈で』の二詩集がやはり伊藤さんならではの作と考えている。これらの詩に共通するのはユーモアというものだが、ユーモアとは自己を客観化し、郷土を客観化した視点からはじめて生れること見落してはなるまい。それに八十歳、九十歳を越えた伊藤さんに老いた己れに対する憐愍の情がいささかもみられないことに私は驚嘆し、励まされたのであった。老いることは止むをえない。しかし、老いはいかなる弁解の根拠ともならない。そう覚悟して生きた人の肉声をこれらの詩集に私は聞くのである。

最後に『群馬文学全集』について記しておきたい。伝えられるところによれば、伊藤さんは最終巻の校正に目を通して後、間もなく永眠されたという。これも伊藤さんの最後をかざるにふさわしい業績であった。

伊藤さん、本当に長い間、有難うございました。さようなら。

(『現代詩手帖』二〇〇二・十)

弔辞・橋本一明

一明君。

君が死んだ日の夜、東京には淡雪が降った。まっくらな空から降る雪は、白く光るかと思うと、樹木にふれ、地面にふれ、たちまちにただの滴に変った。僕たちの生命はどこから訪れ、どこへ消えてゆくのか。僕はそういう思いにとり憑かれながら、多年の記憶が一度によみがえって、僕の心に渦巻くのに、ただ茫然としていた。

おたがい、数え年二十歳の年の秋、原口統三の死体をひきとりに逗子の海岸へ行った日、逗子の山の上の火葬場で原口の骨を拾った当時のことから、つい去年の十二月、君を病院に見舞った日、しかけた仕事、これからもしなければならぬ仕事について語っていた時のことまで、二十数年は本当に慌しく過ぎ去ったものだ。かつて、僕たちの仲間の誰もが、未来に野望を燃やしていた。そして、歳月を経るにしたがって、誰もが、じぶんの甲羅に似せた穴を掘り、その穴に安住するようになって、今、中年を迎えている。しかし、君だけはそうではなかった。君は野望を実現するために、確実に一歩ずつ歩きはじめた。君が一歩ずつ進むごとに、君の野望はふくらんでいった。そのために、君が準備したこと、君が計画していたことにくらべて、君がじっさいに実現したことは、あまりに貧しい。そのことを僕は限りなく悲しく、又口惜しく思う。

しかし、それは何故だろうか。それは君が決してじぶんに対して妥協しなかったからだ。自分に対して容赦しない。自分に対してあくまでも厳しかった。そういう君は、まさに原口の弟分だった。原口は、死んでその純潔を守ろうとした。君はむしろ、その純潔を生きながら実現しようとしたのだった。君の生が、原口の死よりもよほどに険しく、よほど辛いものとなったことは当たり前だった。

一明君。

じぶんに厳しかった君は、他人に対しては優しかった。又、この上なく誠実だった。君はいわば会話の妙手だった。それは君の優しい心、誠実な魂が、いつも相手の気持を見とおしていたからだった。だから、君は多くの人に愛された。君は多くの仲間たちや多くの同僚たちから頼られ、多くの先輩たちや多くの後輩たちから信頼された。それが又、君の生活から多くの時間を奪った。しかし君は、いつもそういう愛情にこたえ、信頼にこたえ、けなげに雄々しく生きぬいた。君が入院してからのことだ。病気に負けてはいけない、そんな多少そらぞらしい見舞いの言葉に、君は答えたのだった。勿論そうだよ、おれは立派に病気とたたかってみせるよ、そうでなければ、子供たちにもしめしがつかない、そう笑いながら話したのだった。事実、君は立派に病気とたたかった。何ヵ月もつづいた痛みさえ、それがどういう性質の痛みであるかを、手にとりだして示すように語ったのだった。それもまさにそういう痛みのさ中にあってのことだった。そして、君は、最後まで痛みとたたかいぬいた。死を願わず、どんな神も頼らず、ただひとりの橋本一明として、その生をつらぬきとおしたのだった。

一明君。

君はもう安らかに眠るがいい。ようやく長い痛みから開放されたのだから。君が眠ったところで、君の優しく雄々しく、誠実な心は、僕たちの中で、長く生きつづけることだろう。

では、さようなら、一明。

昭和四四年二月三日

古い仲間の一人として　中村稔

（『明治大学外国語研究室紀要　Walpurgis 70』一九七〇・三）

弔辞・矢牧一宏

昨夕内藤隆子さんから聞いたところでは、僕自身はすっかり忘れていたのだけれど、おたがいが二十代のころ、僕の大好きな矢牧、とはじまる葉書を僕は君に差上げたことがあるそうです。いま、君へのお別れの挨拶にあたって、僕は同じ言葉ではじめたいと思います。

僕の大好きな矢牧。二十代で君は僕の大好きな大事な友達だったし、五十代の半ばを過ぎた今でも、君は僕の大好きな大事な友達でした。友人の死に出会っても僕たちはもう驚かない年齢になっています。そのたびに、おっつけ自分の順番がくるのだ、という感をふかくするだけです。だから、こないだ、いだももから君が昏睡状態に陥って、再入院したと聞いたときから今日という日を覚悟していました。覚悟はしていたのだけれど悲しさばかりは何とも抑えようがないのです。僕の大好きな矢牧。

僕がいいだをつうじて君と知り合ったのはおたがいがまだ十代の終りで四十年近い昔でした。戦後になって僕たちは「世代」を創刊し、君は創刊号に「脱毛の秋」を発表しました。一旦休刊したのち再刊した第二期の「世代」では君は編集長でした。「世代」には第一期の編集長遠藤麟一朗やいいだをはじめ、日高普、中野徹雄ら数多くの俊才たちがむらがって集っていました。ただ、創刊から終刊に至るまで、終始「世代」の中心にいたのは君だけです。君なしに「世代」がありえなかったことは、「世代」の仲間の誰もがよく知っています。「世代」は僕たちの先輩である中村真一郎さん、加藤周一さん、福永武彦さん、白井健三郎さんらを世に送りだし、また、吉行淳之介、いいだもも、八木柊一郎、小川徹、橋本一明、村松剛、清岡卓行、工藤幸雄、栗田勇、菅野昭正その他の多くの仲間たちの文学的出発の場となりました。二十代の僕たちの仕事がささやかながら文学史的意義をもっていたことは、一昨年日本近代文学館が全十七冊の復刻版を刊行してくれたことでも証明されていると思います。

その中で君は「脱毛の秋」以降殆んど創作の筆を折ってしまいました。それでも君が小説家として再登場するものと、「世代」の仲間たちは四十年間信じ続けてきたのです。今年八月東大病院に君を見舞ったときも、君は三十九度の高熱の中で、退院したら今度こそ書くつもりだという小説の構想を話してくれました。君の小説が構想のままで終ってしまったことを僕は心から残念に思います。しかし僕が悲しいのはそういうことだけではありません。小説を書かなくても、君が才能豊かな小説家であったことに変りはないし、大好きな矢牧が大好きな矢牧であることに変りはないのです。

「世代」十七冊は、いわば僕たちの青春のかたみです。ただ「世代」十七冊は僕たちの青春のほんの片鱗しかとどめていないのです。僕たちはその当時の僕たちが表現できた以上の多くを表現できるはずだと錯覚し、また、野望を燃やしていたし、一方、思いおこせば恥ずかしさでいたたまれなくなるような、青春の名においてのみ許される、さまざまな愚行をくりかえしていました。矢牧家にいりびたって、しょっ中泊りこみ、ざこ寝をし、君のご母堂をはじめ、矢牧家の皆様にずいぶんとご迷惑をおかけしました。僕たちの、そうした愚かな、いまとなっては、ただ懐しいとしか言いようのない青春は、僕の大好きな矢牧、君をぬきにしては、語ることも思いだすこともできないのです。

僕の大好きな矢牧。君の死によって僕の青春の最も大事な部分がいま決定的に失われてしまった、そういう空虚感を、僕は痛切に感じています。そのくろぐろとうつろな心の底から、悲しみがふつふつとこみあげてくるのを、僕は痛切に感じています。

僕の大好きな矢牧。さようなら。

一九八二年十一月二十一日

「世代」を代表して　中村稔

(『脱毛の秋　矢牧一宏遺稿追悼集』一九八三・十一)

追悼・鷲巣繁男——断片的な思い出

だいぶ前、鷲巣さんが与野市の円阿弥に住んでおられたころ、突然電話を頂いて、これから訪ねていきたいがどうか、ということであった。私はふだん生業に追われているので詩人といわれる人との面識も乏しく、まして陋屋にお迎えした詩人といえば一、二を数えるだけだから、はなはだ狼狽したけれども、かねて敬意を払っていた方でもあり、どうぞどうぞと申し上げると、二、三十分しておいでになった。予想したよりお年を召していて、それでもがっしりした体躯をおもちなことに驚いたが、話しだしてとまらぬ話題のひろがりと豊かさに、私はあれよあれよという思いであった。どうも私は詩にも、文学一般にも関心の幅が狭いので、鷲巣さんのくりひろげる話題にはいりこむのが難しく、いわば鷲巣さんの独演会のような趣きであった。深遠で該博な内容は何ひとつ憶えていない。ただひとつ印象にふかいことは、思潮社の現代詩文庫に何故私の詩集が収められていないのか、という質問をうけたことであった。現代詩文庫に入らないと、あなたの作品を読みたい人も読めませんよ、といったご注意であった。たぶん現代詩文庫の発刊は私の三冊目の詩集、とはいえ、第一、第二詩集もあわせて収めた全詩集ともいうべき、『鵜原抄』の刊行と同時期であった。当時、小田さんからもすすめられてはいたのですが、私の作品は数が少く、それぞれが短いこともあって、文庫に入れて頂くとそれがほどんど『鵜原抄』の再録のような詩集になってしまうので、ご辞退しているのです、などと、私は弁解したのであった。

その後、鷲巣さんが私の住居と同じ大宮の市内に引越してこられたこともあって、詩集などをお出しになるたびに、訪ねてこられた。だから、鷲巣さんは家人が面識をえた二、三人の詩人のひとりである。家人は私を弁護士だと思っているので、これまでわりとふかいつきあいをしてきた安東次男と、鷲巣繁男との二人をつうじてしか、詩人という存在のイメージをもっていないようである。かれらのような、ある種の超俗性と高踏性といったものにおよそ無縁な私が詩人でありうることが、家人にはいささか不審にみえるらしい。昨年の高見順賞の選考のさい、篠田一士が強力に鷲巣さんを推してくれたのは、有難いことであった。鷲巣さんの作風はどちらかといえばいわゆる詩壇的でなくて、一部にだけ熱烈な支持者がいる、といったものだから、何賞であれ、一度は脚光をあびて頂きたい、という願いをひそかにもち続けてきたが、その反面、選考委員の多数の支持がえられるか、という点で不安ももち続けてきたのであった。篠田以外の人々も意外とすんなり支持してくれて、鷲巣さんにきまったことも意外だったし、また、鷲巣さんがあっさりと賞をうけて下さったことも意外であった。受賞式の当日、鷲巣さんは礼服で出席されたが、そのことに多少の違和感を覚えたのは、私だけではないかもしれない。私たちはもっと不作法に慣れているけれども、鷲巣さんは折り目正しい人であった。たぶん受賞式の後だったと思うが、句集をお持ち下さった。そのとき、高見賞の係の女性がカメラマンをつれて現れて、ずいぶんわたしが貧乏していると思いこんでいるような話をしていったのですよ、とおっしゃった。わたしはたしかに貧乏ではあるけれども、とかなりに心外な面持で、このとおり、これも結城ですよ、とお召しになっていた和服を私に示された。精神がそうであったように、鷲巣さんは生活においても高貴で不羈なもので確く自らを持しておられたのであった。その日、私は鷲巣さんにお願いして句集のなかから私の好みの作品をいくつか色紙に書いて頂いた。筆を執る鷲巣さんの姿勢がきびしく、一字一画なおざりにしない、といった様子であったことに、私はまた鷲巣さんを再認識する思いであった。お送りしましょうというのを、ふりきって、覚束ない足取りで去っていかれるのを見送ったのが、鷲巣さんとお会いした最後になった。その日書いて頂いた色紙がいま私の眼前の壁面にかかっている。その句は次のとおりである。

灰色の鷺郷愁に佇つほかなし　　　しげを

灰色の鷺と鷲巣さんとがかさなりあって、遠い遠い場所に佇んでいる。

（『饗宴』第十号、一九八三・六）

追悼・武田百合子——稀有の素質の持ち主でした

百合子さん、この一、二年屢々《しばしば》体調を崩しているからということで約束の会合に欠席なさったり、半年ほど前暫くぶりでお目にかかったときはビールでなしにウーロン茶を召し上がっていましたから、ひそかに案じてはいたのでしたが、それでもこんなにはやばやとなくなるとは思ってもみないことでした。若いころから、ぼくたち皆が死んでも、百合子さんだけはしぶとく生きているにちがいない、と話し合いもし、信じてきたのです。

百合子さん、はじめてお会いしたのは戦後間もなく、ぼくたちの皆が、死に遅れたのではないか、と思いながらも、かろうじて生きのびてそれからの長い余生を歩きはじめた時期でした。ぼくたちの仲間の女友達としてぼくたちの前に現れたあなたは、晩年まであなたは美少女の面影をとどめていましたが、当時はそれこそ匂うような美少女でした。あなたは口数は決して多くはありませんでしたが、あなたの発言にぼくたちはいつも意表をつかれたものでした。もろもろの観念や思想や知識で頭でっかちになっていたぼくたちにとって、あなたの思いもつかない角度からの感想はいつもぼくたちを驚かせたのでした。

百合子さん、神田神保町のランボオの片隅で武田泰淳さんがあなたを口説きはじめたころをいま懐かしく思いだしています。泰淳さんがあなたを口説きおとしてお二人が結婚なさることになったとき、ぼくたちは口惜しく思いながらも、相手が泰淳さんでは仕様がないな、と諦めもし、結婚を祝福したものでした。泰淳さんがなくなってあなたが『富士日記』を発表なさったとき、ぼくたちはあなたの資質がみごとに開花なさったことを知ったのです。

その後の作品もそうですが、あなたの作品には童女のような無垢で純粋な心と、しっかりと大地に足をつけた生活者の確かな眼で、物事を見、物事に感じ、そうして見、感じたそのままが文章になっていました。そして、それはまた、あなたがふだんぼくたちに話して聞かせて下さった会話がそのまま文章になったようなものでした。あなたの作品はいわばあなたの人柄そのものであり、その人柄とは、もろもろの観念や思想や知識から自由で、飾らぬ、無垢で純粋な生活者だった、ということでした。そういう意味で、あなたは人柄がそのまま文学になるという稀有の資質の持主でした。それは天賦の資質、天才としかいいようのないものでした。ぼくたちはあなたという身近な天才と会話をたのしみ、また、その作品を読むことができることを、この上ない幸に思ってきました。それだけに、百合子さん、いまあなたと永遠にお別れすることになって、ぼくは悲しみにかきくれているというわけです。

泰淳さんもなくなり、竹内好さんも、大岡昇平さんもなくなり、ぼくたちの仲間でいえば、遠藤麟一朗も矢牧一宏も小川徹も死に、いまあなたを送ることになって、ぼくたちの周辺はめっきり寂しくなりました。荒涼たる曠野にとりのこされてしまったような感じがしきりです。ぼくたちは死に遅れたのではないか、ほぼ半世紀も前にぼくたちをとらえていたそんな思いに、ぼくたちはまたとらえられています。それでも今度はそう長いことではないでしょう。おっつけじきにぼくたちがあなたを追いかけていくことになるでしょう。

それまでのしばらくの間、さようなら、百合子さん。

「世代」の仲間を代表して　中村稔

(『哀悼のアンソロジー――過ぎ逝く人への言葉集』ソニー・マガジンズ編、ソニー・マガジンズ刊、一九九六・二)

大木実さんを偲ぶ

大木実という名を知ったのは戦時中、もう半世紀以上も前である。丸山薫、立原道造、田中冬二、津村信夫などの属する「四季」の詩人の一人として、その名を知り、彼らの作品を読むのと同時期に大木さんの作品を読んだのであった。しかし、同じ「四季」の詩人といっても、大木さんの詩は他の詩人たちとははっきり違った独自のものであった。立原や津村、あるいは丸山薫などのように、西欧風でもなく、知識人的でもなく、良家の子弟のような肌合いもなかった。大木さんの詩は貧しく、けなげな庶民の心情をうたっていた。狭い世界だったかもしれないけれども、裏長屋の抒情ではあっても、日本の平均的な人々が共感できるような詩を、大木さんは書き続けてきた。そういう庶民の抒情を、素朴に、平明に、堅固にうたった詩人はそれまでにもいなかったし、その後もいない。

私が大木さんにお目にかかったのは、その晩年の数回にすぎない。作品から想像していたとおりのお人柄に、私はむしろ驚いたのであった。いつも穏やかで、物静かで、自己顕示欲とは縁遠い方であった。だから、稀にお会いすると私は心が休まる思いがした。

じつは庶民といっても人間である以上は、自己顕示欲もあれば、邪悪、狡猾、吝嗇等々の負の側面をもっている。大木さんは人間のもつそういう側面をご存知なかったわけではないし、そういう側面に眼をそむけていたわけではない。そういう側面をもあわせもった人間の生活を、暖かく、やさしくつつみこんで、かけがえのない人間の生活をうたったのである。だから、大木さんの詩を庶民の抒情というのは正確ではない。すぐれて人間的、ヒューマニスティックな抒情だったのであり、おそらくご自分の生き方もそのように律してこられたのである。

大木さんは稀にみる純粋な詩人であった。誰も真似できない世界を確立し、その詩とその生き方を合致させた方であった。私はこの稀有の詩人の死を悼んでやまない。

(『大宮詩人会会報』第三十号、一九九六・七)

追悼・中原美枝子

中原美枝子さんのご霊前に謹んでお悔みを申し上げます。

美枝子さんと心安だてにお呼びする失礼をどうぞお許しください。私には美枝子様とお呼びするのはあまりに他人行儀に思えるほど、貴女はいつも私に親しく暖く応対して下さったのでした。

私は昭和二十六年創元社版の第一次の中原中也全集の刊行にさいし、大岡昇平さんをお手伝いして編集に関係して以来、角川書店刊の第二次、第三次の全集、さらに現在刊行中の第四次の新編中原中也全集に至るまで、その編集に関係してきましたので、すでに半世紀以上にわたり中原中也のご遺族の方々から一方ならぬご厚誼を頂いて参りました。当初はご母堂福様、ついで思郎さん、思郎さん亡き後は美枝子さんからじつにさまざまなご協力とご教示を頂きました。いま美枝子さんのご霊前にご遺影を拝見していると、在りし日を偲び、万感胸に迫るものがございます。

わが国文学史上稀有の天才詩人であり、没後七十年に近い現在もひろく愛され、親しまれている中原中也の全集が四回にわたり編集し直され、内容はますます充実したものになっていますが、これもひとえに中也のご遺族の方々が中也の遺稿、遺品類を大切に保存されてこられたからであると私は考えております。たとえばかつて中原家の火災のさい思郎さんが身を挺して火の渦に飛びこみ、ご自分の物は顧みることなく、中也の遺稿、遺品類を救いだされたことがありました。

美枝子さん、貴女はそういう思郎さんの志をついで、ふかい愛情と細心の注意を払って中也の遺稿遺品類の保存に努めておいでになったのでした。

現在刊行中の新編中原中也全集の編集に着手したさい、遺稿のカラーコピーをとるため遺稿を東京に運びたいとお願いしたことがありました。結局は山口でカラーコピーがとれましたので東京に運ばないですんだのですが、そのとき、東京へ持っていくのはよいが、飛行機で運ぶのは困る、新幹線で、それも一人では席を立つこともあるので、二人で運んでもらいたい、というご返事でした。当然といえば当然ですが、美枝子さんが中也の遺稿類をどれほど大切にとり扱っておいでになるかを私はそのとき思い知ったのでした。

また、中也記念館の開館前に、中也記念館に遺稿類をお貸しするのはどうも気が進まないとおっしゃったことがありました。その理由は開館のため遺稿類の写真版等を製作したさい、遺稿類のとり扱いがかなり乱暴だったのでそれが美枝子さんのお気に召さなかったのでした。しかしそういう美枝子さんのお気持を山口市の側も真摯にうけとめて、現在中也記念館は美枝子さんのご意向に沿うようなかたちで運営されており、ことに最近収蔵庫が新設されたことを美枝子さんが喜んでおいでになったと承知しております。

中原中也賞の贈呈式にも、また、中原中也の会にもいつもおでまし下さって私たちを励まして下さいました。もう二度とお元気な、そして、いつも笑顔をたやさなかったお姿に接することはできないのだと思うと、悲しさで胸が一杯になります。

今では中也記念館は個人文学者の記念館としては全国でも屈指の施設として活潑な活動を展開していますが、これも美枝子さんのご厚意、ご理解、ご配慮のたまものであると私は考えております。

中原美枝子さん、貴女はいわば大文学者の遺族の鑑ともいうべき方でした。中也の遺稿、遺品類をふかい愛情とこまやかな配慮をもって保存し、中也の業績を完全に後世に伝えるためにご尽力下さって、本当に有難うございました。中也を研究し、また、中也の作品を愛する無数の人々にかわって、私はあらためて心からの感謝を申し上げたいと存じます。

中原美枝子さん、どうぞ安らかにお休み下さい。ご冥福をお祈りして私の弔辞とさせて頂きます。

平成十五年六月二十八日

中村稔

（『中原中也記念館館報』第九号、二〇〇四・三）

吉田健一さんと私

清水康雄さんからの言付けで、吉田さんがなくなったことをお聞きした、その瞬間、私が占めてきた空間の一部が急に青暗くなっていくかのような眩暈に似た、衝撃を感じた。いま吉田さんの追悼のため一文を綴ろうとして、吉田さんを語るよりも、私にとって吉田さんがどういう存在であったか、というはなはだ私的な感慨に耽ることしかできない、そういう私的な感慨を記すほか、私の追悼の気持もまたあらわしようがないように思われる。

私の最初の詩集『無言歌』が出版されたのは昭和二十五年であるから、同じ年か、その翌年かの「展望」に、吉田さんが一頁書評の欄にこの詩集を採りあげて下さった。私の作品に対する批評として活字になったものの最初であった。ごく最近では、「新潮」の本年（昭和五十五年）二月号に、連載「読む領分」の第一回として、昨年出版した私の四冊目の詩集「羽虫の飛ぶ風景」を採りあげて頂いた。これは過褒というほかない文章であった。その間にも、この四半世紀の間、吉田さんは何回か私の作品にふれた文章を発表しておられるようである。どれほどのはげましを私がそれらの文章からうけたか、を説明することはほとんど私の表現の能力をこえることである。詩らしいものを書きはじめて三十年余、私には始終詩が書けない状態が続いている。それは詩をどう書いたらよいか分らない、といったいわば行き詰りのようなものでもあるが、同時に、じぶんが書いているものが詩という名に値いしないのではないか、という自信のなさでもあり、それにもまして、詩心の涸渇した状態の継続であった。筆を折るといった自覚的な決断の結果ではなくて、たんに作品が書けないままに、文学からしぜんと遠のいている状態が何年も続き、そういう何年かを何度となくくりかえしてきた。そんなふうに三十年余書きつづけてきた私の作品のまことに稀な読者が吉田さんであった。

読者があるから詩を書くわけではないし、詩が書けるわけでもない。詩ができあがってみて、その詩の世界がある種の読者と共通の領分となることがある。いうまでもなく、詩がつねにある種の読者と共通の領分となるものではない。むしろ、そういう共通の領分に気付いていないことの方がふつうであって、読者からの手応えによって、じぶんの詩の世界のかたちに作者が気付くことともなり、吉田さんの言葉を借りれば、読者が語りかける「静寂」に、作者が誘われることとなって、その「静寂」が共通の領分であったことを知ることともなる。作者と読者とはそんな不確かな関係であって、しかも、そういう読者をもつことの至福感は、これまた稀な作者にしか、訪れることがない。そういう稀な作者として、私は吉田さんにいかに感謝しても感謝し足りない。

二十歳前後は中村光夫さんから、しょっ中、健坊が云々、という話をお聞きしていたし、最近では清水さんから、吉健《よしけん》さんが、とか、吉田先生が、云々と聞かされていたので、ごく身近なように感じていたのだが、考えてみると私は吉田さんとは、ただ一度だけ、それも数分の立ち話をしたことしかない。チャタレー裁判の第一審のころで、私は当時司法修習生という身分であった。裁判所の廊下で、吉田さんに声をおかけして自己紹介した。吉田さんは、私の作品を雑誌等で読むのがたのしみだ、という趣旨のことを言い、「詩人の法律家というのは、結構なことで、」とオッホッホと甲高く笑われた。笑いながら、口に手をあてられたように記憶している。何故、その後お目にかかる機会がなかったのだろうか。たぶん、すすんで人と交際を求める社交心が私に欠けているためでもあり、また生来の不精でもあるからであろう。また、吉田さんのような人生の達人にお目にかかれば、こっちを見透されるような気分になることもはっきりしているので、そういう気持も影響していることも間違いない。つけ加えれば、作者と読者との間に訪れる「静寂」という共通の領分は、若い恋人たちのもつある種の時間の持続に似ていて、それ以上の会話を不必要とさせる、そういう性質のものであるからかもしれない。

吉田さんの死によって私が失ったものは、そうした「静寂」な領分であって、いま、その領分を寂蓼が占めつくしたことを、私はつくづくと感じている。

（『ユリイカ』一九七七・九）

『私の食物誌』讃——吉田健一『私の食物誌』

「この群馬県には何かと縁があってその山に囲まれている部分の村や町を回っているうちにこの県は豚がいいことが解った」と『私の食物誌』の中の「群馬県の豚」という章ははじまっている。「この県の山地はこの頃流行する観光の見地からすれば全く奇もないもので寧ろ荒涼たる部類に属し、その中で日が暮れ始めて豚汁の晩飯になれば今日も一日が充実して終ったという感じがする」、とある。また、いつだったか、或るバスの停留場の近くにある食堂で、チャシューメンでビールを飲んでいたら、と記して、「どういう回り合わせだったのか東京で公演したウィーン歌劇団の『フィガロの結婚』の全曲をラジオが放送し始めてこんなこともあるものかと自分が抓って見たくなった。そのチャシューメンを看にビールというのは可笑しいと思うならばビールを飲みながらチャシューメンを食べていたと言い直してもいい。因みにこの辺の山地は湿度が少くてビールが旨い」、とある。

私は意地がきたないので、この文章に魅了されて、群馬県を通りかかった都度、豚肉を試みてみた。私の味覚には、群馬県の豚も、私が生活している埼玉県の豚と比べて、格別のものとは思えなかった。

だからといって、この文章が間違っているというような気持は、私にはさらさらない。私の知人に群馬県に属する、吉田氏も夏を過しておられた、北軽井沢に別荘をもった人があって、散歩にも読書にもゴルフ等にもまったく趣味のないその人は、別荘に赴くと、朝から夜寝るまでビールのコップを傾けているそうである。湿度のせいかどうかは私には疑わしく思われるが、その知人の説によれば、富士山に月見草があうように、北軽井沢にはビールがよくあうそうである。

世の中には私と同様意地のきたない人間が数多いようで、食物について、料理についての出版物も次々と刊行され、それらがそれぞれにかなりの部数売れているようである。いつぞや書棚を整理していて、その種の本を私じしん二十数冊買い購めていたことを知り、自ら慨嘆したことがあった。ただ、その程度の読書経験に照らしていえば、吉田健一氏のこの著書は類書中の出色のもの、と私は信じている。そして、ついでに言えば、私は必ずしも吉田氏の良い読者ではないが、この著書は、吉田氏の数多い著作の中でもやはり出色のものであろう、と思っている。

畏友丸谷才一に『食通知ったかぶり』という名著があって、これも丸谷の代表作の一であろうと思われるが、たとえば、神戸の別館牡丹園の炒鮮奶《チャオシンナイ》にふれて、丸谷はこう書いている。「これはいためた鶏と海老をつぶし、その上に牛乳と卵白のまぜたものをかけ、つぶしたピーナッツをあしらったもので、揚げたビーフンを敷いた上にのせて供する。従って、ほとんど白一色の料理で、見た目にもきれいだが、味の上品で風流なことは言うまでもないし、あっさりしていてしかもエネルギーにみちている。高雅で、凛然として、艶麗なること、さながら貴女のような趣の一皿」。こうした文章に接すると、いまさらながら「文章読本」の筆者の表現力に脱帽せざるをえないし、いまこの文章をひきうつしながらも、しだいに唾液の口中にみちるのを感じることともなる。じっさい、食物の旨さを他につたえるということは丸谷ほどの表現力があって、はじめてできることにちがいない。逆に『私の食物誌』には、吉田氏の表現力の貧しさをいうわけではないのだが、さきの「群馬県の豚」の結びに、「又或る店で豚カツを頼んだら丼に飯を盛り、戸棚の引き出しに既に出来上った豚カツが沢山入っているのから幾切れか取って載せてくれた。それでも冷たくはなかったのは汁が熱くしてあったからだろうと思う。その上に豚カツの量を惜まずに幾切れでも載せてくれて、そのやり方でやはり旨かったのだから群馬県に豚が多くて肉が旨いことは確かである」、とあることから分るとおり、たんに「旨い」という言葉がくりかえされるばかりで、いかに旨いか、ということは全然説明されていない。

だから吉田氏の文章が丸谷の文章に比べてつまらないかといえば、そうではない。まったくこれらは異質のもので、吉田氏の文章からもしみじみと群馬県の豚の旨さがつたわってくることには変りはない。そして、逆にひょっとすると丸谷の文章は、一種の美文であって、本当の料理は丸谷の書いたようなものではないかもしれない、といった疑いもきざしてくるのである。もっといえば、『食通知ったかぶり』は、旨いと知られた場所へ、旨いものを食べに出かけていって、旨いものをたべさせようとまちかまえている人から、旨いものを供せられた、といった趣きがある。若いころ愛読した内田百閒著の『阿房列車』に、目的のある旅行は旅行ではない、だから、目的もなく汽車に乗ってでかける旅行の往きはいいが、帰りは帰るという目的であるので旅行とはいえない、というような趣旨の文章があったことを覚えている。丸谷の文章には、いわば料理を賞味するために料理を食べているという感じがあって、じっさい料理ないし食物というものはそんなものだろうか、という反撥を感じることも事実なのである。

そう考えてくると『私の食物誌』の魅力がかえってはっきりしてくることになる。「日が暮れ始めて豚汁の晩飯になれば今日も一日が充実して終ったという感じがする」、という文章がさきの引用の中にあった。また、「北海道の牛乳」という文章の中では、次のように吉田氏は書いている。「根室から旭川に行く汽車が十勝平野という典型的に北海道である草原を通っていた時、或る駅で牛乳を一本買ってその味が今でも忘れられない。これはただそれが鮮かに記憶に残っているだけで、それではその味はと聞かれてどう説明していいものか解らない。そこから一歩下って、それならば我々はその頃から既に味も匂いもこくも何もなくてただ白くて表面に皮が出来ることから牛乳と判断する東京の牛乳を飲まされていたのだろうか。もしそうならばその十勝平野の駅で飲んだ牛乳はただ本ものの牛乳だったということに止まるかもしれない。あの何とも口中に拡る香りがあって滋味と言う他ない味がするものが本ものの牛乳というものなのだろうか。それは丁度日暮れ頃のことだった。その時刻で牛乳のことを覚えているのではなくて、あの味のことを思うと時刻も目に映った景色も記憶に戻って来る。時々夢にまで見る」。つまり、吉田氏にとっては、食物があって、生活があり、生活があるなかに食物もあって、食物は何ら特別なものではない。また、特別なものでないことによって、私たちの生活を確実にかたちづくっているものであるように思われる。

「秋刀魚は目黒に限ると思つた殿様は兎に角自分の舌に即してさう信じたのであつて江戸城中で通を

振り廻してゐるのではなかつた。その秋刀魚は百姓が昼飯に焼いてゐたのであるから間違ひなく秋刀魚の味がした筈であつてそれを食べるのにその殿様は目黒まで遠乗りしなければならなかつたのであつて見れば秋刀魚が目黒に限るといふ考へに微塵も嘘はない」。これは吉田氏の『詩に就て』の一節である。同じ著書に吉田氏はこうも書いている。「この間焼き芋屋から焼き芋を買つた所がその焼き芋屋さんが今日は静かでいい日曜日でしたねと言つた。それは事実風がない晴れた冬の日で何故か会社員の家族連れが日曜日に出掛ける時の喧騒もその日は聞えなかつた。その焼き芋屋さんの言葉が詩だとは言はない。併しその言葉、又その冬の日、更にその焼き芋屋さんによるその日の受け取り方は一篇の詩が出来上りもすれば我々にそれが伝へるべきものを伝へもする同じ一つのもの、或は世界、或は時間をなしてゐてそこを離れて詩はない」。

吉田氏は同じ体験から、その焼き芋屋さんから買った焼き芋が本ものの焼き芋だったのだろうか、それは静かでいい日曜日であった、その日曜日だということで焼き芋のことを覚えているのではなくて、あの焼き芋の味のことを思うと焼き芋を買った日も目に映った景色も記憶に戻ってくる、とそんな文章を綴ることもできたはずである。

そこで肝心なことは、吉田氏のばあいは、詩について考えることも、食物について考えることも、じつは全く同じ体験、同じ発想によっているということである。『詩に就て』中の文章をさきの引用の続きから、もう一度引用すれば、「生きるといふのを時間とともにあつて時間が刻々たつて行くのを意識すると言ひ換へてもよくてこれは喜びとか罪とかであるのを越えて動かせないことなのであり、それが嬉しいか悲しいかといふやうなことよりももし否定、肯定の区別を設けるならばこれは肯定する他ないことである」と記している。つまりは、「群馬県の豚」で吉田氏が書いたとおり、「今日も一日が充実して終った」、という体験から、食物も語られ、詩も語られているといってよい。食物を語るのに、食べることのたのしさを語るのに、食通であることは必要でないし、その料理が知られた料理屋のものであることも勿論必要でない。たしかな生活者であれば足りることを、『私の食物誌』は教えてくれる。そして、だからこそ『私の食物誌』は私たち読者をとらえて離さない魅力をもつのだが、そう思うにつけて、この偉大な生活者を失ったことを嘆かずにはいられない。

（『海』一九七七・十）

『ひとびとの跫音』をめぐって——司馬遼太郎

一九五一年創元社から刊行された最初の『中原中也全集』の編集に関与して以来、正岡忠三郎という名は私に馴染みふかかった。中也の詩を愛することにおいて私は人後に落ちないつもりだが、友人とするのは御免蒙りたいという感がふかい。正岡氏は一九六七年角川書店から刊行された第三次『中原中也全集』三巻の月報に、「私とは志すところが違っていた為か友人として非常によい印象を与えられたようで穏やかな付合いであった」、と書いている。それ故いったい正岡氏はどんな志をもった方であったのかということが、私の多年の疑問であった。

思いがけず司馬遼太郎『ひとびとの跫音』で正岡氏の風貌、生活信条等に接し、疑問が氷解したように感じた。同時に、副主人公というべきぬやまひろしこと西澤隆二の、日本資本主義論争にいう講座派のイデオロギーが生身の人間に体現したような生活様式も感銘ふかかった。私の旧い友人いいだももも『ひとびとの跫音』を高く評価しているが、それは西澤隆二の描き方によるらしい。いいだが共産党を除名されたとき、西澤は宮本顕治と共に除名した側であり、西澤もほどなく宮本顕治によって党を除名されたのだが、いいだは西澤に対しては好感をもち続けているらしい。

だから、『ひとびとの跫音』は私が教えられること多く、感興ふかい作品なのだが、若干の不満がないわけではない。たとえば、正岡氏と富永太郎、中原中也との交渉がほとんど触れられていないことである。また、司馬氏は、子規の物の保《も》ちのよさをいい、正岡氏がその保管の義務をはたしたと書き、「忠三郎さんの個人あての友人からの書簡の保存については、きわだって情熱が感じられる」、と書いている。私には司馬氏に忠三郎日記にも言及していただきたかったように思われる。現在三十年ぶりで刊行予定の第四次『中原中也全集』の編集が佐々木幹郎を中心に進行中だが、その過程で正岡明氏から当時の忠三郎日記の拝見を許された。この日記から、京都滞在中の富永太郎の動静は勿論、中原中也との交渉、中也の生活の様子まで、その詳細が判明したのである。尋常一様ではない友情の所産である、この日記の発見を新全集編集過程の最も重要な収穫の一つと、佐々木幹郎はじめ編集委員一同は考えている。

この作品は司馬氏が昭和という時代に生きた人物を取り上げた唯一の小説である。だが、司馬氏の他の作品にみられるような英雄的人物は一人も登場しない。これは昭和という時代に生きた人々に司馬氏は一人の英雄も発見しなかったからであろう。この時代に生きた人間の理想像として司馬氏は正岡氏とぬやまひろしを描いた。だが、正岡氏もぬやまひろしも、意識的かどうかは別として、社会ないし権力から疎外された人々である。私には戦争体験、ことに戦車兵としての戦争体験が司馬氏の文学の原点だと思われるのだが、その戦争へ導いた権力者、指導者層、かれらの愚昧さとその所以《ゆえん》を描いてはじめて司馬文学が完結したはずだと思う。そういう意味で司馬氏が彼の文学を完結しないままに急逝されたことが、私には残念なのである。

（『司馬遼太郎全集　月報52』文藝春秋、一九九八・十一）

三島由紀夫氏の思い出

私は三島由紀夫氏の良い読者ではない。彼の晩年、ことにその死を考えると、私は嫌悪感を抑えられない。私が三島氏と文字どおり、袖ふれあうほどの交渉をもったことは事実だが、そのことに何の意味もあろうとは思われない。吉行淳之介は三島氏をスーパー・スターと記しているが、もしそうでなければ、私がここに書きとめておこうとする思い出も、ことさらに辿ってみる機会は訪れなかったであろうし、私として、忘れてしまった記憶をよびおこそうとするような気持も乏しかったのである。

そうはいっても、個人的な思い出のかぎりでは、私は彼に感謝しなければならないいくつかの事実はあっても、嫌悪しなければならないような事情はない。たとえば、こんなことがあった。昭和二十二年の四月か五月頃、私は東大の正門前で三島由紀夫氏にたまたま出会ったことがある。その年の三月、私は旧制一高を卒業したが、私の父親は水戸の裁判所の裁判官で、家族は水戸で官舎ずまいをしていた。当時の裁判官の給料では、子弟を東京に下宿させるようなことは不可能であった。生活費を自ら稼ぎながら学校へ通おうと思いたつには私はあまりに怠惰であった。私は毎日水戸でぶらぶらと、受験勉強で使った幾何の問題集をひっぱりだして時間をつぶしたり、夜になると父の知人たちと麻雀をしたりして、日々を過していた。それでも、多少は心配になって、ある日上京して、大学を訪ねてみたのである。三島氏は、私がその日はじめて大学に来たことを知ると、

「じゃ、ぼくが案内してあげよう」

といって、じつに気軽に、構内をひきまわしてくれた。法学部の教室のあれこれにはじまり、これが三四郎の池、あれが図書館、といった工合に、一時間ほども、さまざまな教えをうけた。うららかに晴れた午後であった。一高から大勢の同級生が同じ法学部に進んでいたが、ふしぎに誰にも会わなかった。その後、どうしたか、私の記憶にはない。お茶でも飲んだのだろうか、あるいは、そのまま正門のあたりで別れたのだったろうか。私の記憶には、三島氏の親切だけがじつに鮮やかに残っていて、その前後がまったく欠落している。

それより以前、昭和二十一年の暮、私ははじめて三島氏と知りあっていた。私が三島氏と面識をえたその会合で、彼は太宰治氏と同席した。その会合について三島氏も回想の中でふれている由であるが、私はその文章を読んでいない。たまたまその会合の席につらなっていたために、私はスーパー・スターの歴史の証人としての資格をもってしまったようである。しかし、現場の証人などといっても、ことは三十年も以前のことである。いったい、人間の記憶などというものがいかにあやふやなものであるかは、私も充分に承知している。しいて記憶を辿ってみても、資料に誤りと混乱を加えることになるだけのことかもしれない。

私は昭和十九年三月東京府立五中（現在の小石川高校）を卒業した。五中には「開拓」という年一回発行される校内誌があって、文学好きな少年たちの投稿による原稿を掲載していた。五中で過した五年間私と同級であった出英利、高原紀一らは私のはじめての文学仲間であった。級はちがったが同年の原田柳喜、一年下級の相澤諒、矢代静一らも、この「開拓」の投稿者であった。昭和十九年、私は旧制一高に進んだが、出、原田は早稲田大学の第二高等学院（当時ふつう第二早高といわれていた）に進み、矢代も、四年修了で同じ第二早高に進んだ。高原は東京商大に、相沢は矢代と同様四年修了で駒沢大学に進んだ。それでも私たち五中の文学仲間はかなり頻繁な交際を保っていた。見方によっては、出、原田、矢代らが同じ第二早高に進んだために、かえって交際がふかまった面もあるかもしれない。そして、第二早高で出は川路明氏と知りあったようである。川路明氏は川路柳虹の子息で、三島氏の幼い頃からの知合であったはずである。

相澤諒は戦争中から「若い人」という雑誌に詩を投稿していた。その雑誌をつうじて相澤は清水一男さんという昭和二十一年当時でまだ旧制都立三商の三年生か、四年生であった少年と知りあい、そういう縁で清水さんがもっていた練馬区豊玉の畑の中の一軒家に出と高原とが間借りすることになった。加えて相澤は、おそらくやはり「若い人」の詩人たちのつながりから、戦争中から亀井勝一郎氏の面識をえていた。相澤の実家は埼玉県深谷の酒の醸造家であった。食料不足の当時としては、酒が入手できることは、酒を食用油等にかえることもできたはずで、つまりは、相澤には酒も食料も、入手が難しくなかったようである。

出、高原、それに私は戦争中太宰治氏のかなり熱心な読者であった。私だけに限っていえば、戦後太宰氏が発表した戯曲「冬の花火」「春の枯葉」などに失望していたが、関心を失っていたわけではなかった。相澤は才能ゆたかな詩人で、純粋な言語表現とひたすらな抒情を追うことに熱心であった。相澤が太宰氏に関心をもっていたとは思われない。むしろ、「大和古寺風物誌」などの著者としての亀井氏を畏敬していたらしい、また、前述した資質から、「花ざかりの森」の著者にはやくから注目していたとしてもふしぎでない。原田柳喜は、中学時代から丹羽文雄氏に師事している、という噂であった。それが真実であるか、どうかはともかくとして、丹羽氏の影響の濃い小説を書いていた。

たぶんその会合は、出と相澤が思いついて太宰、亀井の両氏をおよびして、一夕、話をお聞きしようということになったのであろう。ついでに、前に記した関係から、その年すでに「煙草」を雑誌「人間」に発表していた三島氏にも声をかけたのではなかろうか。私たちの側では、出をのぞけば、誰も太宰氏に師事しようというような気分はなかったし、たんに著名人の話を身近に聞く、というほどの気持だったようである。太宰、亀井の両氏の側からいえば、相澤が手配した酒に惹かれて、でかけてきてくれた、というだけのことであろう。それなら何故三島氏が出席していたのか、私にはよく分らない。要するに、これまで名をあげてきたような人々がその会合に出ていたわけだが、三島氏ひとりがはなはだ場違いであった印象がふかい。

その席で、太宰氏と三島氏との間で、たいへんシラけるような会話があった。何がきっかけでそうなったのか、分からない、たしかに三島氏が太宰氏に、じぶんはあなたの文学を認めない、といった趣旨のことをいったことは間違いない。太宰氏は文学論議よりも酒にしか興味はないような態度だったから、三島氏のそうした発言じたいが、やはり場違いであった。それでもさすがに太宰氏がむっとしたように、おまえは何だ、といったことをいい、まわりから誰かが、この人は三島由紀夫さんという「人間」に「煙草」を発表している小説家だと、とりなすように説明した。すると、太宰氏が、

「そんな小説家は知らねえ」

と言い、ますます座が白けたのであった。

私はその会合がどんなふうに終ったのか、憶えていない。ただ、三島氏と私とがつれだって練馬から渋谷駅まで帰ったことだけは確実である。その間、どんな話をしたかもまったく記憶にない。つまらない些事だけが記憶に鮮かである。というのは、渋谷駅のハチ公口を出ると、そこに三島氏の父君が迎えに出ておられたのである。たぶん二十一年の暮、終電車に近い時刻で、いまとなっては想像しにくいかもしれないけど、殆んど人通りがなかった。私たち三人は、現在の東急デパートの辺りをとおって、三島氏の松濤の住居まで、三島氏の父君が旧い一高の出身だ、というような話をお聞きしながら、歩いていった。それから私は駒場の寄宿舎へ帰ったわけだが、その間、まるで嫁入り前の娘みたいだなあ、と私は思っていた。何時帰るか分らない息子を寒い真冬の深夜、いつまでも駅に立って待っている父親は、私にはじつに異様にみえたのである。

いま思いかえすと、その会合で一緒になった人々が殆んど死んでしまったことに気付く。まず、相澤諒は昭和二十二年、結核の病状が悪化して自殺した。原田もやはり同じ頃結核で死んだはずである。出

は昭和二十四年、深夜の中央線の列車にはねられて事故死した。太宰、三島両氏の死はいうまでもないし、亀井氏もとうになくなっている。清水さんが現在どうしているのか私には全く分らないが、私の知るかぎりでは、中学時代、怖るべき早熟な小説の才能を示していた高原紀一が、まったく文学とは縁がきれてしまって、芸能界で暮しているほかは、矢代と私だけがのこっている。そう思うと、長生きも芸のうち、といった言葉も、一面の真実を語っているようである。この会合を回想するにつけて、三島氏のようなスーパー・スターの死を悼むよりも、私には、相澤、出、原田等の、知られぬままに早逝した才能を悼む気持の方が強いことを、如何ともなしがたい。

そうはいっても、私じしん三島氏の眩いような才能に無関心だったわけでもない。その証拠に、その後、一、二回、一高の寄宿舎のすぐ裏にあたる松濤の三島家を私はお訪ねしており、そのたびにかなり歓待されたように覚えている。だから、本郷の大学の前で出会ったときにはかなり互いに見知っていたのである。それでも、私は昭和二十一年十月、自らの思想をつきつめていって死を選んだ原口統三の厳しさを身近に見ていたし、いいだももも、清岡卓行など、畏怖すべき才能を、やはり身近にことかいていなかった。いちはやく「煙草」を発表していたことを羨望する気持はあっても、三島氏の才能が格別なものとは、私には映っていなかったのである。

やはりこれも文学に関連した思い出ではないが、私は三島氏から刑法の講義録のプリントを譲り受けている。ひょっとすると、正門前で出会ったとき、話に出たのかもしれないし、その後かもしれない。その当時は教科書も出版ができにくいような時代だったから、講義に出席しないで、しかも単位をとろうと思えば、せめて講義録のプリントでも買っておかなければならなかった。私は水戸で暮していたから、それを買いそこねていた。この木村亀二教授の講義録をもらいに、松濤の三島家をお訪ねしたことも確かである。随所に書きこみや傍線のひかれている、ごく綺麗な講義録であった。その講義録で私は刑法の試験をうけ、また司法試験をうけた。私が今日弁護士として生計を立てるについて、三島氏に負うところ大きいわけであるが、その講義録はいま何処かにまぎれこんでしまっている。

思いかえせば私は三島氏から親切と恩義だけをうけている。その頃の三島氏は、おそらく大蔵省へ勤めることになる少し前であったろう。三島氏も私が詩を書いていることは知っていたはずだから、それでも法学部に私が進んだことについて、若干の親近感をもってくれたのかもしれない。ただ、それ以上にたがいに格別のこともなく、三島氏はスーパー・スターへの道をひたすら走り続けていった。三島氏の結婚後まもなく、夫妻をある喫茶店で見かけたことがあった。夫妻は万場の注目をあつめていた。私が名乗りでるにはあまりにもはれがましい雰囲気であった。三島氏は私を覚えてはいないだろう、そう私は思って遠慮した。それきり、私は三島氏を見かけたこともなく、勿論声をかわしたこともない。だから、私が感じている多少の恩義のお礼をいう機会もなくなってしまったことになる。だからといって、三島氏が存命でも、そういう機会があったか、どうか、疑わしい。

（『ユリイカ』一九七六・十）

澁澤龍彦氏とサド裁判

私は澁澤龍彦氏の著作の読者ではない。私はこれまで僅かな詩などを書いてきたが、澁澤氏もこうした私のささやかな作品の読者ではなかった。個人的な交際もなかった。私はふつうサド裁判とよばれる事件で、澁澤氏の弁護人のひとりとして、交渉をもったにすぎない。この事件は、澁澤氏が『悪徳の栄え』(続)の翻訳により、現代思潮社の石井恭二氏がその出版により、一九六一年一月、刑法一七五条のわいせつ文書販売、所持の罪にあたるとして起訴されたことではじまり、一審無罪、二審有罪の判決の後、一九六九年十月、最高裁が上告を棄却し、澁澤氏に罰金七万円、石井氏に罰金十万円の二審判決を維持する判決を言い渡したことで終った。この事件に弁護人のひとりとしてかかわったことは、「わいせつ」というものについて些か考える機会をもったという意味で、私の半生にとって忘れ難い体験であったが、同時に、とまどいにみちた苦々しい思い出でもある。澁澤氏の側からみると、東京地裁での第一回公判に先立って澁澤氏は、「裁判を前にして」という文章を発表しているが、この中で次のように記している。

「わたしには、抽象的思考にのめりこんで行く度しがたい性癖があって、問題が「反社会性」とか「権力」とか「エロティシズム」とか「ワイセツ性の本質」とかになると、にわかに脳髄の自然的な燃焼をきたすものの、ひとたび、裁判の闘争方針とか、情勢分析とか、意義とか、見通しとか、戦術とかに関して意見を求められると、とたんに世の中が言おうようなく腹立たしくなって、思考過程があたかも磁気風のごとく変調をきたし、あまつさえ、晩年のボオドレエルもかくやとばかり、急性失語症におちいる顕著な傾向がある。

事件が起ってから、何度か週刊誌の記者ともインタヴューしたが、わたしの抽象的形而上学的ラディカリズム（?）には彼らもすっかり呆れてしまったらしい。「いや、どうも週刊誌の記事になるような裁判じゃないんですな」と彼らは当惑顔に言うのである。

いや、呆れてしまったのは週刊誌の記者ばかりではない。わたしたちの大野正男主任弁護士も、何度か被告側とのはげしい理論闘争（!）にあえて身を挺した末、「それじゃあ、いったい、あなた方は、何のために裁判をやるんですか」と、憤懣やるかたない面持で、長嘆息しつつ言ったものである」。

私がサド裁判に関係したのは、澁澤氏と石井氏が起訴された段階で古い友人佐久間穆、森本和夫をつうじ弁護人について相談をうけ、やはり古い友人大野正男を紹介したところ、逆に大野から手伝うように依頼されたためであった。本来なら文学者と法律家との間の通訳のような役割が期待されていたわけだが、澁澤氏の「抽象的・形而上学的ラディカリズム」のため、澁澤氏の発言にはいつもまるで宇宙人と会話しているような感を覚えた。澁澤氏らと弁護人団との打合せは、第一回公判の前にかぎらず、終始、両者間の理論闘争にあけくれたのであった。澁澤氏は引用した文章の前に、こうも書いている。

「いったい、敗訴といい、勝訴といい、それが何だというのか。このような本質的な思想上のアンタゴニズムに、性急に黒白をつけたがる傾向は、最も卑俗な政治主義ではないか。

わたしと弁護士とのあいだには、最初から一つの約束が成立している。それは、裁判所ではでき得るかぎり弁護士の指示に服するが、裁判所以外の言論表現の場では、わたしがわたしの勝手気ままな議論をいくらぶってもよろしい、という約束である。どうせ検事には、わたしの抽象論議は寝言としか聞えまいから、といった含みもある」。

澁澤氏のこの裁判に対する、抽象的、形而上学的ラディカリズムとは、結局のところ、わいせつというようなものはこの世に存在しない、という考え方であった、と思われる。「猥褻とは何か。これは非常にアイマイな概念で、誰も「これが猥褻だ」とはっきり言える人間はありません。はたして猥褻なものというのが存在するのかどうか——わたしはそんなものはどこにも存在しないと考えます。……当人がちっとも恥ずかしいとも猥褻だとも思っていないものを見る人が、恣意的に、猥褻だと判断する。そういう恣意的な判断をくだすひとの心の中にしか、猥褻というものは存在しないのです。だから、猥褻といわずに、猥褻意識と呼ぶのが正しい言葉の使い方だとわたしは考えます。猥褻とは、いわば人間のゆがめられた意識の形態をさす言葉でありましょう。猥褻意識がふかく滲み込んだ人間の心には、セックスの問題をあつかったすべてのものを、猥褻だと判断する準備が出来ております。そういう人間には、医学の書物も、文学の書物も哲学の書物も、あるいは美術品も、すべてが猥褻の色に染め出されて見えるらしい。だから明治政府の役人は、今日では街頭に大っぴらに飾られているような裸体彫刻に、展覧会場で、腰巻きをつけさせるという滑稽なことをやりました。今日では笑い話です。繰り返して申しますが、その場合も、彫刻品が猥褻なのではなくて、その彫刻を見る役人の心に猥褻意識が滲みついていたのです」。

右は東京地裁の公判の冒頭の被告人澁澤氏の意見陳述の一節である。まことに卓見である、と私は当時もいまも考えている。ただ、そう主張するだけでは無罪をかちとることはできない、と私たち弁護人団は考えていた。刑法一七五条には、「猥褻ノ文書、図画其他ノ物ヲ頒布若クハ販売シ又ハ公然之ヲ陳列シタル者ハ二年以下ノ懲役又ハ五千円以下ノ罰金若クハ科料ニ処ス販売ノ目的ヲ以テ所持シタル者亦同シ」、と明記されている（罰金額については罰金等臨時措置法で金額が引き上げられている）。検察官は刑法にしたがって『悪徳の栄え』（続）をわいせつ文書として起訴したのだし、刑法は、わいせつ文書というものが客観的に存在している、という建前で規定されているのだから、わいせつ文書というものは客観的に存在しないのだ、といったところで、裁判所が刑法一七五条の規定の存在を否定することはありえない。それに、一九五七年三月最高裁が判決したいわゆるチャタレー事件で、最高裁は刑法一七五条が憲法にいう表現の自由の違法な制限にあたらない、と判断していたから、わいせつ文書というものは見る者の意識の中にしか存在しない、といったところで、到底現行法の厚い壁を動かすことはできない。

おそらく、敗訴といい、勝訴といっても本質的には思想上のアンタゴニズムであり、性急に黒白をつけることを望むのは、卑俗な政治主義だ、とはいいながらも、『悪徳の栄え』（続）を絶版にし、裁判でたたかうことなしに罰金を支払ってすますことは澁澤氏の信条に反することだったのであろうし、大野正男を主任弁護士とし、柳沼八郎、新井章の両弁護士に私を加えた弁護人団としても、『悪徳の栄え』（続）はわいせつ文書とみるべきでない、したがって、澁澤氏らは無罪であるべきだ、という結論においては、意見に変りはなかった。しかし、私たちは、刑法一七五条を前提とし、ことにチャタレー裁判の判例の批判をつうじ、現存する法秩序の枠内で無罪をかちとろうとしたのに対し、澁澤氏らは法そのものの否定をつうじて、無罪を主張しようとした。そういう基本的立場の違いから、澁澤氏のいう弁護士とのはてしない理論闘争が生じたのであった。それもかみあった理論の争いであるよりも、すれちがった戦略戦術論の争いであったというべきだろう。

私たち弁護士にとって、問題の出発はチャタレー事件において最高裁が示した、芸術作品における芸術性とわいせつ性のいわゆる両立論にあった。すなわち、チャタレー事件において最高裁は「芸術性と猥褻性とは別異の次元に属する概念であり、両立し得ないものではない。……それが春本ではなく芸術的作品であるという理由からその猥褻性を否定することはできない。何となれば芸術的面においてすぐれた作品であっても、これと次元を異にする道徳的、法的面において猥褻性をもっているものと評価されることは不可能ではないからである」、と判示していた。両立説といっても、これは実際は、芸術作品に対する法の優位を説いているにすぎない。私たちは、ことが『悪徳の栄え』（続）にかかわるものであったから、これをわいせつ文書として処罰し、事実上その発売を禁止することは許されない、と考えたのであり、この世の中にわいせつ文書が存在するかどうか以前の問題として、チャタレー最高裁判決のこうした両立説（実は法優位説）を変更してもらわねばならない、という方針であった。かりにサドの著作がわいせつ性を有するとしても、その思想的、文学的価値による社会的貢献とわいせつ性による社会的被害とを比較して、真に処罰しなければならないものであるかどうかをみなければならない。じっさい、「わいせつ」文書によって社会はどんな害を蒙るのか、害を蒙るとしてもそれがどれほどの保護にあたいするのか、保護を必要とするのはいかなる理由なのか、等々、法律的な論議は多岐にわたるけれども、『悪徳の栄え』（続）の思想的文学的価値を考えれば、そのわいせつ性などというものはとるにたりない、だから無罪であるべきだ、というのが私たち弁護士団の弁論の出発点であった。そのためには、サドの著作、ことに『悪徳の栄え』（続）の思想的文学的価値を立証する必要があった。その立証として、大岡昇平、奥野健男、吉本隆明、大井広介、森本和夫、針生一郎、栗田勇、中島健蔵、大江健三郎、中村光夫、埴谷雄高、白井健三郎の十二氏が次々に一審の法廷に証人として出廷して証言し、白井氏と遠藤周作氏が特別弁護人として弁論をしてくれたのであった。

一審の最終段階の被告人意見陳述で、澁澤氏は次のように語りはじめた。

「一言で申しますと、本裁判は、税金の無駄づかい以外の何ものでもないのではないかという、大へん空しい感じを受けるわけです。一人の人間の、つまり警視庁の一役人の、まことに恣意的な判断から、官僚機構がオートマティックに動き出して、われわれ人民が非常に迷惑する、というわけです」。

また、こうも述べている。

「こういう状態を考え合わせますと、この裁判全体の進行がまことに無意味に思えてなりません。無意味というのは、こんな裁判は最初からやらなかった方が、善良なる社会の維持のためにも、よかったに違いないと思うからです。

この裁判で甚だしき迷惑を蒙ったのは、われわれ人民でありまして、判事さんや検事さんは商売だからまだよいが、わたしは朝早く起きるのが最大の苦痛に感じられる人間なんです。それなのに、朝十時までに出廷しなければならないのは、まことに辛いことでありました。

うまい具合に、一度だけ、立っていられないような激烈な胃痙攣を感じまして、無届けに法廷を欠席しましたが、これは病気の一種ですから何とも仕方がありません。今、ここで、遅ればせながら、悪しからず御諒承を乞い願う次第です」。

事実をいえば、サド裁判で澁澤氏が非常に迷惑したのは、ほとんど弁護人団の弁護方針によるものであった。検察側証人は、第三回、第四回の二回の公判における一般読者証人五名だけであるのに対し、弁護側証人は第五回から第十四回に至る十回の法廷における前述の十二名の専門家証人と九名の一般読者証人、法律的問題の専門家証人として当時の東大教授、現在は最高裁判事の一人である伊藤正己氏の計二十二名であった。だから、澁澤氏が空しいと感じ、税金の無駄づかいと思った裁判の大半は、サドないしこの訳書の思想的文学的価値の立証に費されたのであった。そして、どうして澁澤氏がその最終意見陳述で述べたような感慨をもつことになったか、といえば、私には、澁澤氏が思想的文学的価値の立証に基本的に反対であった、からであろう、と思われる。澁澤氏のラディカリズムからすれば、作品の思想的文学的価値を裁判所のような支配機構が判断して、これは価値があるとか、ないとか決定することは許されるべきことではない、という立場であった。だから、澁澤氏の思想と専門家証人による『悪徳の栄え』（続）の思想的文学的価値の立証は相容れないものであった。それ故、裁判を空しいと感じ、税金の無駄づかいと思うのも当然のことであった。私たち弁護人としては、澁澤氏にそういう空しさにたえて頂くほか、現行の法秩序の中での争いようはなかった。つけ加えていえば、こうした専門家証人による芸術的価値の立証は、チャタレー裁判でもなされたことであり、後の野坂昭如氏らの「四畳半襖の下張」事件でもくりかえされたことであった。

澁澤氏は一審判決後、「文芸」一九六二年十二月号に発表した「サドは無罪か」の中で、意見陳述中で「悪しからず御諒承を乞い願」った無断不出廷について、次のように真相をあかしている。

「一度なんぞは、完全に法廷をすっぽかして、その日の裁判を流してしまったことがあった。（大きな声では言えないが、あれは実に気分がよかった。今考えても胸がすっとする！）その日は論告求刑の日であった。さすがのわたしも、証人が出廷する日には、せっかく好意をもって証言台の前に立って下さる人たちに迷惑をかけるのは気がひけたから、一生懸命早起きして、鎌倉から横須賀線に一時間揺られて、新橋からタクシーを拾って、あたふたと霞関の裁判所に駈けつけるのを常とした。それでも定刻に間に合ったことは一度もない。が、去年の秋から蜿蜒と続けられた証拠調べの段階がすっかり終ってみると、もう面倒くさくて、莫迦莫迦しくて、どうにもやり切れなくなった。

「ええい、好きでやっている商売じゃねえや。一度ぐらい法廷を侮辱してやらなきゃ、腹の虫がおさまらねえぞ！」と、わたしは、前夜に飲み過ぎて重苦しい胃の腑のあたりをさすりながら、蒲団のなかで薄目をあけてぶつぶつ言っていた。

ちょうどその頃、霞関の裁判所では、温厚な裁判長が時計の針を見つめながら、沈痛な面持をしていたそうであるし、弁護士と検事は真赤になって怒っていたそうである。

しかし、サドは欠席裁判で斬首の刑を通告されたが、わたしは無届けで欠席しても、叱責ひとつ食わずに済んだ。二十世紀の民主主義社会に生きる身の有難さであろう」。

私自身は当日の記憶がまったくない。ただ、この澁澤氏の文章をひきうつしながら、どうして、電話一本かけて欠席するという連絡をしてくれなかったのだろう、とふしぎに思われる。それよりも、「弁護士と検事は真赤になって怒っていたそう」だ、とじつに愉しそうに書いているのを読むと、私の方もまた莫迦莫迦しさをこらえきれない。つまり、澁澤氏にとっては、大岡昇平氏をはじめとする証人の方々は礼儀をつくすべき方々なのだが、弁護士は検事と同種の存在なのであった。いいかえれば、現存の法秩序の中で無罪をかちとろうとする私たちは、現存の法秩序の中では無罪でも有罪でもかかわりはない、現存の法秩序を超えた次元で無罪を確信している澁澤氏にとっては、検事や裁判官と同じ世界の住人であり、澁澤氏は別の世界から、こらえがたい不満をこらえながら、私たちの世界の人々の挙動を珍しい動物でもみるようにみていたのであり、私たちと澁澤氏とはたがいに通じ合わぬ言葉で会話していたのである。

現存の法秩序の中からいえば、サド裁判の意義をみきわめることは、必ずしも容易ではない。芸術性とわいせつ性という問題について限っていえば、芸術面においてすぐれた作品であっても、これと次元を異にする道徳的・法的面においてわいせつ性をもっているものと評価されることは不可能でない、という チャタレー事件の最高裁判決の「両立説」は、サド裁判の結論となった多数意見でもそのまま踏襲され、さらに、こうした考え方は、「四畳半襖の下張」事件にもひきつがれて、今日でも些かも揺らいでいない。とはいえ、サド裁判の最高裁判決では、十二名中五名の裁判官が少数意見として、多数意見に対する反対を表明していた。横田裁判官、大隅裁判官は、「仮りに猥褻性が認められるとしても」、これは弱いもので、「思想性・芸術性のある部分の占める重要度に比し低」いものだから、処罰できないとし、奥野裁判官は、「その作品の猥褻性によって侵害される法益と、芸術的、思想的、文学的作品として持つ公益性とを比較衡量して、なおかつ、後者を犠牲にしても、前者の要請を優先せしめるべき合理的理由があるとき」に限り、刑法一七五条により処罰される、と述べ、田中裁判官、色川裁判官は、この作品の芸術的思想的価値を評価した上で、その他の事情も考慮して、無罪とすべきだ、と述べたのであった。チャタレー最高裁判決が十五名の裁判官の全員一致であったことを考えれば、私たち弁護士としては、これらの少数意見をひきだしたことは、大きな前進であった、と自負したい思いが強い。だが、これらはあくまで少数意見にすぎなかったし、それに、肝心の澁澤、石井両氏にとっては、こんな議論はどうでもよいことであった。最高裁判決後の一九六九年十一月三日号の「日本読書新聞」は、「エロス　象徴　反政治」と題する澁澤氏とのインタヴュー記事を掲載しているが、この中で、澁澤氏は次のように語っている。

「今度の判決自体は、問題にしていないわけです。表現の自由という観念は、もともと相対的なものであって、絶対主義者としてのサド侯爵の思想とは、縁もゆかりもないものでしょう。まあ、ぼくの思想とも、あんまり縁はないですね。ですから正直言って、表現の自由とか言論の自由とかいった問題はその道の専門家、あるいはそれに熱意をもっている人たちに論じていただくよりほかはないと思っています。

ぼくは一貫して〝被告〟ではあったけれども、裁判官がいて検事がいて弁護士がいて被告がいるという、その裁判所の構造そのものを、被告の椅子から離れて、いつも天空の高みから鳥瞰していたような気がします」。

こうした澁澤氏の発言を読みかえすと、私が終始宇宙人と対話しているような感じをもち続けていたことが当然なのだ、と納得できるし、また、現行法秩序の中で日々を送っている私としては、澁澤氏のように現行法秩序をまるで宇宙から地球をみるように鳥瞰できれば、どれほど幸せだろう、という思いを抑えがたい。ついでにいえば、冷静な人間観察の場として裁判をとらえ、「表現の自由」を訴えた、チャタレー裁判における伊藤整氏の立場、裁判をポレミックな反権力闘争の場とみていたかにみえる「四畳半襖の下張」事件の野坂昭如氏の立場と比べ、澁澤氏の姿勢はきわだって独自のものであった。

ところで、「わいせつ」は存在しない、見る側に「わいせつ」意識が存在するだけだ、とする澁澤氏の見解に対し、わいせつ文書が客観的に存在すると考えるわが国の裁判所は、わいせつ文書とは、「その内容が徒らに性欲を興奮または刺戟せしめ、且つ、普通人の正常な性的羞恥心を害し、善良な性的道義観念に反する文書をいう」、と定義している。これはチャタレー事件最高裁判決の説示であり、この定義はサド事件最高裁判決でも、四畳半襖の下張事件の最高裁判決でも、そのままひきつがれて現在に至っている。現行法秩序の枠内でみても、この定義はまことに空疎であり、客観性がない。「普通人の正常な性的羞恥心」といい、「善良な性的道義観念」といっても、その判断基準が不明確で客観性がない。結局は裁判官の恣意的判断によらざるをえない。ある作品がわいせつ文書にあたるかどうかは、作者にも読者にも分からない。裁判をつうじてはじめてわいせつ文書であるかどうかが決定されるほかはない。

さらに問題となることは、何故そうした文書であれば処罰されなければならないのか、ということである。チャタレー事件最高裁判決は性的秩序を守り、最少限の性道徳を維持することであり、その根底にあるものは、古今東西をつうじて変らぬ性行為非公然性の原則である、と述べていた。ここでもまた、性的秩序とか性道徳という観念は空疎であり客観性がない。性秩序、性道徳は、歴史的社会的所産であり、宗教的、政治的、伝統的な多くの因襲や禁忌と結びついている。性表現の自由や性の解放を求めるのは、こうした因襲や禁忌からの自由を求めることだ、といってよい。性行為が公然と行われないことは事実だが、そのことと性表現が公然と行われてよいかどうかとは別のことである。私たち弁護士が裁判所に求めたものは、そうした空疎で客観性のない観念に依存して安易に刑法一七五条を適用してはならない、裁判所は文化活動に対して謙抑であるべきだし、文化の自主性に委ねるべきだ、ということであった。私たち弁護士は現行法秩序の中での裁判官の良識をある程度信頼しているし、だからこそサド裁判において十二名中五名の裁判官が少数意見を表明したのであった。しかし、こうした議論の展開が澁澤氏の立場からほど遠いものであったことは前述したとおりである。

しかも、サド事件最高裁判決は、結局多数意見により、チャタレー事件最高裁判決の立場を変更させることはできなかった。だから私たちの努力が無意味だった、とは私としては考えたくない。たとえば、「愛のコリーダ」事件で昭和五十四年東京高裁が言渡した判決では、これら判決の立場を踏襲しながらも、わいせつ性の判断方法並びに基準について、「過度に性欲を興奮、刺戟させるに足る煽情的な手法によって、性器、性交ないし性戯に関する露骨、詳細、かつ、具体的な描写叙述のなされている文書・図画であって、その文書・図画の構成や描写方法、その性的描写叙述の全体に占める比重や思想性・芸術性・学術性等との関連性を、その時代の健全な社会通念に照らして全体的に考察したときに、主として受け手の好色的興味にうったえ、普通人の正常な性的羞恥心を害し、善良な性的道義観念に反すると認められるか否かによって、わいせつ性の有無を判断すべきものと考える」、と述べて、一審判決の無罪を支持した。チャタレー事件最高裁判決の定義は、その枠組においては些かも揺らいではいないけれども、したがって、わいせつ性の判断が裁判所の恣意に委ねられていることに変りはないけれども、ここでは、定義をより精緻にすることによって、わいせつ文書の範囲を狭めようとしている、とみられるように思われるのである。

じっさい、チャタレー事件の当時と比べても、サド裁判の当時と比べても、今日でも性表現の自由化が目ざましく進んでいる。これにはほとんど完全に性表現の自由化がなされてしまった欧米諸国の強い影響があるだろう。ただ、チャタレー事件以来の法廷闘争のある意味での成果だ、と少くともサド裁判の弁護人のひとりであった私としては、評価したい気持が強いのである。

「元来、人間の自由と法律とは対立するものであります」。「もし神聖なものがこの世にあるとすれば、人間以上に神聖なもの、人間の自由以上に神聖なものは何ひとつありません」。これは澁澤氏の第一審における冒頭意見陳述の一節である。裁判をどう争うか、という戦略、戦術において、私たち弁護人団と澁澤氏とはずいぶん烈しく対立したけれども、澁澤氏らが起訴された一九六一年から四半世紀以上経た現在の状況をみるとき、性表現の自由に関するかぎり、ずいぶんと変ったものだという感慨がふかい。人間の自由と法律が対立するものである以上、澁澤氏の夢みるような社会がありえないことは間違いないが、現状で考えてみても、これだけ性表現が自由になって何がえられたか、といえば、私たちがかちとったものは、女性蔑視の表現の自由、性本能の自由、といった程度のものにすぎなかったのではないか。澁澤氏とは別の宇宙に住んできた人間として、私はまたそんな感慨にも耽るのである。

（『ユリイカ』増刊号、一九八八・六）

後記

私はこれまで、特定の主題をとりあげた評論のほか、随筆、紀行といわれるような文章も数多く発表してきたが、その他にも、様々な機会に、多くは求めに応じて、雑誌等に寄稿したり、講演してきた。これらは雑多な評論、回想あるいは雑記の如きもので、主題も動機も一様でない。一九七六年、玉井五一さんのお勧めで、そうした文章を集めて創樹社から『詩・日常のさいはての領域』を刊行したが、同書刊行後に発表した、その種の評論、回想等はかなりの量に達するらしい。これらを本にまとめなかったのは、主題、動機があまりに雑然としているからであり、また、端緒だけに終っているので、もっと書きついでみたいと考えているものも多いからであり、もっといえば、私がこれらの文章を本にまとめるのに執着をもっていなかったからであろう。

最近、樋口覚さんがこれらの雑多な文章の全部に目を通して、選択し、構成し、目次案まで考えて、青土社に出版を打診して下さった。青土社も快く出版を引受けてくれたので、本書の刊行に至ったのである。こうした労をとって下さった樋口覚さん、青土社の清水一人さん、出版実務を担当して下さった岡本由希子さんに心から感謝している。

『私の詩歌逍遙』と題したのは、詩、短歌、俳句の作品、作家にふれた文章が大部分を占めていること、私の関心のおもむくままに詩歌俳句の世界に遊んだ、といった類の文章が多いからである。これらを本にすることに執着していなかったが、読みかえしてみると、愛着もまたつよい。このような雑多な文章が一応整理されて刊行に至ったことを私としてもうれしく思っている。

なお、本書中には、「です、ます」調で書かれているものがかなり含まれている。これらはすべて講演のさいの原稿である。私は講演が不得手なので、依頼されたさいは必ず原稿を作成しており、実際の講演にさいしては時間切れのため、その半分ないし三分の二程度に飛ばし読みすることが多い。本書に収めているのは、その元の原稿である。格別の考えがあって「です、ます」調で記したわけではない。

本書によって、詩歌俳句の世界に私とともに遊び、また、私の亡友たちの俤を偲んで下さる読者が一人でも多いことを、私は期待している。

二〇〇四年九月二日

中村稔

私の詩歌逍遥

中村稔

二〇〇四年九月二〇日第一刷印刷
二〇〇四年九月三〇日第一刷発行

発行者　清水一人
発行所　青土社
東京都千代田区神田神保町一—二九　市瀬ビル　一〇一—〇〇五一
電話　〇三—三二九一—九八三一（編集）　〇三—三二九四—七八二九（営業）
www.seidosha.com

印刷所　ディグ・方英社
製本所　小泉製本

装幀　菊地信義

ISBN4-7917-6145-6